三國奇變

戰略篇

卷6

背後玄機

目錄

第一章

借刀殺人

高飛沉思了一下，道：「徐榮口中的李先生，應該就是李儒，李鐵曾經和我說過，李傕、李儒二人不和，看來這話不假。好一個借刀殺人之計，不僅借咱們的手殺了李傕，更得了便宜賣乖，李儒這個人實在不可小覷。」

一出汜水關，前面的道路便豁然開朗，是一望無垠的田野。

高飛、趙雲等人又追擊了大約三里地，用箭射死了數百名西涼騎兵，正準備繼續追擊時，卻見正前方立著一彪兵馬，士兵全部打著火把，都是騎兵，一字排開陣勢，只留下一個小小的路口讓潰敗的西涼騎兵逃走。

火光閃爍，在夜空下，這彪騎兵猶如排開的火龍，一面繡著「徐」字的大旗在微弱的夜風中飄揚。

在軍隊的正前方，一名全身披掛的將軍手持一柄大刀，策馬向前走了幾步，朝著追擊過來的高飛等人大聲喊道：「來人止步，再敢追擊，必定讓你全軍覆沒。」

高飛止住了自己的部下，定睛看去，問道：「你是何人？」

「滎陽太守、前將軍徐榮，在此等候高將軍多時了！」

高飛臉上一怔，問道：「你知道我會來？」

徐榮哈哈笑道：「高將軍，請你不要再向前追擊了，再向前一步，就別怪我不客氣了。」

高飛心裡很納悶，他在想這到底是怎麼一回事，既然徐榮能夠等候在此，就說明**敵軍知道李傕會敗，也知道他會追擊，可是卻主動丟下了汜水關，也不設下**

伏兵進行伏擊，而是明目張膽的站在那裡。

他想不通，問道：「徐將軍，在下有一事不明，還想請教一二。」

徐榮笑道：「不必請教了，李先生說了，為了感謝你殺了李傕，這座汜水關就送給高將軍了，如果想進攻洛陽的話，就集合你們聯軍所有的兵馬到虎牢關決一死戰吧，就此告辭！」

徐榮的兵馬緩緩地退卻，掩護著從汜水關敗退下來的西涼潰兵向西而行，漸漸地消失在夜色中。

月夜下，高飛矗立在那片平地上，腦子裡還在想著徐榮所說的話。

「主公，剛才徐榮說的話是什麼意思？」趙雲也非常不解，自己拼死拼活地戰鬥，卻被人說成是拱手相送。

高飛沉思了一下，緩緩道：「徐榮口中的李先生，應該就是李儒，李鐵曾經和我說過，李傕、李儒二人不和，看來這話不假。**好一個借刀殺人之計**，李儒用的實在是巧妙，**不僅借咱們的手殺了李傕，更得了便宜還賣乖**，李儒這個人實在不可小覷。」

趙雲似乎有點明白了，按照當初李鐵帶回來的兵力設置，應該是在那片密林裡埋伏下五萬士兵，李儒帶領一萬人負責守衛汜水關，可是當戰鬥打響了以後，真正參戰的人數只有三萬而已，其餘的兩萬兵力憑空消失了，汜水關也頓時成了一座空城。

他問道：「主公，那我們現在怎麼辦？」

「回汜水關，既然是敵人送的，不要白不要，暫且整頓兵馬，等曹操率領大軍到來之後，再商議怎麼攻打虎牢關。」

「諾！」趙雲調轉馬頭，朝身後的士兵喊道：「回汜水關，撤退！」

回到汜水關時，高飛讓士兵好好的休息，自己走到了汜水關的東門，上了城牆，對駐守在關上的華雄道：「太史慈回來了嗎？」

「啟稟主公，太史慈還沒回來。」華雄道。

高飛有點擔心，忙道：「奇怪，從交戰的地點到汜水關，這段距離不過才十里而已，照太史慈行軍的速度，這個時候應該已經到了，難道……難道是那些西涼步兵進行反撲，將太史慈包圍起來了？」

華雄安慰道：「主公，太史慈驍勇善戰，他手下的一千騎兵足可以應付一萬步兵，再說，他所追擊的步兵不過三千多人，而且孫堅的軍隊還在後面緊隨，不會發生這樣的事，請主公放心吧。」

高飛微微點點頭，卻依然放心不下，對華雄道：「你帶二百人跟我走，讓趙雲駐守汜水關，我們去一看究竟。」

高飛再次披掛上馬，綽上遊龍槍，和華雄一起帶著兩百騎兵快速地駛出汜水關，向東面奔去。

此時，天色已經微明，即將迎來第二天的清晨。

高飛等人向前奔跑了不到三里，便見官道邊上，太史慈正在指揮著手下的士兵對手無寸鐵的西涼兵進行斬首行動。

水溝邊，一隊士兵推著一排西涼兵按跪在地上，舉起手中的佩刀，手起刀落，便將一排人的人頭全部砍掉。

三十顆人頭滾落掉在乾涸的水溝裡，失去了頭顱的身體，鮮血一陣噴湧，最後面執行斬首的士兵用腳將無頭的屍體踹下了水溝裡。

高飛走近時，赫然看見水溝裡堆著許多屍體，鮮血將那片土地染成了紅色，一顆顆人頭雜七雜八的陳列在屍體上。

「太史慈！你在幹什麼？」

高飛策馬揚鞭，快速奔到太史慈身邊，跳下馬背，將手中遊龍槍朝地上一插，怒喝道。

太史慈正在監督斬首的行動，突然聽到背後一聲大叫，回頭看見高飛，吃驚地道：「主公，你怎麼來了？」

高飛看見又有三十名西涼兵被帶了過來，以同樣的方法被按跪在地上，執行斬首的士兵剛要舉刀，他大聲制止道：「住手——」

可惜已經來不及了，聲音還沒有傳到士兵的耳朵裡，他們手中的刀便砍了下去，又是三十顆人頭落地。

高飛看看一旁被士兵團團圍住的西涼兵，還剩下大約六十個人，便質問太史慈道：「子義！你這是在幹什麼？為什麼殺俘虜？」

太史慈振振有詞地道：「啟稟主公，這些人拒不投降，留著也浪費糧食，不如殺了了事，而且他們都是羌人，殺了他們，也等於是替被羌人殺死的漢人報仇。」

高飛突然想起太史慈有殺俘虜的習慣，當初在攻打玄菟郡時，便曾殺了許多俘虜，雖然他的理由很充分，可是殺俘虜並不是一件光彩的事，他不希望太史慈今後將這個惡習一直延續下去。

他一把拉住太史慈的手，走到那幾十個羌人面前，他清楚地看到那些羌人的眼裡露出了憤怒之色。

「你看看他們，現在心裡肯定有多恨你呢，就算他們不投降，你也用不著殺光他們啊！」

「你這個狗賊！我們全是投降來的，這個劊子手不分青紅皂白，把我們和那些不投降的一起殺了，我就算死了，也不會放過你們這群狗賊的！」一個羌人大聲地罵道。

高飛聽到那羌人的罵聲，心中一驚，再一次問道：「子義，你連投降來的人也殺？」

太史慈坦率地點點頭，理直氣壯地道：「這些投降來的羌人不過是畏懼我軍罷了，根本不是真心投降，以後肯定會為他們死去的族人報仇。我現在殺了他們，也等於是解決了後患啊，有什麼不對嗎？」

「狗賊！我們是先零羌，他們是白馬羌，根本不是一族人！」那個憤怒到極點的羌人反駁道。

「什麼先零羌、白馬羌的，我可管不了那麼多，只要你們是羌人，就必須殺！誰讓你們之前禍亂涼州，荼毒我們漢人百姓，現在都跟著董老賊來禍亂中原了。我太史慈堂堂男子漢大丈夫，絕對不允許你們這些外族人欺負我們漢人。你儘管恨我吧，等你死了以後，你就恨不成了。等我攻進了涼州，看我不把你們羌

人全部屠戮光！」

高飛聽了，臉上一怔，沒想到太史慈的殺意會如此的大，這讓他聯想起歷史上也喜歡殺俘的名將來。好比明朝的開國功臣常遇春，也是個喜歡殺俘的將軍，做法和太史慈幾乎沒有什麼兩樣。

他嘆了口氣，對那些俘虜道：「你們能死在太史慈的手裡也不枉此生了，我本來打算放了你們，只可惜你們看了不該看的事，而且，太史慈的做法也燃起了你們心中的怒火，估計這輩子都會與我為敵了，為了以後不會有什麼麻煩，你們就慷慨就義吧。」

「狗賊！死了我們都不會放過你！」羌人爭相罵了出來。

太史慈臉上一喜，見高飛並沒有責怪他殺這些人，當即對自己的部下道：「拉過去，全部斬首！」

隨著兩次手起刀落，僅存的六十名俘虜便全部被斬首了。

高飛無奈地對太史慈道：「這次的事就算了，以後你要是再濫殺俘虜，我一定要你去給我餵馬！」

太史慈露出一臉憨樣，道：「諾！屬下謹記心中！」

高飛環顧一周後，問道：「就這麼多俘虜？不是有三千多西涼步兵嗎？」

太史慈道：「哦，他們分開逃竄了，後來孫將軍帶人追了上來，便分頭追擊去了。」

高飛聽了道：「這件事必須嚴加保密，吩咐你的部下，誰要是敢傳出去，就砍誰的腦袋。殺俘虜畢竟不是一件光彩的事，讓人把這些人全部埋掉。」

太史慈應聲而去。

華雄走到高飛的身邊，輕聲道：「主公，太史慈雖然勇猛無匹，可是這個惡習對主公以後會大大的不利。當年秦軍大將白起長平一戰，坑殺趙國四十萬人，成為天下的罵名，楚霸王項羽也坑殺過二十萬投降的秦兵，也是遭到天下人的唾罵，屬下以為，應該約束一下太史慈。」

高飛後悔道：「這次是我的疏忽，我只想到太史慈殺了李傕，立了大功，卻疏忽了他愛濫殺俘虜的習慣，以後處理俘虜的事，我會交給別人去做的。你帶兵去幫太史慈一下，在孫堅的軍隊抵達之前，把這裡收拾妥當。」

「諾！」華雄當即帶著部下去幫忙了。

高飛拔起遊龍槍，心道：「看來，以後要是對外族開戰的話，不能讓太史慈參戰了，否則他這個愛殺的毛病，絕對會造成適得其反的效果。」

士兵們用手中的兵器朝水溝裡鏟土，又從一邊的樹林裡弄來樹枝鋪蓋在上

面。在眾人的努力下，將那幾百具無頭的屍體全部掩埋掉，水溝也填平了，並且立上墓牌。

忙完這些後，一行人朝汜水關而去。

汜水關內外，數萬大軍屯積此處，各色旌旗飄展，營寨絡繹相連，將聯軍的聲威盡皆展現了出來。

汜水關城守府的大廳裡，劉虞以副盟主身分端坐上首位置，捋了捋花白的鬍鬚，朗聲道：「短短三天功夫，就已經攻克了董卓六萬大軍駐防的汜水關，子羽、文台可是取得了聯軍的首功啊，如今我等各路兵馬彙聚一堂，該如何攻打虎牢關，還請各抒己見。」

大廳的下首，左邊依次坐著高飛、孫堅、劉備，右邊坐著曹操、陶謙、張超，連同劉虞在內，每個人的身後各侍立著兩個貼身跟隨的將領。

站在高飛身後的是兩個文士，左邊賈詡、右邊荀攸，兩人在高飛身後，一言不發，只豎起耳朵聆聽。

高飛遍覽全場，見沒有人發言，便開口道：「如今董賊的兵馬屯在虎牢關，虎牢關南連嵩嶽，北瀕黃河，山嶺交錯，自成天險。有一夫當關，萬夫莫開之勢，歷來便是兵家必爭之地，可謂易守難攻。汜水關一戰，西涼兵不過折損一萬餘人，並未受到太大損傷，實力猶在，而且，董賊也會繼續帶領大軍前往虎牢關，我們現在要做的，不是展開速攻，而是等待北路軍攻克成皋黃河沿岸，共同會師虎牢關下。」

眾人聽了，都默默地點點頭。

曹操接口道：「只怕本初的大軍現在還沒到平皋吧？並州兵雖然已經從野王出發，但是據斥候來報，董賊讓張濟、樊稠帶兵五萬駐守成皋一帶，加上又有黃河天險，渡河十分的困難，就算並州兵再強，也不可能在短時間內攻破五萬的大軍。我以為，當從這裡派出一支援兵，從背後襲擊成皋，給北路軍以援助。」

「這個主意好，我贊同。」陶謙捋著花白的鬍鬚，贊同道。

「高將軍、孫將軍，你們剛剛立了大功，兵馬也需要休息，這次就由我帶領兵馬前往成皋吧。」曹操沒有理會陶謙，他看不起陶謙，也懶得理會。

陶謙見自己的馬屁拍在了馬蹄上，心中難免窩火，只是他並不敢發作，對他來說，曹操是一個威脅，因為曹操的大肆擴軍，讓他在徐州感到如坐針氈，兗州和徐州相鄰，他擔心曹操以後會侵占他的徐州，所以只能先行巴結。

「嗯，曹將軍的話確實有道理，那就有勞曹將軍帶兵朝成皋走一遭了。」劉

虞點頭稱是。

曹操當先站了起來，朝在座的諸位拱拱手，道：「那曹某就先行告辭了，等成皋一破，我必定派人前來……」

「報——」一個斥候拉著長音，從大廳外快步地跑了進來，打斷了曹操的話，「報副盟主，盟主傳來緊急軍情！」

眾人面面相覷，不知道袁紹那裡發生了什麼事。

「呈上來！」劉虞一派貴族風範，處變不驚道。

斥候「諾」了聲，將手中的書信遞給劉虞。

劉虞匆匆看了之後，哈哈大笑道：「好啊！實在是太好了，沒想到並州兵如此驍勇，居然在昨日午時便攻破董賊在成皋的防線，如今已經兵臨虎牢關了。」

眾人聽後，都感到很震驚，就連高飛和孫堅也沒有想到並州兵會比他們還早一天取得勝利。兩個人對視一眼，心中不言而喻，腦中都浮現出一個人來。

「哈哈！實在是天大的好消息，這樣一來，我們就可以長驅直入，兵臨虎牢關了。並州兵完全超出了我的意料，**看來當是那個叫呂布的人取下的輝煌戰績吧？**」曹操大笑起來，望了眼劉虞道。

劉虞道：「孟德猜得不錯，確實是呂布的功勞，沒想到他只以區區五千輕騎便攻克了五萬人駐守的成皋，迫使張濟、樊稠退守虎牢，本初讓我們在三日內趕赴虎牢關會師。」

在場的人聽到這個消息，沒有一個不歡欣鼓舞的。

「他娘的，沒想到聯軍第一功讓那個叫呂布的搶了去，那個傢伙能以五千輕騎擊退五萬人，看來是個人物。二哥，你說俺要是和呂布比起來，我們哪個厲害？」站在劉備身後的張飛一聽到這消息，便摩拳擦掌起來，對身邊的關羽道。

關羽瞇著丹鳳眼，嘴角上揚了一下，便恢復到面無表情的狀態，淡淡道：「未曾比試過，我難以下結論。」

「主公，那我們還去成皋嗎？」曹操背後一個一臉橫肉的高胖傢伙突然問道。

曹操搖搖頭，道：「仲康，你去通知一下夏侯惇和曹仁，讓他們把兵馬準備妥當，今夜好好的休息，明天帶領大軍開赴虎牢關。」

那個被喚作仲康的胖子，便是**曹操身邊的又一員猛將，外號有「虎癡」的許褚**。

許褚的身材算是高大的，濃眉大眼，他的腰十分的粗，肚子也十分大，站在曹操的背後，將一旁的典韋給擠得只有一點點地方，從外觀看，他和一個胖子差不多，但不同的是，胖子的身上是肥肉，而他的身上則是肌肉，之所以長成這樣，是因為他飯量大，加上皮糙肉厚的，反倒磨練出一身與眾不同的武藝。

許褚是譙縣人，曹操在征討豫州一帶的黃巾軍時，他聚集了同鄉數千人建造塢壁，防禦黃巾軍，後來曹操路過譙縣，他便率領宗族前去投靠，和典韋共同擔任曹操的左右護衛。

此時，他聽到曹操讓他去辦事，便掂了掂肚子，拍拍胸脯道：「好耶，我這就去通知他們。」然後對身邊的典韋道：「韋哥，我走了，主公就交給你了。」

典韋不太愛說話，點點頭，依然環抱雙臂站在那裡，一臉的冷峻，讓人看了覺得他十分酷。

眾人聽到曹操和許褚的對話，立刻反應過來。

只聽陶謙對身後的糜竺、孫乾道：「你們也去讓士兵準備準備，明天出發。」

糜竺、孫乾朝陶謙拜道：「屬下告退！」

張超是陳留太守張邈的弟弟，起身拱手道：「諸位，既然盟主已經下了命令，那我們就應該遵循，我看，我們也不用再商議了，一切都等到在虎牢關會盟時再請盟主做打算吧。諸位請慢議，我還有要事，先行告辭了。」

不等眾人答話，張超便轉身頭也不回的走了。

「各位大人，請原諒我家主公的冒昧，我家主公確實有要事，所以禮數不周，還請諸位多多諒解，子源在此給諸位賠不是。」站在張超背後的功曹臧洪站了出來，急忙替張超開解。

臧洪也是個名士，他的父親叫臧旻，在大漢歷任使匈奴中郎將、中山、太原太守。出身官僚之家，與陳登齊名。歷史上是死在袁紹手裡，算是英年早逝，確實可惜。

眾人都知道臧洪是海內名士，便還了一禮，並沒有不悅。因為在座的人都知道，張超的脾氣很臭，和別人很難合得來，並且有點孤傲。張超之所以參加關東聯軍，也是受其兄長張邈的影響，唯一的好處，估計就是對臧洪言聽計從吧。

曹操看到臧洪跟著張超走了出去，便搖搖頭，嘖嘖地道：「可惜了，這樣的一個人才，卻跟了一個庸主，要是在我的手底下，定然有他大展宏圖的時候。」

劉虞聽後，只呵呵笑了笑，道：「既然事情已經到這個地步了，再這樣商量下去也沒什麼意義，諸位都請回去準備準備吧，明日一早，我們便兵發虎牢關，和北路軍會師。」

於是，眾人皆散。

劉虞對站在他身後的鮮于銀和田疇道：「你們都累了一天了，我在這裡休息，不要為我牽掛。」

鮮于銀、田疇道：「諾！」

一時間，歡聚一堂的群雄便散了，孫堅邀請高飛、曹操去喝酒，三人便一道去了孫堅的大營。

劉備、關羽、張飛三人走出守府時，忽然聽到背後有人叫道「三位請留步」，轉頭看見叫他們的人居然是徐州刺史陶謙。

劉備道：「原來是陶使君，不知道喚我等兄弟有什麼事嗎？」

陶謙混跡官場多年，在大廳裡見劉備、關羽、張飛三人氣度不凡，有心結識，便故意走在他們後面，尋機叫住。

「三位好漢相貌不凡，必定不是俗人，只是小老兒眼拙，未能認出三位好漢是誰，想請教一下三位好漢的姓名。」陶謙向三人拱手道。

劉備道：「在下遼西太守劉備，乃漢景帝閣下玄孫，中山靖王之後，這兩位是我的結義兄弟，關羽和張飛。」

張飛聽劉備自報家門，心中默道：「大哥又來了，怎麼誰問他都是這句話啊，聽得耳朵都長繭了。」

關羽、張飛朝陶謙客套地行了禮，對此人沒有什麼好感。

陶謙臉上顯出驚詫之色，道：「哦，原來三位就是鼎鼎大名的劉備、關羽、張飛啊，真是久仰久仰。沒想到劉英雄還是漢室宗親，真是失敬，今日有幸遇到三位英雄，真是小老兒的榮幸。小老兒與三位英雄一見如故，不知道能否請三位英雄吃上一杯酒？」

三人在聯軍裡一直默默無聞，今日也不知道劉虞抽了哪根筋，居然將他們三個一起叫到議事廳。三個人從參加聯軍時，便一直很鬱悶，此時突然被一鎮諸侯誇成了英雄，三個人的心裡都莫名的欣喜。人都需要恭維，也都喜歡聽好話來滿足自己的虛榮心，劉備、關羽、張飛自然也不例外。

張飛聽陶謙如此誇他，整個人都飄飄然起來，哈哈笑道：「陶使君，算你有眼光，俺張飛就是一個大大的英雄，既然你要請俺們喝酒，俺們當然不會拒絕了，對吧二哥？」

關羽也很開心，這還是第一次有人這樣誇他，但是嘴上卻淡淡地道：「聽大哥的。」

劉備看了眼陶謙，心裡想道：「這陶謙好歹也是一鎮諸侯，而我兄弟向來默默無聞，今日能被陶謙欣賞，確實是件好事。只是，陶謙這人看起來雖然慈眉善目，心裡卻並非如此，我們和他第一次見面，就要請我們喝酒，其中必然有什麼

不可告人的事。這裡人多而雜，去赴宴一次也好，看看他到底要做些什麼。」

「怎麼樣？劉英雄，考慮的如何？」陶謙見關羽、張飛以劉備馬首是瞻，直接問道。

劉備點點頭，道：「既然是陶使君盛情邀請，我等兄弟自然不會拒絕。」

陶謙笑道：「好，那三位英雄就請隨我來吧。」

於是，劉、關、張三人便跟著陶謙一起去了他的軍營。

陶謙的軍營座落在汜水關的東邊，和張超的軍營緊挨著。陶謙將三人帶入營中，便讓人準備酒宴，又請來手下的諸位將領一起參加酒宴，搞得很是隆重，彷彿劉備三人是天子派來的使臣一樣。

陶謙舉起酒杯，清了清嗓子，道：「玄德，我見你胸懷大志，小小遼西只怕難以施展大才，徐州沃野千里，戶口百萬，是英雄的用武之地，**老夫想請你在會盟之後留居徐州，一展你平生之抱負，不知你可否願意？**」

當陶謙的話落下時，在座的人都頗感震驚，陶謙的部下則把目光都對準了劉備，他們甚至連聽都沒有聽過這個名字。

關羽、張飛也看著劉備，臉上帶著喜悅，目光中透出了期待。

劉備環視一周，見眾人的目光全部集中在他的身上，便端正身子，朝陶謙拱手道：「備乃一介武夫，沒有什麼名聲，陶使君能如此器重在下，也是在下之福。只是……在下有一件事想不通，還想向陶使君請教一二。」

陶謙見劉備沒有說不答應，但也沒有答應，便放下手中的酒杯，道：「嗯……這件事實在是太唐突了，畢竟老夫和玄德才剛剛相識，突然說出這種話來，確實讓人有點難以接受。不過，老夫可是盛情相邀，你有什麼不明白的地方，儘管問就是了，老夫必定知無不言，言無不盡。」

陶謙一向自詡自己有識人的能力，他接二連三的提拔了陳登、糜竺、糜芳、曹豹、孫乾等人，所任用的人都十分妥當。雖然今天才見到劉備，但是他能夠看出劉備身上的才略，他堅信自己不會看錯。

劉備道：「在下雖然和陶使君是初次見面，卻有一見如故，相見恨晚的感覺，只是在下很想知道，為什麼陶使君會這麼盛情邀請我到徐州呢？」

陶謙之所以提出這這樣的要求，自然有他自己的打算。他見劉備問了出來，便朝一旁的軍士擺擺手道：「你們暫且出去，這裡不需要你們伺候，告訴外面的守衛，沒有我的命令，誰也不准進來。」

十幾名軍士「諾」了聲，退出大帳。

陶謙端正坐姿，指著左列的幾個人，向劉備介紹道：「玄德，這幾位都是我推心置腹的人，同樣也是我徐州的官吏，依次是麋竺、孫乾、麋芳、曹豹，你們先互相認識一下，之後我再說明原因。」

劉備向麋竺四人拱手道：「在下劉備，字玄德，涿郡人士，乃漢景帝閣下玄孫，中山靖王之後，現任遼西太守。這兩位是我的結拜兄弟，左邊的是我的二弟，河東解良人，姓關名羽字雲長，右邊的是我三弟，涿郡人，姓張名飛字翼德，見過四位大人。」

關羽、張飛同樣朝麋竺四人拱拱手，對面的麋竺幾人也各自介紹了一番。

互相認識完畢後，陶謙道：「如今雖說天下群雄會盟於此，和董賊作戰，但是有些事還是不得不及早規劃。現在聯軍氣勢如虹，會盟兵力多達四十萬……當然，這兵力你我心中也都有數，雖然是詐稱，可三十萬的兵馬還是有的。董賊一共有二十萬西涼兵，還要駐防涼州、關中等地，真正能投入到洛陽的兵力，也就十七八萬而已。以十八萬之眾去抵擋三十萬的大軍，而且還是和天下群雄為敵，豈有不敗之理？可一旦董賊敗走，盟軍是否會繼續進攻，那可就是未知之數了。所以，會盟之後的事才更重要，你是個聰明人，我說的話你一定能明白。」

劉備不得不佩服陶謙的洞察力，會盟的盟軍只不過是臨時拼湊起來的臨時大軍，而且許多諸侯之間還有一點嫌隙，這也就給了盟軍一個不穩定的因素。如今大家都是為了討伐董卓而來，一旦董卓跑了，那麼大家的目標就失去了，彼此間的嫌隙也會再次湧現出來，很可能會發生火拼，便點了點頭示意。

陶謙見劉備明白自己的話，便接著道：「徐州雖然沃野千里，戶口百萬，卻也是個兵家必爭之地。兗州刺史曹操帶甲五萬，兵精糧足，這個人稱治世之能臣，亂世之奸雄的曹孟德，實在是一個令人畏懼的人物。我擔心的是，一旦董卓向西退卻，而聯軍又陷入勾心鬥角的局面時，天下就會陷入大亂，到時候各個諸侯便會展開火拼，為爭奪城池而互相殘殺。徐州和兗州毗鄰，為了防止曹操的侵擾，徐州必須要有一位雄才大略的人來坐鎮。」

劉備聽後，終於明白陶謙的心思了，**是想利用他來對付曹操。**

他和曹操在征討潁川、汝南黃巾時見過，他看出曹操是頗有野心的人。但是他沒有想到曹操的運氣會如此的好，僅僅時隔兩年，便成為兗州刺史，而且在天下群雄中也是最有實力的一個。

他略微地想了想，道：「所以，陶使君是想請我坐鎮徐州，率兵抵禦曹操？」

陶謙點點頭道：「玄德果然是個聰慧的人，你所說的，正是老夫所想的。徐

州帶甲三萬，民風淳樸，老夫雖然有識人之才，卻並無太大韜略，如果遇到強敵入侵，只怕連徐州都守不住。玄德乃是雄才大略之人，何況玄德的二位結拜兄弟相貌不俗，也絕非常人，如果能得到玄德相助，徐州或許能夠轉危為安，而玄德平生大才也可以在徐州一展，如此兩全其美的事，玄德何樂不為呢？」

「大哥，陶使君盛情相邀，大哥就答應了吧，反正遼西那個犄角旮旯的，又沒有什麼可以施展抱負的地方，就連人口也才幾萬人而已，在那種地方當個太守，還不如在中原當一個縣令呢。」張飛在一旁慫恿道。

張飛心裡也很癢，他曾經私下出營遊玩，不知不覺來到曹操的營地，看到曹操的兵馬雄壯，他便抱怨自己連個像樣的騎兵都沒有。如今他遇到這樣的好事，自然不希望劉備拒絕。

一向沉穩的關羽，此時也貼近劉備的耳邊，小聲說道：

「大哥，三弟說得沒錯，遼西那窮鄉僻壤，確實沒有什麼好留戀的，而且劉虞對大哥也不冷不熱，連高飛的十分之一都不如，大哥留在幽州也是屈才。如今陶使君盛情相邀，徐州又是兵家必爭之地，確實可以一展大哥心中的抱負，我和三弟也該帶點像樣的兵了。」

「大哥，這可是一個大好的難得機會啊，請大哥一定要好好把握住，陶謙年邁體衰，估計也沒多久活頭了，大哥暫時屈尊陶謙帳下，一旦陶謙駕鶴西去，以大哥之才，徐州就等於是我們兄弟的了。徐州富饒，盛產鹽鐵，大哥若以此為根基，招兵買馬，匡扶漢室的理想很快就能實現，請大哥三思。」

劉備其實心裡早有盤算，也不想放過這個好機會，當即站起身來，朝陶謙拱手道：「陶使君盛情相邀，備感激不盡，只是我現在還是遼西太守，就算要到徐州，也必須和幽州牧劉使君言語一聲，掛印之後，必定帶領帳下兩千軍士前來相投，以不辜負陶使君對備的厚望。」

陶謙哈哈大笑道：「太好了，實在是太好了。我得玄德，徐州可安也！」

糜竺立即向劉備拱手道：「恭賀劉大人蒞臨徐州。」

陶謙道：「玄德，從今天起，你就暫且擔任牙門將軍之職，統帥徐州所有兵馬，等擊退董卓之後，老夫親自上表天子，正式任命你為牙門將軍。」

牙門將軍雖然是個雜牌將軍，但是關鍵在於讓他統領徐州所有兵馬，這就等於是讓他掌控徐州的所有軍權，劉備喜不自勝，急忙站起身向陶謙拜道：「多謝使君厚愛，劉備必定竭盡全力，以保徐州太平。」

孫乾、糜芳也起身恭賀，只有曹豹悻悻不樂，看著這個默默無聞的劉備轉身便成了自己的頂頭上司，心裡十分不爽。但是為了不引起不愉快，還是朝劉備恭賀了幾句。

於是，眾人在大帳內繼續歡宴，直到日落西山，這場酒宴才散。

劉備回到幽州牧劉虞的兵營，當面遞交官印，說了幾句客套話，帶著自己的部下，便搬遷到了徐州刺史陶謙的軍營。

高飛、曹操跟隨著孫堅去喝酒，三個人許久沒有如此的歡聚過了，都撇下了諸侯的身分，在孫堅的大營裡痛飲一番。也不知道酒喝到了什麼時候，只覺得暮色四合。

「城內可有妓女乎？」酩酊大醉的曹操再一次說出了這句至理名言，卻不知他這句至理名言卻害他損失了最重要的一員大將。

「孟德，你喝醉了，這裡是汜水關，住的都是士兵，哪裡來的什麼妓女？」孫堅的酒量大，一連喝了好幾罈，依然清醒異常。

一直侍立在曹操身後的典韋心中不忍，上前跨了一步，道：「主公，你喝醉了，再這樣喝下去，只怕……」

「滾開！沒看到我在和兄弟們喝酒嗎？」

曹操確實喝醉了，他的酒量不是很好，卻總喜歡硬撐，而且喝醉後的曹操酒品也不是很好，總喜歡酒後亂性，也愛發點牢騷，跟個市井無賴沒什麼兩樣。

典韋頭一次見到曹操發這麼大的脾氣，也頭一次見到曹操如此這麼開心的喝酒，自從他被夏侯惇發現，推薦給曹操之後，他就一直在曹操身邊做貼身護衛。他是屬於那種少言寡語型的，卻是個實幹家，只要是曹操吩咐的事，他都會很出色的做好，連一些他認為分內的事也會做得很完美。

他沒有將曹操的這句話放在心上，緩緩地向後退了兩步，繼續站在那裡，依然保持面無表情的酷哥姿態。

今天對曹操來說，是一個特殊的日子，自己昔日的好友高飛、孫堅攻下了汜水關，而且北路軍也攻克了成皋，長久以來一直憂心董卓的實力，給他造成一個極大的壓力，作為整個盟軍的參軍，他要制定出不同的作戰方案，以達到驅除董卓的目的。可是巨大的壓力也讓他的神經一直緊繃，於是順應孫堅的邀請，決定放鬆一下自己的心情。

聽到典韋被罵，而且毫無怨言的承受，高飛不得不佩服典韋可以如此的逆來順受。他甚至可以肯定，如果汜水關內真的有妓女，典韋一定會毫不猶豫的去給曹操找過來，以供曹操享用。

「孟德兄，天色已晚，明日還要去虎牢關，咱們就喝到這裡吧。」高飛也有

點快不行了，雖然這酒的酒精濃度不高，但是也擱不住量大啊。

曹操正端起酒碗朝肚子裡灌酒，聽到高飛說出這樣的話來，將酒碗朝地上一摔，怒道：「哼！老子就要喝，誰敢不讓老子喝，老子就跟誰拼命！」

一代梟雄酒醉後的這種地痞樣子，真的是很令人討厭。

孫堅頗有長者風範，見曹操是真的醉了，便一把奪下曹操面前的酒罈子，然後遞上一個酒碗，給曹操倒了碗酒，又給高飛倒了碗酒，緩頰道：

「這酒喝多了傷身，還是少喝為妙。我們兄弟能再次在這裡共同聚首開懷暢飲，確實是令人開心的事。但是，大事要緊，而且孟德，你真的是喝醉了，咱們就以這碗酒作為今天的道別酒吧，等擊殺了董賊，普天同慶之時，咱們兄弟再來喝個痛快。來，把這碗酒乾了，然後各自回營，否則的話，我就要下逐客令了！」

高飛當即舉起酒碗，對神情恍惚的曹操道：「孟德兄，文台兄說得很有道理，來，咱們喝完這一碗，就各自回營吧，明日去虎牢關，和北路軍進行會師，比起喝酒，還是大事重要。」

曹操神志還有一點點的清醒，便點點頭，一飲而盡，然後指著高飛道：「高子羽！我聽說你的飛羽軍很強悍，我不服氣，我想讓你去看看我的青州軍、虎豹騎，我要你看看什麼才是真正的精兵，還有……」

話沒說完，曹操便打了個飽嗝，吐出一嘴的酒氣，弄得高飛、孫堅連忙將身子向後，拉開了一點距離。

「嘿嘿……」曹操醉醺醺地道：「不好意思，我不是故意的，哦，我剛才說到哪裡了？」

高飛道：「你說讓我去看你的青州軍和虎豹騎……」

「哦……」曹操道：「我想起來了，是虎豹騎……不對不對，是你當初在涼州平亂時弄的陣法，我記了下來，暗中推演，終於讓我創立了一個新的戰陣，我想……想請你去看看，加以指點指點。」

第二章
與虎謀皮

高飛覺得孫堅確實沒有多大野心，和孫堅相處那麼久，孫堅重情重義，是他值得深交的夥伴。反觀曹操，外表忠厚，內心奸詐，與曹操當兄弟的話，只能與虎謀皮罷了，袁紹是曹操的發小，結果還不是間接死在曹操的手裡？！

高飛聽到曹操這話，回想起來，他在陳倉練兵時，曾經用羅馬人的戰陣以及秦朝軍隊的戰陣去其糟粕，取其精華，改成現在飛羽軍一直沿用的陣形。當時曹操見後，問他是什麼，他沒有和曹操解釋，沒想到曹操居然偷偷地記了下來。

他聽曹操也弄出一個新的陣形，不知道戰鬥力如何，便來了精神，想去一探究竟，於是道：「好啊，我正有此意。」

曹操一拍桌子，猛地站起身來，卻是腳下一軟，差點跌倒在地，幸好背後的典韋及時扶住他。

他在典韋的攙扶下，朝高飛、孫堅道：「走，到我的軍營去，我要讓你們看看我曹操的實力。典韋，讓夏侯惇集合所有青州軍，讓曹仁、曹純集合所有虎豹騎。」

典韋「諾」了聲，對高飛、孫堅道：「二位大人，請隨我一道來吧，我先讓人回去通知三位將軍，等我們走到兵營的時候，大概陣形就可以擺好了。」

高飛、孫堅一起跟著典韋，扶著曹操出了大帳。

曹操的軍營駐紮在汜水關的西面，因為他的軍隊人數是最多的，在汜水關內的幾位諸侯裡，他三萬大軍占了一半兵力，所以駐紮在野外空曠的地方。

此時太陽已經下山了，離天黑還有一段時間，這種暮色下，可以讓人看清軍隊的演練。

到了曹操的軍營附近，高飛、孫堅便見一萬五千人的方陣整整齊齊地排列在軍營外的平地上，騎兵、步兵交錯其中，而且各種兵種都有。走近一看，給人一種參差不齊的錯覺。

這時，三位身披鎧甲的將領和兩位穿著長袍的文士走了過來，朝典韋背上背著的曹操一起拜道：「參見主公！」

「典韋，放我下來，你去把許褚叫來！」曹操拍了拍典韋的肩膀，輕聲喝道。典韋將曹操放在地上，然後對一個身材魁梧的漢子道：「夏侯將軍，主公就交給你了。」

那姓夏侯的將軍便是夏侯惇，身材高大的他從典韋的攙扶下接過曹操，將曹操扶住，對典韋道：「你去叫許胖子吧，他還在後營吃飯，讓他快點過來。」

典韋點點頭，徑直朝一邊走去，邁著矯健的步伐，很快便消失在暮色當中。

此時，夏侯惇身邊的一個文士站了出來，一身的長袍打扮，加上和善的面目，略顯富態的身材，給人十分儒雅的感覺。

他細細地觀看了孫堅、高飛一眼，邁步上前道：「在下荀彧，字文若，見過兩位將軍。」

「原來他就是荀彧……」

高飛看著十分儒雅的荀彧，又瞧了瞧荀彧身邊那個較為年輕的文士，心裡暗想道：「荀彧身邊的這個年輕人，難不成是郭嘉？」

只見孫堅朝荀彧拱了拱手，將高飛心中的疑問問了出來：「原來是荀先生，久仰久仰，不知道荀先生身邊這幾位是？」

荀彧還沒回答，便見喝醉的曹操在一旁叫道：「來來來，我給你們介紹一下，這位是**曹仁**，這位是**曹純**，這位是**程昱**，都是我帳下的得力助手。」

「原來是程昱啊，我還以為是郭嘉呢。」高飛聽曹操介紹過後，心裡默默地道。

曹仁站在夏侯惇的身後，朝前面走了一步，露出矯健的身影，與曹操比起來，曹仁算是一個帥哥了，只見他眉清目秀，身體健碩，卻又有文人的儒雅。

他朝孫堅、高飛拱手道：「曹仁見過孫將軍、高將軍。」

緊接著，五大三粗的曹純也走了出來，朝高飛、孫堅抱了一下拳，朗聲道：「曹純拜見二位將軍。」

「程昱參見二位將軍。」程昱面帶兩道細髯，膚色白皙，也朝高飛、孫堅拜道。

在曹操的軍營裡，曹操和孫堅、高飛的關係誰都知道，所以曹操的部將都對高飛和孫堅很客氣。

「孟德部下多俊才，今日一見確實是不同凡響。」孫堅客氣地道。

高飛知道曹操的部下人才濟濟，今日才見到這幾個，未免有點不太盡興。他想趁著曹操酒醉時，將曹操手下的大將認識一遍，省得以後見了面不認識，便對曹操道：「聽聞孟德兄手下人才濟濟，囊括了兗州、豫州等地的才俊，何不將眾將一起叫來，讓我和文台兄認識認識呢？」

曹操哈哈笑道：「你說得不錯，今天難得這麼高興，我就叫我的手下全部來讓你們認識認識，也讓你們見識一下我曹操是如何的兵多將廣。」

孫堅一直對曹操的運氣很欣賞，自從和曹操、高飛在涼州分開之後，三個人便各奔東西，論起實力來，似乎就數他最弱，他之前見了不少高飛的兵將，卻很少見到曹操的，此時聽高飛這麼一說，也來了興趣，便附和道：「那就有勞孟德了，我和子羽今日能一覽曹軍諸位文武，算是三生有幸了。」

曹操道：「自家兄弟，不必客氣。文若，去將校尉以上的人統統叫來，讓他們來拜見拜見我這兩位兄弟。」

荀彧遲疑了一下，想說什麼，可一張嘴，便見曹操一臉怒氣地道：「怎麼還

不去！」

他之所以遲疑，是擔心曹操如此模樣讓眾將看了會成為笑柄，於是貼近曹操，小聲道：「主公，當著眾將的面，讓他們看到主公如此模樣，只怕不妥吧？」

「如此模樣？我怎麼了？難道我不是曹操了？」曹操頭腦被酒精麻痹，思維便降低了許多，對荀彧大吼大叫道：「快去！我的命令你也想違抗嗎？」

荀彧見曹操是徹底的醉了，他本不想多計較，但是士可殺不可辱，他堂堂一個國士，居然讓曹操當著眾人的面大聲喝叫，心裡便生起一絲怒意，一甩袖子，冷哼一聲走了。

「反了不成？」曹操見荀彧態度不佳，當即更來氣了，喝叫道：「曹仁、曹純，把文若給我叉回來！」

曹仁、曹純兄弟對視一眼，他們從未見曹操發過如此大的脾氣，而且平日裡一向對荀彧特別尊重，今日卻因為酒醉變得十分粗魯，二人愣在那裡，不知道該如何是好。

「反了反了，連你們也不聽話了嗎？」

曹操一把推開扶住他的夏侯惇，身體歪歪晃晃的指著曹仁、曹純叫道：「你們還站在那裡幹什麼？還不快去把荀彧給我叉回來！」

程昱急忙上前勸道：「主公息怒，荀先生的脾氣，主公是知道的。主公一向對荀先生視為座上賓，怎麼今天突然……不就是叫眾將嘛？也不至於在這個地方會面啊，就算要升帳，也該在中軍大帳裡不是。屬下這就扶主公去中軍大帳，曹仁、曹純自然會去將眾將叫來的，還請主公息怒。」

夏侯惇這時也急忙走過來，一把扶住曹操的另一邊，道：「是啊是啊，程先生說得很在理，就算要升帳，也不該是在這個地方，還是回大帳吧。曹仁、曹純，你們快將主公扶進大帳，我這就去通知眾將升帳。」

曹操一聽到進帳，突然露出淫笑，斜眼向夏侯惇問道：「帳內可有妓女乎？」

夏侯惇急忙答道：「有，主公升完帳，屬下自當會將妓女奉上。」

「進帳！」曹操大喊一聲，扭頭對孫堅、高飛道：「二位兄弟，請隨我一同進帳，有福同享，如此良辰美景，正當是尋歡作樂之時。」

孫堅、高飛一時間無言以對，只能尷尬地點了點頭。

曹操見孫堅、高飛點頭，這才讓曹仁、曹純扶著他向軍營裡走去，程昱也跟了過去。

夏侯惇走到高飛、孫堅身邊，臉上露出難色，憋了半天，才吞吞吐吐地道：「二位將軍，不知道你們要什麼樣的女人，在下好趕緊去張羅，因為……軍營裡只有一位隨軍的女人……」

孫堅連忙擺手道：「哦，我不需要，剛才只是為了應承孟德罷了，我頭一次見孟德喝得如此大醉，沒想到孟德……」

高飛也急忙道：「我也不用，夏侯將軍儘管去給孟德兄準備便是，我們自會去中軍大帳。」

在夏侯惇的心裡，天大地大也沒有曹操大，事情再急也急不過曹操要女人，他深知曹操有這種癖好，便在離開兗州時，從城裡隨軍帶著一個女人，就是為了防止出現這種突發狀況。

此時見高飛、孫堅沒有那方面的需要，鬆了口氣道：「既然如此，在下就先告辭了，二位將軍請自行入營，不會有人阻攔的。」

高飛、孫堅見夏侯惇離去的背影，不禁搖頭，二人相視而笑，莫逆於心，誰都沒有再說什麼。

兩人邁著步子，朝曹操的軍營裡走去。

軍營門口，荀彧獨自等候在那裡，看著從暮色中走來的高飛、孫堅，朝二人拱手道：「二位將軍，我有一句話，不知道當講不當講。」

「荀先生請講。」高飛、孫堅拱手道。

荀彧道：「文若一介書生，無甚大才，而我家主公雄才大略，乃是當世的英雄，可是英雄也有凡人的一面，正所謂英雄難過美人關，我家主公自然也是如此，所以酒醉後總是希望能有美人陪伴左右，這是人之常情，我只希望二位將軍不要把今天我家主公的這些小事放在心上。」

高飛聽到荀彧如此維護曹操，估計是不想讓曹操出現什麼不好的傳聞，也頗為感動，便道：「荀先生請放心，孟德是我兄長，我自有分寸。荀先生能如此忠心護主，實在讓人感動，可惜我帳下沒有像荀先生這樣的大才，真是人生一大遺憾。」

荀彧笑道：「高將軍說笑了，荀公達海內知名，高將軍已經將其奉為謀主，有他在高將軍身邊，高將軍又怎麼能說是沒有大才呢？荀攸之才勝我十倍，高將軍能將荀攸放在顯要的位置，足見高將軍有識人之才。」

高飛笑道：「文若先生也頗有才華，今天遭受孟德兄的羞辱，卻仍能替孟德兄著想，可見文若先生對孟德兄極為忠誠啊，真是國士也。」

荀彧笑了笑，便朝高飛、孫堅拱手道：「二位將軍，請隨我來，我家主公還在大帳等著二位呢！」

荀彧將高飛、孫堅帶到中軍大帳，然後便離開了。

孫堅看到荀彧遠去的背影，對高飛道：「賢弟，此人不簡單啊，孟德真是找了一位好的謀士啊。」

高飛嘆了口氣，道：「他已經是孟德兄的人了，我們再垂涎也無濟於事，我只求會盟之後速速回到幽州，多多招賢納士。」

孫堅笑道：「江東多才俊，看來我要招賢納士的話，就得去江東了。賢弟，我們進去吧。」

「嗯！」

中軍大帳裡，曹操斜靠在上首位置，看到高飛、孫堅從外面走進來，便對曹仁、曹純道：「給二位將軍看座！」

曹仁、曹純就像兩個普通士兵一樣，被曹操呼來喝去的，急忙拿來兩張椅子，放在曹操身邊不遠處，道：「二位將軍請坐。」

高飛、孫堅坐定之後，便聽曹操道：「二位稍待片刻，一會兒便會有眾將前來。」

果然，沒過多久，典韋、許褚二人便進了大帳，過一會兒，將領們陸續到來。

當眾將到齊後，曹操朗聲道：「諸位，這兩人是和我情同手足的兄弟，你們都來拜見一下。」

「參見二位將軍。」

高飛、孫堅聯手打破汜水關的事已經傳開，誰人不知，誰人不曉，但是真正見到面，還是頭一次。高飛、孫堅也不停地回禮。

曹操此時的酒意，經過剛才和荀彧的鬧騰減少了一些，逐漸恢復清醒，端坐在那裡，朗聲道：「文台兄，子羽賢弟，這些便是我曹營的將軍們，我來給你們介紹一下……夏侯惇、曹仁、曹純你們都認識，我也無需介紹了，其他的幾位，從左邊依次是夏侯淵、曹洪、李典、樂進，右邊最末尾的那個年輕小將叫曹休，乃是我曹家的千里駒。除此之外，尚有十餘員戰將留在兗州，等擊殺了董卓，我一定帶你們去兗州，讓我的部將都來見見你們。」

聽到曹操介紹完，孫堅感慨萬千，想想自己在長沙，兵不過萬人，大將只有程普、黃蓋、韓當、祖茂四人，實在少得可憐，就連高飛帶來的人，也只是一部分而已。他一想到人才，臉上便露出憂色。

高飛很清楚曹操的實力，曹操之所以能夠縱橫中原，多是因為他的家族殷實，而且族中人才濟濟，光姓夏侯的和姓曹的就能給他帶來許多利益，別說在兗州、豫州等地的豪族了。

他和曹操的出身不一樣，曹操屬於世家出身，而他毫無根基，就連宗族也被控制在董卓的手裡，殺沒殺，他也不知道。總之，他屬於白手起家的那種，今天看到曹操的這些人才之後，他暗暗地下了決心，回到幽州後，一定要廣收各路人才，**在亂世裡，只要有人才，就不愁沒有地盤**。

「孟德兄人才濟濟，而且兵多糧足，實在是群雄之中的佼佼者。袁本初不過是憑藉著其袁氏的名聲而已，根本無法和孟德兄相比。相信不久的將來，孟德兄必然能夠成為匡扶漢室的棟梁之才。」高飛讚道。

曹操冷冷地「哼」了一聲，怒道：「漢室？漢室的天下早已經讓董卓給霸占了，如今只有一個幾歲的娃娃在當皇帝，董卓欺負人家孤兒寡母的，一點廉恥都沒有。以我看，大漢真的要土崩瓦解了。如果真有那麼一天，我曹操說不定就能成為天下之主……」

孫堅聽後一臉的驚詫，沒想到曹操會說出這樣的話來，對他而言，漢室只要還有一點希望，他就會救助到底。他對曹操的言論沒有任何回音，只靜靜地坐在那裡，一言不發。

高飛急忙出來圓場，笑道：「孟德兄，你不是讓我看你推演的陣法嗎？我們現在何不去一看究竟？」

「好，我現在就帶你去看，眾將隨我一起去！」曹操朗聲道。

天色已經黑下來了，排列在曹營外面的一萬五千名士兵還在嚴陣以待，每個人都靜靜地站在那裡，等候命令。

「文台兄，子羽賢弟，你們請看，這便是我用青州軍和虎豹騎編制的戰陣，可以說是我曹軍最精銳的軍隊。」曹操一臉得意地站在轅門外，指著夜色下看不太清晰的軍隊，大聲地炫耀道。

孫堅一言不發，臉上的表情也變得十分木訥，他還在為剛才曹操說出的那番話而感到渾身不自在。對他來說，現在的曹操實力算是很強的，如果他真的有一統天下的雄心，或許會在這中原大地上掀起一番新的腥風血雨。

高飛還是一臉的平和，曹操的心思他根本就不用猜測，如果曹操沒有爭霸天下的雄心，那他根本不會費盡心機來曹營一探究竟。

他有點後悔，後悔自己在京的時候沒有殺掉以後對他極為不利的人，可是，就當時在京師的情況來看，他如果不及時離開的話，很可能會受到各派爭權奪利的牽連，說不定哪天死了都沒人知道。

他也想開了，現在這個樣子很好，曹操雖然有五萬大軍，可他在北方也不弱，光是烏桓人給他提供的兵員就高達五萬。而且他相信，那些烏桓人肯定能比

曹操的虎豹騎的底子好，只要加以訓練，必然能夠成就一支橫掃天下的鐵騎。

他在來的時候就已經看得一清二楚了，所謂的虎豹騎，也就是五千精挑細選的壯漢而已，戰馬也不是很好，身上的攜帶的兵器和戰甲也只是鐵製的，中原的馬匹多是來自北方的販賣，曹操能夠在中原混亂的情況下組建起一支五千人的騎兵隊伍，看來花了不少本錢。而青州軍，說白了就是一群收編的黃巾降兵而已，雖然身體健碩，可是臉上卻看不到一絲引以為傲的榮耀。

他並不擔心曹操這些所謂的精兵，因為**他堅信，他遲早有一天會帶著自己來自幽州的鐵騎踏平曹氏的基業，他要打敗曹操**。

腦中思緒頗多，他終於釋然一笑，對曹操道：「孟德兄，如此黑燈瞎火的，就算陣勢演變了，我們也看不清楚啊，不如讓人掌燈，在燈火下也能看得清晰一點。」

曹操「嗯」了聲，腮上還泛著紅暈，對身後的夏侯惇喊道：「掌燈，各將歸位！」

聲音一下，但見曹營的諸位將領各自向戰陣中走了過去，不一會兒，士兵便紛紛拿著火把走了出來，幾千手持火把的士兵極有規律的散布在戰陣的中間和周圍，充當起台柱，高高的舉起火把，筆直地站在那裡，用火光映照出一個不尋常的黑夜。

這時，曹仁舉著令旗來到曹操面前，躬身道：「主公，都已經準備好了，可以開始了嗎？」

曹操點點頭，道：「開始吧，讓孫將軍、高將軍見識見識我軍的精妙戰陣。」

「諾！」曹仁舉起令旗，猛然揮動起來。

令旗飄動，站在戰陣中的士兵齊聲發出「威武」的吼叫聲。緊接著，戰陣中較小的令旗接二連三的揮舞，排列在正前方的步兵方陣向後退去，排列在中間的虎豹騎開始分散到各個步兵裡面，步兵和騎兵之間的配合十分默契。

曹操為了能夠讓高飛、孫堅看清戰陣，帶二人上了軍營的瞭望樓，從高處向下看，戰陣變化盡收眼底。

高飛看得真切，原本排列整齊的方陣一下子向四周散開，每五百人組成一個小型方陣，五十個騎兵和四百五十個步兵相互交錯，步兵裡又分為刀盾兵、長槍兵、弓箭兵、弩兵四種，每種兵各一百人，除此之外，尚有五十人攜帶著一根根繩索。

這種以五百人為基礎的小型方陣組成了一個大型軍陣，一共有二十三個這樣的方陣排列其中，一萬一千五百人組成這樣的方陣，分散在各個位置，而將最中央的位置空了出來，留給那三千五百名虎豹騎，最後變成一個八卦形狀的戰陣。

「這是什麼八卦陣？」高飛看後，不解地問道。

曹操點點頭，誇道：「賢弟好眼力，只是說的不夠準確，這叫**八門金鎖陣**，是我研究了半年的結果。」

「八門金鎖陣？」高飛詫異地道。

看著陣形，沒想到八門金鎖陣竟然如此壯觀，而負責指揮戰陣的，就是曹仁，其他的將領則全部入陣，去指揮周邊的小型方陣了。

「不錯，這就是八門金鎖陣，以八卦為雛形，並且融和了賢弟的戰鬥隊形，以少量多變的戰鬥隊形組成整個陣形的基石，再以虎豹騎為中堅，只要敵人進攻，便可將其完全的吞沒在陣中。賢弟請看，陣中每五百人裡，我都過精心的布置過，每個兵種都有特殊的使命。此陣就算在大型混戰之中，也完全可以處變不驚，可攻可守，足以抵擋五萬敵軍從四面八方的進攻。」

聽完曹操的解釋，高飛實在是佩服曹操，真是一個軍事天才。不過，對高飛而言，這種陣形十分繁瑣，從布陣到陣形的演變，如果沒有長時間的訓練，根本不能真正發揮作用。

古代的陣法很多，可是真正用到實際戰爭中的卻少之又少，因為這種繁瑣的戰陣，必須要求每一個士兵都必須牢牢地將自己所處的位置記在心中，萬一一步走錯，很可能會破壞整個戰陣。而參軍的士兵往往沒有什麼學識，上陣殺敵他們或許不含糊，要讓他們記住這種繁瑣的演變，不用想也知道很困難。

高飛心裡有了底，曹操雖然偷窺了他的戰陣，可曹操始終是個古代人，在思想方面，往往會以古代遺留下來的兵書、戰陣為基礎，不會有什麼太大的突破性的思維。

這一點，就很難超越他了，至少他知道中外各國的歷史，熟悉世界戰爭的演變，雖然不是很精通兵法，但是他的腦子裡裝著幾千年的歷史，不停從古代名將身上搜羅出來戰爭的策略，就夠他在這個時代混的了。

「孟德兄真是高才，如此繁瑣的陣形，居然能夠讓部下演練的如此整齊，實在是佩服。」高飛大讚道。

曹操大言不慚地道：「沒什麼，小事一樁，我腦子裡裝的東西還很多，以後你會慢慢知道我有多厲害的。」

孫堅始終一言不發，靜靜地站在那裡，眼睛卻緊盯著曹操的後背，他似乎感受到這個站在他身邊的人以後會有多可怕。

就在他萌生殺意的時候，突然有一個人擋住了他的視線，一道凌厲的目光緊緊地盯著他，盯得他後背發涼。那個人居然是典韋。

典韋的雙眸裡射出兩道精光，如同毒蛇一般凌厲，他從孫堅的眼神裡察覺到異樣，身子便急忙扭轉了一下，擋在孫堅和曹操的中間，緊緊地盯著孫堅。

孫堅的目光忙轉到一邊，他覺得心跳得很厲害，他還是頭一次感受到如此凌厲的目光，那個眼神似乎要將他殺死一般。他的呼吸漸漸感到困難，緊接著，後背的冷汗開始直冒出來，不自覺的後退了一步，不敢再和典韋對視。

典韋用氣勢將孫堅從曹操的身後逼退了一步，他也不再理會孫堅，而是轉過了身子，雙手摸到後背上，掀起上身的一件大褂，竟然露出兩根插在褲腰裡的大鐵戟。

他緊緊地將鐵戟握在手裡，並且用健壯的身軀擋住曹操，一步也不挪開，眼角的餘光卻一直在看著側後方的孫堅。

孫堅此時已經滿頭大汗了，他的心跳得很厲害，用餘光看了看曹操身後那個只用眼神便使得他害怕不已的怪物，暗暗想道：「這個人真是一個厲害角色，沒想到居然能讓我不寒而慄……」

高飛和曹操一直在專注於八門金鎖陣的的操練，並沒有發現後面的細微變換。

又過了一會兒，八門金鎖陣大致演練完畢時，曹操則將高飛、孫堅送出了營寨。

看著高飛和孫堅離去的背影，曹操原本一臉的喜悅立刻恢復了平靜，並且讓人將所有的文武將領聚集在大帳裡。

典韋緊緊地跟在曹操的身後，顯得有點心神不寧。

「韋哥，你怎麼了？」許褚還是頭一次見到典韋一臉哀愁，伸出粗壯的手臂，搭在典韋的肩膀上，輕聲問道。

典韋沒有理睬許褚，而是對前面的曹操道：「主公，請你以後務必要多提防一下孫堅。」

曹操聽到典韋這句話，正在走路的他突然停了下來，扭過身子問道：「發生了什麼事？」

典韋道：「就在剛才主公和高將軍在前面觀陣的時候，屬下察覺到了孫堅身上帶著一股異樣的殺氣，而且他目露凶光的一直盯著主公的後背看。屬下以為，似孫堅這樣如老虎一樣勇猛的人，主公應多多提防才是。」

「韋哥，我怎麼沒發現？」許褚有點抱怨地道：「你發現了怎麼不告訴我？讓我一錘砸死那姓孫的，看他以後還怎麼露出殺氣。」

典韋很難得地笑了笑，道：「正因為如此，我才沒有告訴你。以你的脾氣，如果知道有人要害主公的話，你不把對方生吃火扒了才怪。」

曹操笑道：「有你們兩個在我身邊護衛，我便可以高枕無憂了，孫堅之流我也無需擔心。**霸氣外露的人，一般不是真正的英雄**，孫堅雖然勇猛，腦子卻不好使。我和他怎麼也算是老交情了，我知道他的為人，估計是因為當時我在大帳裡說錯了話。不過，**你們兩個最應該提防的是另外一個人。**」

典韋、許褚見曹操此時說話有條不紊的，便齊聲問道：「主公……你酒醒了？」

曹操道：「嘿嘿，我根本就沒醉。」

「沒醉？」典韋、許褚臉上一陣驚詫。

「**為了瞭解對手，知彼知己，我也只能出此下策**。外人皆知我曹孟德酒量不好，其實他們都不知道，我每次喝醉都是裝出來的，**當一個人在似醉非醉的時候，別人才會放下對你的防備，裝瘋賣傻有時候比清醒的時候更能瞭解對方對你的態度**。你們兩個要多向文若學習學習，從一開始，整個軍營裡就只有一個人知道我沒醉。」

典韋、許褚對曹操的話非常懵懂，但是知道曹操沒醉，兩個人也就不再追問下去了，因為他們明白，曹操那麼做，肯定有那麼做的目的。

兩人抱拳道：「諾！」

曹操笑了笑，轉身朝前走了過去，輕聲道：「走吧，進帳。」

許褚和典韋跟在曹操的後面，將要走到大帳的時候，許褚突然問道：「韋哥，主公說要提防另外一個人，另外一個人是指誰？」

典韋笑道：「今天來軍營的外人，除了孫堅和高飛，還有其他人嗎？」

許褚「哦」了一聲，似是恍然大悟，繼續問道：「高飛和藹可親，面相和善，我見他和主公有說有笑的，為什麼要提防他？」

曹操突然轉過頭，冷冷地道：「**真正的英雄，往往將自己的內心隱藏的非常深，外表看到的，並不是真實的。高飛是個笑面虎，這種人很難讓人琢磨他在想什麼**，總之，你們以後要時刻留意高飛軍的動向。我聽聞高飛帳下有五虎將，十校尉，又在幽州一帶平息了烏桓叛亂，並且收服了三十多萬烏桓人，而他此次前來會盟，出兵不過才一萬人，將不過趙雲、太史慈、華雄三人，說明他在保存實力。」

許褚聽完曹操的解釋後，這才恍然大悟，道：「原來是深藏不露啊。」

進入大帳後，眾將都到齊了，曹操朗聲道：「文若，今天的戲演得很精彩，整個軍營也就只有你看出來我是裝醉的，等回到兗州之後，我必然會好好獎賞你一番。」

眾將聽到曹操這句話，都面面相覷，想起當時曹操醉醺醺的樣子，都以為曹操是真的醉了，沒想到是裝的，恨不得找個地縫鑽進去，以遮掩臉上的羞色。

「元讓、子孝！」曹操叫道。

夏侯惇、曹仁同時出列，道：「末將在！」

「你們兩個是我的左膀右臂，是我軍的領兵大將，你們跟了我那麼久，居然連我是真醉還是假醉都分不清楚！從今天起，罰你們每天只准吃一頓飯，連罰三天，以示懲戒！」

夏侯惇、曹仁毫無怨言地道：「末將甘願受罰！」

其餘眾將聽到後，都人人自危，一聲不敢吭。

曹操遍覽眾將，看出眾將的擔心，只嘆了一口氣，並沒有繼續責罰，對程昱道：「仲德，如今我軍糧草尚夠支持多少時間？」

程昱答道：「啟稟主公，尚能維持一個半月時間，要不要派人到兗州催糧？」

曹操皺起眉頭道：「不必了，兗州有兩萬駐軍，我軍出征已經帶走一大半，剩餘的那些，估計也只夠他們度日之用。只要我們在一個半月之內擊退董卓，一旦占據敖倉，就能有大量的糧草。總之，現在我們要做的，就是把曹軍的聲威打出來，讓全天下的人都知道，是我曹操真正的帶領著天下群雄擊退了董卓，而不是那個徒有虛名的袁本初！」

「諾！」

曹操緊接著又吩咐了一下明日開赴虎牢關的事，便讓眾將各自回去休息，夏侯惇為他準備好的溫柔鄉，他也照舊享用，沒有白費了夏侯惇的一番苦心。

離開曹營後，高飛和孫堅並肩走在一起，他見孫堅心緒不寧的，在這個涼爽的夜晚，額頭上還冒著汗水，便主動問道：「文台兄，你今天是怎麼了？難不成是被曹操的八門金鎖陣給嚇到了，怎麼一直心神不寧的樣子？」

孫堅正在想事情，他的腦中總會浮現出典韋那盛氣凌人的氣勢來，以及那如蛇蠍一般毒辣的眼神，讓他到現在都還有點不寒而慄。此時聽到高飛的問話，含糊地道：「哦，沒什麼，只是有些心事罷了。」

高飛見孫堅不願意說，也就不問了。

走了沒多久，孫堅突然停住腳步，道：「子羽，你覺得曹操身邊那個叫典韋

的人，怎麼樣？」

高飛狐疑道：「典韋？文台兄，你難不成想要挖牆角？」

「挖牆角？」孫堅一臉問號，十分費解。

高飛忙解釋道：「你是不是想把典韋收為己用？從曹操的身邊拉攏過來？」

孫堅搖搖頭，道：「我只想知道你對典韋的看法，因為你看人比我準一點。」

「那倒是，我一向看人很準。」高飛也不謙虛，分析道：「典韋這個人，怎麼說呢，算是個猛將，武力高強，被曹操譽為『古之惡來』，可惜這樣的人物便宜了曹孟德，實在是讓人感到遺憾。」

「古之惡來……」孫堅默默地念了念，心中油然升起一絲殺機。

高飛不明白孫堅的心裡在想些什麼，試探地問道：「文台兄，曹操這個人被譽為治世之能臣，亂世之奸雄。如今董卓霸占朝綱，天下群雄率兵討伐，正是亂世中的亂世，一旦董卓被聯軍除去，鬆散的聯軍就會出現火拼，曹操這個人一定會成為這個亂世的奸雄。我知道文台兄一心忠於漢室，但是現在**大漢將傾，群雄並起的時代必然會到來，到時候文台兄將何去何從？**」

孫堅沒想過這些問題，他一心只想著怎麼打跑董卓，光復漢室，恢復漢室正統，然後自己以護國功臣的身分入朝輔政。自立為一方霸主，他還從來沒有想過，可是今天聽到高飛如此說，他原本那份忠於漢室的心也逐漸開始鬆動起來。

或許，像他這樣的人，就應該在亂世中雄霸一方。

「那子羽賢弟又是如何打算？」孫堅反問道。

高飛道：「自然會往幽州發展，如果亂世真的來了，我必然會以幽州為根基，向南奪取冀州，南據黃河，北逐塞外，統帥燕、趙之眾向南以角逐天下。亂世出英雄，我自認為自己是個英雄，自然要在這亂世當中博取一番大業。」

孫堅啞然，相比曹操、高飛，他的雄心顯然不夠。曹操以天下之主為目標，而高飛也是要爭奪天下的，他卻只想入朝輔政，實在差距太大了。

看到孫堅陷入沉思，高飛道：「文台兄，其實你也是一個英雄，英雄就應該在這個亂世中有所作為。**曹操盤踞兗州，以後必然會成為中原霸主，我則會在河北稱雄，我和曹操之間，勢必會有一場大戰。**我早有殺曹操之心，可是如今已經失去了那個機會，如果想要殺曹操，就必須依靠強大的實力。文台兄也是文韜武略的人，如果能夠在東南博取一番功業，**到時候你我合力夾擊曹操，平分天下也未嘗不可。**」

「難道你就不想一統天下？」孫堅突然問道。

高飛笑道：「當然想，不過文台兄和我平分天下的話，那就自當別論了。或

許，我們兩兄弟可以通過另外一種途徑來實現天下一統也說不定。」

孫堅猜測道：「你的意思是，我們共同輔佐大漢，使大漢繁榮昌盛？」

高飛聽了孫堅的話，覺得孫堅確實沒有多大野心，一心只想輔佐漢室，卻沒想過要自己開闢江山。但是他**要的就是孫堅這樣一個忠於漢室的人，這也是他要利用他的地方，只要孫堅不死，他就能利用兄弟間的情誼牽絆住孫堅。**

和孫堅相處那麼久以來，孫堅重情重義，是他值得深交的夥伴。反觀曹操，外表忠厚，內心奸詐，與曹操當兄弟的話，只能與虎謀皮罷了，袁紹是曹操的發小，結果還不是間接死在曹操的手裡?!

「嗯，大概是這個意思。」

孫堅突然哈哈大笑，剛才的憂愁也消失不見了，對高飛道：「子羽，為兄要多謝你今天的這一番話，真是令我茅塞頓開。我想，會盟之後，我便會回到吳郡老家，招募三吳之地的勇士，在江東創立一片基業，到時候我們二人聯手，天下可定。」

高飛點點頭，道：「嗯，文台兄，除了這些，你還要多保重自己的身體，衝鋒陷陣的事情交給部將去做。另外，袁術、劉表之輩最好不要接觸，這是我對文台兄的忠告，還望文台兄謹記。」

孫堅一把攬住高飛的肩膀，大聲道：「好兄弟，你可比那個曹孟德要好上十倍。」

高飛和孫堅並肩向前，心中卻想：「**其實我比曹孟德要奸詐上百倍，只是你不知道而已**。孫文台，我可不想你死得那麼早，你可千萬要為了我一直好好的活下去啊……」

回到自己的兵營，高飛的心情是愉快的。可當他一進入轅門，便見賈詡、荀攸擋住他的去路，臉上顯得十分焦急。

「主公，你可回來了，大事不妙了。」賈詡急忙道。

高飛知道事態一定很嚴重，問道：「發生了什麼事？」

賈詡道：「啟稟主公，劉備帶部下前去徐州刺史的營寨，已經正式辭去遼西太守的職務，並且被陶謙任命為牙門將軍，統帥徐州所有兵馬。」

「啊……」高飛大吃一驚，恨恨地罵道：「這該死的大耳賊，我千防萬防，始終沒有防住他。老子有心讓他做下屬他不肯，為了怕他離開幽州去別地發展，我故意給他一個遼西太守，如今他卻跑到徐州刺史陶謙那裡了，實在是氣死我了。」

荀攸、賈詡也是十分有遠見的人，自然知道高飛擔心的是什麼。

「主公，劉備到徐州，未嘗不是一件好事。」荀攸想了想，道。

高飛哦了聲：「此話怎講？」

荀攸道：「今日屬下行至陶謙大營外，聽到陶謙帳下的曹豹對劉備多有抱怨，便上前攀談，才知道劉備到陶謙陣營的真實意圖。」

「什麼意圖？難道是陶謙那老兒主動將徐州刺史讓給劉備不成？」高飛問。

荀攸笑道：「說讓倒是有些不妥。不過，和這也差不多。陶謙邀請劉備到徐州掌兵，無非是畏懼曹操，曹操在兗州有五萬重兵，陶謙擔心以後曹操會威脅到徐州，這才將劉備召了過去……」

「劉備有奶便是娘，當初要不是我將他召到軍中，他連參加平叛黃巾的機會都沒有。我真恨自己，明知道劉備是個梟雄，當初還傻傻的想將他收為己用，早知道就應該一刀殺了他！現在倒好，劉備跑去徐州了，這樣一來，定然會是個心腹大患。」高飛正在氣頭上，打斷了荀攸的話。

賈詡道：「主公，屬下和公達已經商量過了，劉備去徐州對我軍百利而無一害。」

高飛聽兩人如此說，不解地道：「此話怎講？」

荀攸道：「主公，這裡不是說話之地，還是進帳吧。」

一進大帳，但聽荀攸道：「主公，陶謙請劉備去掌徐州兵事，無疑是引狼入室。陶謙身體年邁，恐怕也活不了多長時間了，就算劉備在陶謙身亡之後得到了徐州，也是對我軍的一大好處。」

荀攸頓了頓，繼續道：「和劉備相比，主公如今最為憂慮的是誰？」

「曹操！」高飛答道。

荀攸道：「曹操現為兗州刺史，如果擊退了董卓，盟軍以現在的情況來看，肯定會發生火拼，到時候天下也隨之大亂。曹操定會揮師向東，獨霸兗州，當他完全占領了兗州之後，他必然會去攻擊徐州、豫州，以擴大自己的領地。和豫州的孔伷相比，徐州對曹操更具有威脅性，徐州盛產鹽鐵，百姓大多富庶，而且徐州地處淮、泗之間，土地也很肥沃，是一個產糧的重地。徐州和兗州緊緊相鄰，曹操若得到了兗州，豈有不攻打徐州之理？」

賈詡補充道：「主公一向擅於察人，既然主公認定劉備會是一個梟雄，那劉備必然有其得天獨厚的一面，而且關羽、張飛皆萬人莫敵的猛將，如果有劉備坐鎮徐州的話，或許曹操就不會那麼輕易的攻下徐州。一旦陶謙駕鶴西去，劉備必然會取而代之，到時候以劉備的雄心，也必然會和曹操爭奪中原的霸主之位，這

兩虎相爭，必有一傷，不管是誰勝誰敗，對於主公來說，都是一件好事。」

荀攸插話道：「如果主公強行把劉備留在幽州的話，無故殺之則是不義，如果放任自流，又會養虎為患，對主公占領幽州來說，實在是一個相當棘手的問題。如今劉備走了，公孫瓚、劉虞之流根本不足為慮，只要在回幽州的途中挑撥二人的關係，讓其彼此相爭，主公坐收漁翁之利，那麼就可以不費吹灰之力獨霸整個幽州。以幽州為基石，和鮮卑、夫餘、高句麗通好，勤勤懇懇的在幽州發展個一兩年，便可向南直入冀州，占領冀州之後，主公便可西進並州，東平青州，占此青、並、幽、冀四州之地，這一半的天下，就等於落入了主公之手。」

賈詡附和道：「等主公占有了河北之地，再勤修內政，訓練兵甲，不出三年，便足可以率領大軍蕩平中原，不管是曹操，還是劉備，又或是其他人，都要臣服於主公的鐵騎之下。那時候，統一天下就是遲早的事了。」

高飛聽賈詡、荀攸一唱一和，這個雙重奏一演完，便哈哈大笑起來，因為**他的帝王之路已經被這兩大謀士給擬定好了**。

他朝賈詡、荀攸二人拜道：「有二位先生在我身邊，真是我這輩子的福分。那我就照二位先生的戰略，等會盟之後，先定幽州，再平冀州，之後西征並州，東伐青州，最後南向以爭奪中原……」

賈詡、荀攸亦齊聲拜道：「主公雄才大略，我等甘願輔佐主公成就王霸之業，此生此世，永不背離！」

高飛道：「好，那就讓劉備去徐州，和曹操互相爭奪吧，現在咱們的當務之急就是儘快趕往虎牢，等擊退了董卓，就著手實施咱們的王霸大業。」

賈詡、荀攸聽高飛說「咱們」，心裡都十分感動，高飛無疑已經將他們當成了成就王霸大業中必不可少的一個環節，二人歡喜地道：「屬下遵命！」

第三章
聯軍會師

虎牢關外三十里處，聯軍大營絡繹不絕，綿延出十幾里，各色旌旗迎風飄展。北路軍和中路軍順利的會師在一起，聯軍兵力高達二十多萬，大營挨著一座大營，將原本空曠的原野連成了一片，乍一看之下，簡直是聲勢滔天。

第二天，停頓在汜水關的五萬多兵馬開始向虎牢關進發，和北路軍的袁紹、丁原等人進行會師。

與此同時，南路軍的劉表、孔伷在潁川郡停滯不前，和防守軒轅關的牛輔形成了對峙，而袁術所帶領的另外一支軍隊，在抵達南陽後，迅速突破了董卓軍防守的武關，但是卻也停滯不前。

為了不給自己在其他諸侯嘴裡留下口實，袁術派遣山陽太守袁遺帶著兩千兵馬奔入三輔地帶，虛張聲勢，作為疑兵，在董卓所控制的三輔領地內轉悠了一圈，便又退回了武關。

虎牢關外三十里處，聯軍大營絡繹不絕，綿延出十幾里，各色旌旗迎風飄展。北路軍和中路軍順利的會師在一起，聯軍兵力高達二十多萬，大營挨著一座大營，將原本空曠的原野連成了一片，乍看之下，簡直是聲勢滔天。

在聯軍大營最中央的盟主營中，各路諸侯會聚在一起，袁紹端坐上首，劉虞、曹操、高飛、孫堅、公孫瓚、丁原、張揚、陶謙、王匡、張邈、張超、孔融等皆坐在下首位置，而各個諸侯身後，還帶著一位貼身將領隨行，大帳內是熱鬧非凡。

「諸位，自會盟以來，我軍連克董卓兩處關隘，實在是可喜可賀。並州刺史丁原以五千輕騎擊退董卓帳下張濟、樊稠的五萬大軍，並且取得了聯軍首戰以來的第一功，不僅給我聯軍揚威，也使得董賊大軍人人自危，這真是一箭雙雕啊。除此之外，長沙太守孫堅、遼東太守高飛也以少勝多，攻克了汜水關，迫使董卓緊守虎牢關，也是大功一件，諸君應該多多努力才是，一鼓作氣，攻克虎牢關，殺了董賊，共同匡扶大漢的天下。」

袁紹忍不住臉上的喜悅之色，說得興奮不已，彷彿是他的軍隊奪得了頭功似的。

他這邊話音一落，那邊便有諸侯朗聲道：「這都是盟主指揮有方，若無盟主親臨北路軍，並州兵又怎麼能取得首戰的第一功呢？」

「放你娘的狗臭屁！這仗是我並州人打的，人也是我並州死的，怎麼從你嘴裡說出來的話，就都成了他袁紹的功勞？」一直站在丁原背後，手按佩劍的呂布聽到了這句話，立刻暴跳如雷，大聲地罵了出來。

此話一出，整個大帳內的氣氛便變得十分的緊張，各路諸侯一言不發，心中各自盤算著小算盤，目光都集中在呂布的身上，時而又看了看袁紹的表情。

袁紹的表情十分難看，身為盟主，居然被人指名道姓，對他來說，實在是羞辱。好在他早就養成了禮賢下士的好習慣，並沒有生氣，反而朗聲道：「奉先，

請息怒，這位大人不會說話，這首戰的第一功自然是你們並州的，而你更是一戰成名，恐怕以後董老賊夜裡做夢都會被驚嚇的醒來，時刻提防著自己腦袋呢。」

呂布冷哼一聲，道：「我只是實話實說，沒什麼別的意思，功勞是我並州的，誰也不能抵賴，天下人盡皆知。」

陳留太守張邈的身後，站立著一位身穿長袍的漢子，那漢子臉上的稜角十分分明，雙眼直直地盯著呂布，嘴角露出一絲微笑，心中想道：「此人霸氣外露，氣勢逼人，又有舉世無雙的武藝，和張邈比起來，反而要勝過張邈數百倍，如果能夠得到我的輔佐，成就王霸之業，也未嘗不可。」

眾人都沒有再說話，氣氛開始僵持了，一些人就是等著看笑話，他們都聽說了呂布以五千輕騎逼退了張濟、樊稠的五萬人，從心眼裡佩服他，但是也都各個忌憚他。

高飛坐在那裡，觀看著全場的氣氛。

他對呂布算是十分的瞭解了，武力超群，蓋過三國諸位將領，可以說有他在的時代，什麼關羽、張飛、趙雲、典韋、許褚、馬超、甘寧、太史慈之流，都統統得靠邊站，算是那個時代的戰神。同時，他也知道，呂布是個反覆無常的小人，所以他不敢去拉攏，萬一控制不住他，死的人可就是自己了。

良久，袁紹才說出話來：「今日叫大家來，是商議一下如何攻破虎牢關，董賊已經在虎牢關駐防了十三萬西涼兵，虎牢關易守難攻，我軍雖然人數眾多，但是強攻的話，肯定會有不少傷亡，不知道你們有什麼意見？」

「董卓兵強馬壯，又是以逸待勞，加上虎牢關易守難攻，看來要費些時日了，而這場決定性的戰爭，也定然會成為一場曠日持久的戰爭。而我聯軍糧草如今已經出現短缺的狀態，當務之急是解決糧草的事。」曹操首先道。

袁紹聽了道：「我已經讓韓馥在冀州籌措糧草了，諸位切勿憂慮，相信糧草不日便到。」

「為了不讓戰爭這樣延遲下去，就算要強攻，也要不惜一切代價突破虎牢關，天子尚在董賊手中控制著，咱們身為大漢的臣子，豈能這樣一再延遲下去？」劉虞終於坐不住了，站起身來道：「就讓我幽州兵馬打頭陣吧，先於陣前斬將，立下軍威，給我聯軍增長士氣。子羽，你可願意率領本部人馬和老夫一起去？」

高飛臉上一怔，心中暗罵劉虞把他也給拖下水了，但是面對群雄的期待目光，他如果不去，自然會受到天下群雄的恥笑。可是去的話，肯定會折損兵馬，他的一萬騎兵已經折損了一千多人，再這樣打下去，估計這次他的兵馬會全部消

耗殆盡。

他略微遲疑了一下，沒有立刻做出答覆。

「區區董賊，就把你們嚇成這個樣子了？」呂布突然站了出來，環視一圈道：「董賊的西涼兵雖然驍勇，但我並州兵也不輸給董賊。就算董賊有十幾萬兵馬好了，只要我率領部下一陣衝鋒，管他多少兵馬，我都視為草芥，安能抵擋我呂奉先的鐵騎？」

高飛早已打聽過呂布以五千騎兵突破張濟、樊稠布置在成皋黃河沿岸防線的事，據河內太守王匡親口說，那一場仗真是驚天地、泣鬼神，丁原設下疑兵，做出大軍強行渡河的舉動，吸引張濟、樊稠的視線，呂布卻暗中從上游渡河，渡河之後，沿河急速飛奔一百里，以五千輕騎突然殺到張濟、樊稠背後，所過之處無人敢攔，直接到中軍斬殺了張濟、樊稠的十幾員部將後，董軍陷入混亂，張濟、樊稠也被迫退回虎牢關。

他此時見呂布親自出來挑大梁，正好解了他的圍，當即道：「呂將軍天下無敵，部下兵將更是猶如天降神兵，我幽州兵馬剛剛在汜水關苦戰，士卒身心疲憊，不宜再次出兵，應該多休息休息。我以為，呂將軍的驍勇已經給董賊的軍隊造成了心理上的震撼，那些董賊的士兵一見到神勇無敵的呂將軍，定然不戰自退。不如就由呂將軍率領部下天兵天將打頭陣，定然能夠讓董賊聞風喪膽。」

呂布聽高飛如此誇讚自己，心裡真是美滋滋的，哈哈地大笑兩聲，重重地拍了拍胸口，朗聲道：「好！說得好！我呂奉先就是天下無敵，誰敢擋我的去路，我就殺了誰，董賊那群烏合之眾，就由我去殺了，等突破了虎牢關，我呂布的名字定然會揚名天下。」

袁紹見有人肯出頭，自然不會反對，便道：「好，就衝呂將軍這句話，這先鋒的位置就交給呂將軍了。丁刺史，你有如此佳兒，實在是天大的福氣啊。」

丁原自始至終都沒有說一句話，捋了捋發白的鬍鬚，淡淡地笑了笑，應承道：「盟主過獎了。」

呂布轉過身子，朝丁原拜了拜，朗聲道：「義父，我們走吧，去準備準備，一會兒殺奔虎牢關。」

丁原點點頭，老人斑布滿的老臉一直是板著的，像是誰欠了他許多錢一樣。他緩緩地站了起來，朝端坐在正中央的袁紹拱拱手，道：「就此告辭。」

袁紹突然道：「且慢！單去你一路並州兵，本盟主實在不太放心，為了給我聯軍壯大聲勢，我決定各路諸侯都各自帶領親隨前去觀戰，為並州兵壯聲勢！」

丁原道：「多謝盟主，那建陽就先告辭了，我們虎牢關下見。」

話音一落，丁原帶著呂布轉身便走了出去，將群雄撂在那裡，一股盛氣凌人的姿態。

看到丁原遠去，袁紹一屁股坐了下來，冷哼一聲，抱怨道：「神氣什麼？不就是剛取得一次勝利嗎？這麼快就不把天下群雄放在眼裡了？」

曹操譏諷道：「丁原有炫耀的籌碼，本初，你有嗎？」

袁紹不屑地道：「我有顏良、文醜，此二人勇冠三軍，一個區區呂布算得了什麼?!散了散了，請各位都各自回去準備吧，一會兒發兵虎牢，去給並州兵壯聲勢，怎麼說我們都是聯軍，應該共同進退。」

聲音一落下，袁紹便起身走了，身後跟著的一個文士急忙緊隨其後。

於是，在座的人都各自散去。

曹操在袁紹走出去的時候，瞥了袁紹一眼，似有不服的意味，朝在座的人拱了拱手，便大搖大擺地走了出去。

劉虞走到高飛的身邊，對高飛道：「子羽，我先回去，一會兒在你軍營前面等你，我們一道去虎牢關。」

高飛點點頭，目送劉虞離開。

一直站在高飛身後的賈詡忍不住附耳對高飛道：「主公，呂布驍勇，若得此人為將，天下可定。」

高飛知道賈詡的意思，但是他不準備收呂布，因為他瞭解呂布這個人，便對賈詡道：「此人反覆無常，收之無益。不過他帳下的張遼、高順二人還需要你多費些心思，趁著這些天的功夫，麻煩你親自造訪一下他們，探探口風。」

賈詡「諾」了聲，道：「主公，我們也該走了。」

高飛起身欲走，卻看見劉備跟在陶謙背後，當即叫道：「玄德兄請留步！」

劉備轉過身子，見是高飛，便對陶謙道：「請使君大人先回，我一會兒便到。」

陶謙沒說什麼，轉身便走了。

劉備朝高飛拱手道：「未知高將軍有何見教？」

高飛笑道：「也沒什麼，就是突然聽聞玄德兄辭去了遼西太守的職務，覺得有點突然，我正在為玄德兄的前程擔心，不想玄德兄已經到了徐州刺史的帳下，我自當來恭賀一番。」

劉備道：「高將軍太客氣了，之前舉薦我為遼西太守的事，我還沒有謝過玄德兄呢，這回又主動向我道賀，我實在受之有愧。這樣吧，我請高將軍到我那裡喝上一杯，我們長久以來並未促膝長談過，不知道高將軍能否賞光？」

高飛道：「好啊，那就恭敬不如從命了，等並州戰事一了，我必然會親自登門拜訪。」

劉備抱拳道：「好，長話短說，何況大家也有要事在身，就先行別過了。高將軍，就此告辭。」

劉備離開了大帳，高飛的笑容也收了起來，心中暗暗地罵了劉備幾句。「這個人不簡單，子羽賢弟以後需多多提防。」孫堅不知道從何處冒了出來，像個鬼魅一樣，在高飛的耳邊說起了話。

高飛見是孫堅，寒暄道：「原來是文台兄啊，文台兄今日氣色不錯嘛。」

「呵呵，託賢弟的福氣啊。賢弟，走吧，眾人都散了。」

高飛和孫堅寒暄了幾句後，便各自分開。

高飛自言自語道：「孫堅也不知道是怎麼了，從昨天開始，就一直魂不守舍的，像是有什麼心事一樣，之前那種盛情凌人的氣勢也消失得無影無蹤了。」

「主公，或許是昨天主公的那番話點醒了孫堅，孫堅一心忠於漢室，面對這種天下即將裂變的情況，他自然會顯得要深沉一些，何況主公已經把話說得那麼透澈了，孫堅也一定會明白的，說不定正在籌畫如何占領江東呢。」賈詡開解道。

高飛笑道：「或許吧，去叫上趙雲、太史慈、華雄，還有荀攸，你們隨我一起去虎牢關，其他人就在軍營休息吧。」

「諾！」

巍峨的虎牢關，座落在成皋縣境內，在汜水以西，因西周穆王在此圈養猛虎而得名。唐朝以前，皆稱之為虎牢關。到了唐朝時，因為避唐高祖的祖父李虎的忌諱，改稱武牢關，或是稱為汜水關，虎關、成皋關、古崤關，位於河南省滎陽市區西北部十八公里的汜水鎮。

這裡秦置關、漢置縣，以後的封建王朝，無不在此設防。虎牢關南連嵩嶽，北瀕黃河，山嶺交錯，自成天險，大有一夫當關，萬夫莫開之勢，為歷代兵家必爭之地。

虎牢關下，呂布一馬當先，手持方天畫戟，胯下騎著一匹青色的高頭大馬，頭戴熟銅盔，身披亮銀甲，威風凜凜的站在萬軍面前，成為聯軍和董卓軍共同矚目的一個人物。

他策馬向前，將方天畫戟向前一招，大喊道：「董卓老兒，快快出來受死！」

虎牢關上，董卓在眾將的簇擁下，見呂布如此威風，便指著呂布問道：「此乃何人？」

張濟、樊稠在董卓身邊答道：「啟稟太師，這人便是並州刺史丁原帳下的呂布呂奉先。」

「呂布？」董卓聽到此名，一臉的橫肉氣得直抖動，問道：「他就是以五千輕騎突破黃河沿岸五萬兵力的呂布？」

張濟、樊稠二人自從被呂布逼退後，雖然折損兵馬並沒有多少，但是在氣勢上早已輸了一陣，他們二人敗回虎牢關之後，被董卓好一頓臭罵。如今聽到董卓的問話，兩個人都不敢搭腔。

「你們這些沒用的廢物！連一個小小的呂布也收拾不了？真是丟我西涼人的臉！」董卓雙手按著牆垛，氣得咬牙切齒，恨不得一口將關下的呂布給咬死。

李儒急忙圓場道：「太師息怒，張濟、樊稠也並非無能之輩，只能說呂布太強……」

「你還有臉說？我讓你去駐守汜水關，結果呢？李傕戰死，汜水關也丟了，虧我還將你們當成我的心腹愛將，你們真是讓我太失望了！」董卓暴躁的脾氣一發動起來，誰勸誰倒楣。

李儒畢竟跟隨董卓多年，是董卓的女婿，該怎麼樣對付自己的老丈人，他自有一套法子。見董卓動怒，他不退反進，反而嘻皮笑臉地道：

「太師息怒，李傕之死是他咎由自取，輕易相信了別人的鬼話，當時我接到張濟、樊稠敗退的消息，急忙勸李傕回軍，誰知李傕執意不肯，還把我們全部轟回去了，說他一個人便可以殺死高飛、孫堅。這事我都和太師說過了，當時我也怕汜水關受到聯軍的前後夾擊，也充分相信李傕能夠殺死敵方大將，便帶著徐榮、郭汜退了回來，哪知道……」

「好了好了，我已經知道了，這事我也不想追究了。」董卓看著關下不斷叫囂的呂布，指著呂布道：「誰敢去和呂布決一死戰？砍下他的頭顱的，我封他做萬戶侯！」

「末將願往！」徐榮手持一把大刀，從李儒的背後站了出來。

董卓道：「壯哉，你的武力不弱，就由你去試試呂布的實力，讓我看看，這呂布到底是何方神聖！」

「諾！」徐榮當下操刀下了城樓，帶著五百騎兵從虎牢關內湧了出去。

虎牢關下，呂布叫囂半天，見關上一點動靜都沒，他正準備調轉馬頭回去，卻突然見關門大開，從關門內湧出了一員舞著大刀的戰將，身後跟著五百騎兵，散布在城門邊。

呂布定睛看過去，見那戰將尚有幾分威嚴，可他卻並不放在眼裡，當下叫道：「來者何人？」

徐榮見呂布一副吊兒郎當的樣子，根本沒把他放在眼裡，策馬向前奔跑了一段路，將手中的一口大刀舉了起來，大聲喝道：「叛賊呂布，我乃前將軍徐榮，今日特來取你狗頭，你識相的話，快快下馬授首！」

聯軍中，各路諸侯都在陣前觀戰，孫堅向前走了兩步，他曾經和徐榮交過手，徐榮的武力確實不弱，便好心提醒道：「呂將軍，此乃董卓帳下一員，比之張濟、樊稠之輩遠勝出太多，將軍還需小心啊！」

呂布只淡淡一笑，頭也不回，對孫堅的話罔若無聞，對徐榮喊道：「你不是我的對手，快快退下，叫那董卓老賊出來受死！」

徐榮藝高人膽大，他自恃武力要高過董卓從涼州帶來的李傕、郭汜、張濟、樊稠四人，也急於在董卓面前立下軍功，以彌補他丟失汜水關和滎陽的事。此時他聽到呂布如此囂張，便拍馬而出，大喝一聲：「欺我太甚！」

呂布見徐榮策馬向他奔來，他慢悠悠的向前跑了一小段路，然後勒住馬匹，單手舉著手中的方天畫戟，專門等候徐榮前來。

這一幕讓所有人都震驚了，馬上對戰靠的就是衝撞力，離的距離越遠，馬匹奔跑的速度越快，帶來的殺傷力就越大，而呂布卻勒住馬匹站在那裡一動不動，就彷彿是一個活靶子任人隨便亂刺一樣。

徐榮見呂布擺出這種迎戰的姿勢，整個人憤怒到了極點，眼看馬匹快要奔馳到了，便急忙揮動手中的大刀，使出全身的力氣向呂布砍了過去。

刀鋒在太陽光下映照出一絲寒光，鋒利的刀刃發出滲人的寒意，那股猶如力劈華山的力道萬一落將下去，必然會將活生生的人劈成兩半。

刀刃正在落下，徐榮的臉上掛滿了自信的微笑。

呂布依然騎在馬背上，連動都沒有動一下，讓人不禁為他捏了一把汗。

突然，徐榮的馬匹衝到了呂布的跟前，手中的大刀也順勢劈了下去，眼看就要劈到呂布的肩膀上時，卻猛然聽到一聲「錚」的清脆響聲，一把大刀直接飛向空中，在空中肆意的旋轉，越升越高，越轉越快，絲毫沒有下落的意思。

「啊——」緊接著，徐榮發出一聲慘叫，他的整條右臂已經不見了，身上不斷向外噴著血，將他半邊的身體染得鮮紅。

與此同時，呂布騎著戰馬從後面疾速飛奔過來，把手中的方天畫戟向前一刺，將斷掉右臂的徐榮整個人給刺穿。

他大喝一聲，便將徐榮整個身體從馬背上挑了起來，向空中用力拋出，徐榮的身體騰空而起。

這個時候，先前飛向空中的大刀也筆直地落了下來，刀刃像是鬼使神差一般，從遠處飛了過來，直接插進徐榮的心窩，隨著徐榮的身體開始向下掉落。

「挑斬！」

呂布突然馳馬到徐榮身體掉落的地方，將手中的方天畫戟給舉了起來，大喝一聲，開始揮舞著方天畫戟在空中一陣揮砍……

只一瞬間，徐榮掉落在地上的已經不再是屍體，而是被斬成一段一段的肢體，內臟、四肢、頭顱、骨頭，全部支離破碎，讓人看了幾欲作嘔。

呂布依然單手持著方天畫戟，那根大戟上還掛著一段腸子，鮮血淋淋的。

他策馬來到虎牢關下，瞪著兩隻凶狠的眼睛望著關城上的董卓，大聲吼道：

「董賊！快快出來受死！」

隨著這聲暴喝，跟徐榮出來的那五百名騎兵座下的戰馬變得焦躁不安，騎兵也都心生膽寒，紛紛退入關內，城門也緊緊關閉著。

天地間一派肅殺，氣氛異常的緊張，空氣中瀰漫著令人作嘔的血腥味……

呂布單馬立在虎牢關下，**此時的他有如一尊戰無不勝的神像，加上他那足以**

氣吞山河的氣勢，還有天下無敵的武力，讓他的形象突然上升到一個高不可攀的地步。

聯軍中前來觀戰的各路諸侯，各個文武將領，無不被呂布的神勇所折服，在他們的眼裡，這種事情還是頭一次見到。就連在場的關羽、張飛、典韋、趙雲、太史慈、許褚、顏良、文醜、華雄等輩，都不禁捫心自問，此等勇武，他們是否能夠做的如同呂布一樣完美。

群雄中，曹操皺起了眉頭，看到剛才那一幕，他聽到背後典韋、許褚二人發出一聲驚呼，他還是頭一次看到兩人有這樣的反應。

他看著呂布英武的背影，心中想道：「呂布天下驍勇，我若得呂布，就等於將天下牢握在自己的手中。」

高飛早便知道呂布是這個時代天下第一的武將，可是沒有想到會這樣的勇猛，一個回合解決了徐榮不說，還用手中的方天畫戟將徐榮斬得七零八落。

要知道，戟這種武器的邊緣鋒利程度可是很一般的，只能用來刺、鉤等，而呂布演示出來的戟法，卻是用畫戟最為駑鈍的地方去斬殺徐榮的屍體，天底下能將畫戟用成如同鋼刀一樣鋒利的，他還是頭一個。

「二哥，你剛才看見了嗎？那呂布是真的用戟斬斷了徐榮的屍體？」與高飛

相隔不遠的張飛叫了起來，瞪大眼睛質疑道。

關羽點點頭道：「那一記挑斬實在是太漂亮了。三弟，此人的武藝要遠遠高出我們，以後還需小心為妙。」

「哼！有什麼了不起的，不就是一記挑斬嘛！能比得上俺的連刺？有機會，俺一定要和他比試比試，呂布這小子，燃起了俺心中的鬥志，不和他交手，俺這輩子都寢食難安，俺一定要和他一較高下！」張飛不服氣地道。

張飛的聲音很大，引來了許多人的目光，眾人看了，心裡都暗自嘲笑張飛這個無名之輩。

劉備止住關羽、張飛的談話，聯軍這邊再次靜了下來。

高飛覺得不服輸倒是和張飛的性格很像，他輕輕一笑，對身後的趙雲道：「子龍，你比呂布如何？」

趙雲也是一臉的不服氣，聽到高飛的問話，道：「呂布勇猛，這一記挑斬確實漂亮，可對方是徐榮，若是換了我，勝負尚未可知。」

曹操和高飛緊挨著，背後一向少言寡語的典韋突然對身邊的許褚道：「許胖子，你記下這個人，有機會，我們一定要和他鬥上一鬥。」

不一會，在場的諸位將領開始發起了牢騷，同時也被呂布斬殺徐榮的那一幕激起了心中的鬥志，臉上紛紛表現出不服氣的樣子，似乎都準備要向呂布發出挑戰。

「董賊！出來受死！」

呂布還在前方叫陣，絲毫不知道他的背後有好幾雙眼睛在盯著他。

虎牢關上，董卓看了，驚得目瞪口呆，他十分瞭解徐榮的實力，卻不想被呂布一個回合便殺了，不禁對呂布生出畏懼，急忙道：「高掛免戰牌，沒我的命令，誰也不許出戰！」

虎牢關上掛起了免戰牌，無論關下的呂布怎麼叫喊，虎牢關裡都風平浪靜。呂布試圖攻擊了幾次，可每次攻擊都以己方傷亡為代價，無奈之下，聯軍只得退軍回營。

看到關前聯軍退走，董卓帶著眾將回到了府邸。

大廳裡，董卓高高在上，看著站立在面前的李儒、郭汜、張濟、樊稠等人，大聲吼道：「你們都想想辦法，該怎樣把呂布弄死！聯軍裡有他在，對我們是一個巨大的威脅！」

「太師，小人有一計策，可以讓呂布主動來投靠太師！」

董卓正在一籌莫展之時，忽然聽到不知道是誰說出這句話，急忙抬起頭，見一個尖嘴猴腮的瘦弱漢子站在中央，問道：「原來是你……你有何計策，快快說來！」

那人姓李名肅，乃是五原九原人，和呂布是同鄉，家裡也是九原縣的大戶。早年為了躲避鮮卑人的襲擾，便舉家遷徙到洛陽一帶。他用錢買了一個看守城門的小官，董卓帶兵入京時，就是他第一個打開城門，將董卓給放進了洛陽城。

董卓也因為他有開城門的功勞，便給了他一個城門校尉做，董卓調集大軍屯兵在虎牢關，他的部下也在其中，便一道跟著來了。今日在陣上看到關下的是呂布，心中便燃起一絲壞心思，此時見董卓愁眉苦臉的，他見機會來了，便主動前來獻策。

只聽李肅道：「啟稟太師，呂布和小人乃是同鄉，小時候還一起放過馬，算是情同手足了，小人願意憑藉三寸不爛之舌說服呂布前來投靠太師……」

「如果你真的能夠說服呂布來投，那我何懼關東聯軍？你現在就去，只要呂布來投靠，我就封你為萬戶侯，世襲罔替。」董卓歡喜地道。

李肅一聽董卓願意給那麼大的封賞，臉上立刻露出喜悅表情，道：「多謝太師恩賞。不過，小人空手而去，只怕未能使得呂布信服……」

董卓嘴角上揚起了一絲詭異的微笑，對李肅道：「你需要什麼，就請直言，只要能收服呂布，就是金山銀山我也給。」

「呂布這個人愛貪圖眼前利益，如果太師能準備上一箱金銀珠寶，又許其高官厚祿，他必然會心動。不過，這些都是見面禮，真正的寶貝才能使呂布看上眼，我聽聞太師在西涼獲得了一匹神駒，名曰『**赤兔**』，乃是馬中極品。呂布自幼學習騎射，弓馬嫻熟，加上他武藝超群，更能彰顯他的威猛。但是，呂布所缺者，只有一匹座下神駒，他也是愛馬之人，**如果能得太師的赤兔馬相贈，他必然會前來投靠**。」

想到要將心愛的寶馬相贈，董卓就有點心痛，為難地道：「李肅，金山、銀山，我都可以毫不猶豫地給他，可是這赤兔馬兩次救我在危機之中，乃是我最為依賴的神駒，是去年我從大宛人進貢的貢品中奪下來的。除了赤兔馬，你想想，呂布還喜歡什麼其他的東西不？」

李肅道：「太師，呂布手持方天畫戟，身披亮銀甲，唯獨缺少的就是一匹座下神駒，那金銀財帛和高官厚祿只是底子，如果少了赤兔馬，估計呂布不會來投靠太師。」

「不行，赤兔馬乃我最喜愛的神駒，我怎麼能將其拱手送人？」董卓突然怒道。

李儒見董卓發怒，眼睛骨碌一轉，急忙拜道：「太師，呂布驍勇異常，只一個回合便將徐榮斬殺，此等戰將若歸附了太師，放眼天下，以後誰還敢跟太師做對？赤兔馬再好，也無非是一匹馬而已，只要呂布肯來相投，以後幫助太師打天下，再多的赤兔馬也都能為太師找來，太師金山、銀山都捨得給，為何吝嗇一匹馬？」

董卓道：「赤兔馬若是給了呂布，那我騎什麼？」

李儒嘿嘿笑道：「呂布騎著赤兔馬給太師打天下，太師便可高枕無憂了，還用得著騎馬嗎？何況，如果呂布知道是太師忍痛割愛，必然會對太師一番感恩戴德，只要呂布能來投靠太師，太師便可以在酒池肉林中天天消遙自在，用一匹赤兔馬換取天下，這樣的交換，豈不是很值得嗎？」

董卓仔細地想了想，終於點頭，指著李儒道：「那好，老夫割愛，不過，你以後要給老夫再弄一匹比赤兔還要好的馬來！」

李儒笑道：「太師放心，屬下一定照辦。」

「嗯，這事就交給你辦，讓李肅當虎賁中郎將，當我董卓的使者，官爵上一定不能太低。另外，你再去催催馬騰、韓遂，讓他們的兵馬儘快抵達虎牢關。」

李儒道：「諾！太師，李傕的舊將楊奉從白波谷成功招撫白波賊回來了，並且帶來三萬白波賊為太師聲援，不知道該怎麼封賞他？」

董卓道：「楊奉？既然是李傕的舊將，就讓他暫時統領李傕舊部，並且封他為平難中郎將，一併統領白波賊，讓他暫時在關內歇息，等呂布來投之後，我必然有用到他們的地方。」

李儒道：「諾，屬下這就去處理這些事。」

董卓擺擺手道：「老夫累了，你們也都下去吧，郭汜、張濟、樊稠，緊守關門，切勿出戰。」

「諾！」眾人齊聲拜道。

高飛和各個觀戰的諸侯從虎牢關退回來之後，整個聯軍都沸騰了，呂布一個回合斬殺敵軍大將的消息奔相走告，呂布也一時成為聯軍裡最為傳頌的人物。

同時，一些不服氣呂布的人也不少，諸如關羽、張飛、趙雲、太史慈、典韋、許褚、顏良、文醜等，對那些諸侯來說，有的賞識呂布，有的則將其視為眼中釘，每個人的內心都很複雜，但是在大環境下，聯軍內部還看不出來有絲毫內訌的局面。

回到軍營後，天色也晚了，高飛帶著趙雲、太史慈，如約來到劉備所在的徐州兵軍營。

剛到軍營，簡雍、田豫早已等候在那裡了，見高飛帶著趙雲、太史慈前來，急忙上前迎接，道：「簡雍、田豫，恭迎高將軍。」

高飛和簡雍、田豫寒暄幾句，便被迎入了大帳。大帳裡，劉備帶著關羽、張飛前來迎接，便一同進入大帳，各自在大帳裡坐了下來。

高飛剛剛坐定，便見張飛抱著兩罈酒走了過來，打趣道：「翼德兄抱了如此一罈美酒，難不成是想將我灌醉嗎？」

張飛哈哈笑道：「俺老張很少主動給人倒酒，就是俺大哥、二哥，也沒有幾次讓俺給他們倒酒的福分，今天俺老張主動來給你倒酒，難道你還嫌棄俺不成？」

高飛笑道：「翼德兄說笑了。」

張飛走到高飛座前，將整罈酒放在高飛面前，道：「俺一聽說大哥要請你喝酒，就高興的不得了。在俺的印象中，似乎只有你請俺們，俺們還沒有請過你，所以，這次俺兄弟三人要和你不醉不歸，這罈酒雖然不是俺親自釀造的，卻也算得上是罈不錯的美酒，你可一定要喝完這罈酒哦。」

高飛還沒有來得及回答，便見張飛又走到趙雲而前，嘿嘿笑道：「子龍兄，咱們也許久沒見了，你也喝個痛快。還有這位兄弟，你們兩個別喝太多，萬一高將軍醉倒了，你們好扶著他回營。」

「翼德兄真是粗中有細，子龍佩服。」趙雲拱手道。

太史慈一言不發，他和張飛、關羽、劉備不太熟，而且他看關羽那副模樣也不怎麼順眼，索性默默坐在那裡。

高飛之所以帶著趙雲、太史慈前來，無非也是為了以防萬一，爾虞我詐的場面他見得太多了，所以必須時刻提防著。因為，**在他的心裡，沒有永遠的敵人，也沒有永遠的朋友，只有永遠的利益**。為了爭奪皇位，兄弟、父子都自相殘殺，何況他和這些人都無親無故呢。

待張飛回到自己的座位，便見劉備舉起手中的酒杯，衝高飛道：「高將軍，長久以來，我們兄弟三人承蒙將軍的照顧，自從黃巾起義開始，我們便是患難與共的兄弟了。為了兄弟情誼，我們共同滿飲此杯。」

聲音落下，六人共同舉杯，一口喝完杯子裡的酒。

一杯酒下肚後，便聽劉備道：「高將軍是個雄才大略的人，不知道高將軍在會盟之後有何打算？」

「媽的，看來我猜中了，劉備不會平白無故的請我喝酒，定然有什麼事情要

求我，或者讓我幫忙。」高飛心裡想道。

他心裡雖然那麼想，嘴上卻是另一番說詞，婉轉地道：「我身為遼東太守，自然要回遼東了。」

劉備道：「遼東地處偏遠，遠離中原之地，雖然已經被高將軍治理的成為了一塊樂土，卻也只是一隅之地罷了。我想，將軍的心思絕對不只甘心做個小小的遼東太守吧，難道就不想成為幽州之主嗎？」

「大耳朵話中有話，難道是在試探我不成？」高飛聽了，臉上不動聲色，心中默想道。

正在高飛遲疑的那一瞬間，便聽劉備接著說道：

「其實以高將軍之才，遠遠勝過劉虞之才數十倍，單從高將軍治理遼東來說，短短的一年多功夫，便讓遼東百姓安居樂業，並且使得外夷不敢侵犯遼東，足可以看出高將軍是個雄才大略的人。」

「玄德兄，你到底想說什麼？」高飛見劉備一直在打哈哈，忍不住問道。

「哎呀，大哥，你那麼囉嗦幹什麼？」張飛聽得有點不耐煩了，大聲叫道：「高將軍又不是外人，你何必拐彎抹角的，俺聽了心裡都著急……」

關羽輕聲斥道：「三弟，不得對大哥無禮。」

張飛揚起臉，喝了口悶酒，道：「俺這哪裡是對大哥無禮啊，俺是聽得揪心，大哥說話總是拐彎抹角的，對待外人也就罷了，對待高將軍就有話直說嘛。二哥，如果大哥以後天天對你這樣說話，你聽著能舒服嗎？」

關羽不語，丹鳳眼輕輕一瞇，捋了捋他的美髯，裝作什麼都沒有聽見，心中卻想：「三弟說的也有幾分道理，大哥的話總是雲裡霧裡的，三弟這種性格的人聽著確實很揪心，別說三弟，就連我也要思索大哥到底要說什麼。大哥，不是小弟說你，你請高飛來喝酒，有求人家，還拐了一個那麼大彎幹什麼，直說不就得了？」

劉備白了張飛一眼，見關羽也不搭腔，就不再拐彎抹角了，向高飛拱手道：「高將軍，其實我今天請將軍來喝酒，是有一事相求。」

高飛見劉備、關羽、張飛三人雖然情深意重，但是三人個性卻各有千秋，相處久了，難免會有個磕磕絆絆的，相比劉備的城府，關羽的深沉，他反而更喜歡張飛的快言快語，這種人基本上沒有什麼花花腸子。

他聽劉備說到正題上了，便道：「玄德兄有何事相求，只要是我做得到的，我一定盡力而為。」

劉備道：「這件事對別人來說，或許很難做到，但是對高將軍來說輕而易舉，只需一句話的事情。」

「哦？高某願洗耳恭聽。」

劉備道：「徐州刺史陶謙宅心仁厚，而且治理徐州有方，使得徐州百萬民眾盡皆受其恩惠，然兗州刺史曹操野心極大，此次會盟，乃是為了討伐董卓而糾集在一起的，各個諸侯間互有芥蒂，一旦董卓被殺之後，這個聯盟就會逐漸瓦解，天下也將會呈現出諸侯爭霸的局面來。到時候，像曹操這種有野心的人，必然會興大軍攻略四方，而徐州和兗州近在咫尺，肯定免不了受到曹操的襲擾。高將軍平黃巾，定涼州，斬殺十常侍，北逐鮮卑，內收烏桓，這一件件的大事，都足以顯示高將軍對大漢的忠誠之心。

「曹操是奸雄人物，如今正處於亂世，國家動盪之際，幽州牧劉虞乃大漢皇親，必然不會看到曹操這種人出現，我只希望高將軍能在劉使君面前美言幾句，讓劉使君以大局為重，和徐州結為永世盟好，這樣一來，曹操要攻打徐州的話，必然會有所顧忌。」

高飛聽後，才知道劉備的真正用心，這是要讓徐州和幽州結盟，他笑了笑，道：「玄德兄說笑了，幽州之地雖然廣闊，但是玄德兄也在幽州待過，就算劉使君答應了下來，也未必能夠做的到。以現在的情況來看，劉使君和公孫瓚之間互有芥蒂，公孫瓚又氣勢如虹，一旦我回到遼東，只怕劉使君會性命不保，到時候公孫瓚必然會成為幽州之主。就算玄德兄要找人結盟，也該找公孫瓚吧？」

劉備笑道：「以高將軍之雄才大略，區區公孫瓚又怎麼會是高將軍的對手呢？公孫瓚記過忘善，不恤百姓，而且窮兵黷武，雖然我和他是多年好友，但在他帳下也只是屈尊而已，加上他又嗜血好殺，這種人如果做了幽州之主，那幽州的百姓豈不是處在水深火熱當中嗎？

「高將軍，我們相識也不是一天兩天了，今天咱們就直話直說，不管劉虞也好，公孫瓚也罷，在我看來，他們哪一個都不是高將軍的對手，甚至放眼天下，能夠當得上高將軍真正對手的也屈指可數。**曹操一身霸氣，加上兵強馬壯，這樣的人物才可以算得上是高將軍的對手。如果你我聯手，共同遏制曹操，曹操就不會那麼容易取得天下了。」**

高飛道：「劉將軍，你似乎忘了一個很重要的事情吧？」

劉備思索了一下，急忙問道：「什麼事？」

高飛笑道：「幽州和徐州之間，中間還隔著冀州和青州呢，即便是我成了幽州之主，曹操若發兵攻打徐州，我從幽州出發，也要越過冀州和青州吧？」

劉備道：「哈哈哈，冀州韓馥、青州龔景，皆無能之輩，如果高將軍能成幽州之主，必然會得隴望蜀，進而南下吞併冀州。青州、徐州自古便連接一體，徐州兵也自然會北上奪取青州。到那時候，高將軍和徐州不就能夠連接在一起了嗎？」

高飛臉上露出一絲狡黠的笑容，道：「我和曹操也是至交好友，難道你就不怕我占領冀州之後，發兵幫助曹操攻打你嗎？」

劉備臉上一怔，沉思了一下，高飛所說的，也是他所擔心的，所以，**他這次主動邀請高飛來喝酒，就是為了搶在曹操前面拉攏這個對他很有利的盟友**。對他來說，徐州的陶謙似乎已經成為擺設，他也儼然將徐州當成了自己的地盤。

高飛看到劉備臉上微微現出一絲驚恐，心想：劉備其實還是很畏懼他的，不然也不會這樣拉攏他。

良久，劉備才說出話來：「高將軍，我和曹操相比之下，估計曹操對高將軍會有更大的威脅吧？我相信高將軍不會那麼傻，去幫助一個以後很可能會成為你真正強勁對手的人。」

高飛笑了笑，劉備這個人確實不簡單，居然看透了他的心思，不過，他只看透這一點心思，對他來說，**劉備既是敵人，也是朋友，更是他對付曹操的一個重要的棋子**。

他沉思了一會兒，緩緩地道：「好，我答應你。倘若我真的成為幽州之主，我就和你結盟，不過，那也要等你成為徐州之主的時候吧？陶謙老兒胸無大志，只貪圖享樂，雖然治理地方有才，卻不是守境安民的人，希望劉將軍能夠儘快取而代之。另外，我還有一件很重要的事，希望劉將軍務必要先答應下來。」

「什麼事？」

高飛道：「徐州和幽州有許多地方靠近大海，海岸線很長，徐州地處南方，多種植稻米，徐州也是盛產鹽的地方，如果你要和我聯盟，就必須和我相互通商，將南方的作物用海船運抵幽州，而我幽州之地盛產的糧食作物，也可以通過這種方式運抵徐州，不知道你願不願意答應？」

「通商？」

劉備還是頭一次聽到這麼新鮮的詞，問道：「你是說開放互通之市，通過商隊進行買賣？」

「嗯，就是這樣的道理。如果你答應的話，徐州的鹽鐵米糧可以運到我幽州，還可以將南方的綢緞也一起運到幽州。中原和南方少馬，我會毫不吝嗇地將幽州的馬匹運抵徐州，讓你組建一支騎兵隊伍，去對付曹操的虎豹騎和青州兵。」

「好！」劉備拍了一下大腿，猛然站了起來，舉杯道：「就這樣一言為

定了！」

高飛笑道：「**空口無憑，我們需要立下一個盟約，以五年為約**，互相開放通商的海岸線，彼此進行海上貿易。」

「五年？為什麼只有五年？」張飛不解地道。

劉備明白高飛心裡想什麼，五年後的事，誰也說不準會不會成為敵人，當即對關羽道：「二弟，拿紙筆來！」

高飛心裡也明白，五年的時間，足夠他占領整個黃河以北了，到時候他就會南下，平定中原，也必然會將劉備視為自己的敵人。他之所以要提出將馬匹運抵徐州，也無非是希望劉備能夠有實力和曹操對抗，因為現在的曹操，算是群雄當中比較強悍的了。

於是乎，高飛和劉備私下立了一個盟約，以五年為期限，並且各自按下了手印，每人的手裡各拿著一份盟約。

隨後，一行人高高興興的喝了酒，為這次夜宴畫下美好的句點。

巨大財富

高飛在進入呂布大營的時候，早已想好了退路，此時見呂布被他的話勾住了，便笑道：「那些取之不盡用之不竭的財富就在你的一念之差裡，如果你殺了我，你將永遠不知道在你的身邊還隱藏著一個巨大的財富。」

在回去的路上，高飛如是對身後的趙雲、太史慈說道：「**要想取之，必先予之**，沒有永遠的朋友，也沒有永遠的敵人，我希望你們都記住這句話。」

盟軍的大營分布得極有規矩，是按照地域來進行安排的，幽州兵和並州兵的大營緊緊相挨，要回幽州兵的軍營，就必須要經過並州兵的大營。

此時，並州兵大營裡都是歡聲笑語，在為白天呂布所取得的功績而高興。高飛、趙雲、太史慈經過並州兵大營時，內心不禁有一股衝動，想去挑戰呂布。

太史慈好鬥，不屑地道：「有什麼了不起的，看我下次不斬殺一個比徐榮還厲害的角色來。」

趙雲道：「呂布確實驍勇，能用畫戟將人斬成稀巴爛，這種事我做不到。不過，我自認自己不會輸給他，他會挑斬，我會連刺、三段和氣旋，真要是比試起來，也未必能夠分出勝負。」

「我也會挑斬，也能用大戟將徐榮全身斬斷，有什麼了不起的，有機會看我露一手挑斬給你們看看。」太史慈不服氣地道。

高飛聽到趙雲、太史慈的話，好奇道：「你們說的挑斬、連刺、三段、氣旋，都是些什麼東西？」

趙雲和太史慈驚詫地道：「主公不知道嗎？」

高飛搖搖頭，他頭一次聽到挑斬，也是從呂布口中得知的。

太史慈連忙解釋道：「主公，這些都是單挑的時候用的技巧，根據對方出招的方式不同，衍生出來能夠讓敵人致命的必殺技。主公，你不是也會連刺嗎？」

「我……我也會連刺？」高飛驚奇道。

趙雲插話道：「這個說來話長，自西楚霸王項羽之後，這種單挑的必殺技就一代一代的延續下來了，可以說，西楚霸王是這種必殺技的始祖。每個武將都擁有不同的必殺技能，但往往會受到兵刃的影響，用慣了槍、矛的，只要運用熟練，就能夠施展連刺，也就是說，在兩馬相交時，那一瞬間的出手，能夠連續向對方刺出許多槍，刺殺的招數越多，就說明連刺越強，讓對手一個回合之內落馬的機會也就越大。」

高飛聽了，覺得自己彷彿進入電玩遊戲一樣。

他正準備再發問的時候，突然聽到馬匹的嘶鳴聲，那種嘶鳴十分的高亢，讓他不覺想起他曾經騎過的烏龍駒的身影來。

接觸馬匹的次數多了，也讓他對戰馬的好壞變得精通起來，聽到這種嘶鳴聲，他的第一個反應就是烏龍駒，那種千里馬的鳴叫聲絕對錯不了。

他順著聲音的來源看了過去，就見並州兵的軍營裡拴著一匹神駒。

那神駒是一匹毛色火紅的巨大戰馬，肌肉結實，身材勻稱，四蹄有力，在夜風的吹拂下，鬃毛飛揚，像是一團舞動的烈火，神駿非常。馬首輕搖處，嘶聲如雷，又像一隻落塵的火龍般傲視天下，不可征服。

「好馬！」高飛按捺不住心中的喜悅，大聲地叫了出來，「真是一匹神駒，和烏龍駒相比，簡直是有過之而無不及啊！」

趙雲、太史慈也看了過去，但見那匹紅色的寶馬十分的惹眼，歡喜之下，也忍不住誇讚道：「真是一匹上等的絕世好馬！」

在古代，武將一般都愛馬，對於馬匹的好壞也都能一眼便看出來。對武將來說，兵器、盔甲、戰馬，那可是一個都不能少的。有了這些必要的裝備，一個武將就是再不怎麼出名，到了戰場上也會十分的出彩。

古時候的戰馬，就好比現在的汽車一樣，好的戰馬就像名車、超跑，關鍵是，在古代千里馬很少，盛產千里馬的地方一般都集中在大宛、烏孫、鮮卑等少數民族那裡，這就好比生產汽車的廠商在那裡。

然而，要飼養一匹上等的好馬來，可要比生產汽車複雜得多了。所以武將一見到好馬，都會情不自禁的多看兩眼，就像你在大街上走著，突然看見身邊停著一輛法拉利一樣，絕對吸引眼球。

正當高飛、趙雲、太史慈看得心癢不已的時候，突然看見從大帳裡走出幾個人，為首一個便是呂布，身後跟著張遼、高順，尚有幾個其他的部將緊隨其後，這群人正在恭送一個個頭矮小，長相尖嘴猴腮的人，看那表情，似乎是十分的高興。

呂布親自將那人送出大帳，自己則走到那匹戰馬的身邊，十分愛惜地撫摸了幾下，臉上露出無法言表的表情，接著，呂布又走進了大帳。

高飛警覺地問道：「你們認識那個長得尖嘴猴腮的人嗎？他是誰的部下？」

趙雲、太史慈看了過去，都搖搖頭，表示不知道。

高飛心中一琢磨，叫道：「糟了！大事不妙了！」

未等趙雲、太史慈反應過來，高飛便對二人道：「你們快去將那個人攔截下來，帶回我們的軍營，我去呂布那裡探探口風。」

太史慈道：「主公，我一個人去就夠了，讓子龍跟著你去吧。」

高飛擔心太史慈誤事，便道：「不，子龍去抓那個人，你跟我去呂布的營帳。」

當下三人分開，高飛、太史慈急忙折道返回，朝並州兵的軍營門口走去。

高飛見張遼朝軍營裡走，急忙喊道：「文遠……請留步！」

張遼扭頭一看，竟然是高飛，他納悶想道，他和高飛不過是有過幾面之緣，甚至沒有正式說過話，不知道高飛是如何得知他的字？

但是出於禮貌，還是拱手道：「在下張遼，參見高將軍。」

高飛道：「恰巧我路過此地，無意間看見軍營中拴著一匹神駒，好奇之下，便來叨擾一下，唐突之處還請見諒。」

張遼雖然一臉稚氣未脫，卻是十分有禮，道：「高將軍說的是哪裡話，高將軍這樣說真是折煞小人，小人不過是一個小小的騎都尉……」

「唉，有志不在年高，你小小年紀便當上騎都尉，已經很了不起了，你今年十七？」

「高將軍真神人也，一猜便準，在下今年確實十七。」

高飛見張遼心裡並沒有設下什麼防線，緊接著問道：「軍營裡的那匹神駒可是呂將軍的座騎？」

「正是，普天之下，除了呂將軍，誰還能騎得上這種神駒？」一談起呂布，張遼眼裡便充滿了崇拜的眼神。

「你這乳臭未乾的黃毛小子，你怎麼說話的？憑什麼這種神駒只你家將軍騎得？哼，這種爛馬，就是白送給我家主公，我家主公也不稀罕！」太史慈聽到張遼的話，不滿地道。

張遼自覺失言，當即道：「對……對不住，我剛才不是故意的，這種神駒……不，爛馬，怎麼配得上高將軍呢？是在下口誤，請將軍責罰。」

高飛斜眼看了太史慈一眼，示意他不要亂說話，隨即擺擺手，對張遼道：「無妨，我能理解你的心情，不知道這馬可有名字？」

張遼道：「赤兔！這神駒叫赤兔！」

高飛聽到這個名字，不禁自語道：「**人中呂布，馬中赤兔**，看來還是湊到一起了……剛才我看你親自送走一個人，那個人似乎不是聯軍中的人吧？」

張遼道：「哦，你說那個人啊？那個人叫**李肅**，是我家將軍的同鄉，是販馬的，聽聞我家將軍缺少良馬當座騎，便專程送上神駒，還暫時將一批財物寄存在我家將軍這裡，說是等退了董賊再來取。」

高飛心想：「看來李肅是來做說客來了，為了掩人耳目，機密的事情肯定會讓呂布支開其他人，看來張遼、高順等人也應該被蒙在鼓裡……不行，萬一呂布反水，那董卓可就真的是天下無敵了，我必須立即加以制止，改變呂布的心意才行。」

一想到這裡，高飛便對張遼道：「文遠，你去通報一下你家將軍，就說我想拜訪他一下。」

張遼點點頭道：「高將軍鼎鼎大名之人，我家將軍也早想見高將軍了，只是一直沒有時間，此次正好是個機會，我家將軍聽到高將軍到來，必然會喜出望外的。高將軍，請你隨我進營吧，在營中等候，總比在營外等候的要好吧？」

高飛笑道：「好，那就有勞文遠了。」

張遼將高飛、太史慈帶入了軍營，讓他們二人在旗幟大纛下等候，自己則快步進入呂布的大帳通報。

旗幟大纛下，赤兔神駒被拴在那裡，高飛如此近距離的接觸，越看越喜歡，不知不覺，他的一隻手便伸了過去，撫摸在馬背上。

說也奇怪，那赤兔馬原本狂躁不安，可是高飛去撫摸牠，牠連反抗都沒有，任由高飛的手在牠的鬃毛上撫摸。

高飛也感到一絲的奇怪，因為見呂布摸的時候，赤兔馬都有點不耐煩，他撫摸時，卻安靜異常，他愛不釋手的摸著赤兔馬的鬃毛，不禁嘆道：

「如此神駒，卻跟了呂布，真是可惜了。馬兒馬兒，你也不想被他騎吧？不如跟我走……」

「主公！」太史慈拉了一下高飛的衣角，提醒道：「呂布來了！」

高飛被太史慈的話驚醒，一轉身，便看見呂布帶著高順、張遼，還有另外幾個人朝他走了過來，他端正身子，走向前去。

「哈哈哈！這不是鎮北將軍嗎？」呂布一臉喜悅的拱手道：「什麼風把高將軍給吹來了？」

高飛也拱手道：「今日呂將軍在陣前斬殺了敵軍大將，聲威震撼聯軍，我自然要來為呂將軍道賀了。」

呂布人逢喜事精神爽，他本來在帳中準備商議投靠董卓的事情，突然聽張遼說高飛來了，他只能將這件還未說出口的事情暫時壓一壓，因為他覺得高飛的突然造訪讓他很意外。但是，畢竟高飛也是一鎮諸侯，他不能不去接待一下，所以才帶著眾將走了出來。

「高將軍，外面不是說話的地方，不如進帳詳談吧？」呂布說話時，眼裡冒出精光，那種異樣的光芒讓人無法察覺。

高飛一邊應承著，一邊想道：「如果呂布真的想投靠董卓的話，那我這次到呂布的軍營裡，必然是凶多吉少。我畢竟也是一鎮諸侯，如果呂布把我和丁原一起做了，那可就糟糕了。」

一想到這裡，高飛便急忙對太史慈道：「子義啊，我突然想起一件事情來，

我大帳的地底下埋著幾罈美酒，我一直捨不得喝，今日難得遇到呂將軍，趁此高興之餘，也是品嘗美酒的時候，你回軍營，讓賈先生將那幾罈美酒取出來，好好的擦拭一下，然後帶到這裡來。」

太史慈一臉困惑，在他的印象中，高飛並沒有藏酒的習慣，他正迷茫的時候，卻見高飛朝他使了個眼色，他雖然看不懂是什麼意思，但是也知道有點反常，便道：「諾！屬下一定將美酒取來。」

「嗯，快去吧。告訴賈先生，那可是我珍藏多年的酒，讓他務必小心的取出來，萬一打碎了，我拿你們是問！」

高飛特別地將「小心」二字加重強調，臉上一臉的笑意，絲毫讓人看不出有什麼端倪。

「諾！」太史慈抱了一下拳，轉身便離開了呂布的軍營。

呂布等人聽到高飛的話，都沒有發覺有什麼不對。

呂布笑道：「高將軍，要喝酒還用得著那麼麻煩嗎？我的軍營裡到處都是酒，你想喝多少，我就給你多少。」

高飛道：「唉，那幾罈酒可是我當初從京城帶出來的，是陛下親賜的御酒，我一直沒捨得喝，今天遇到呂將軍這樣舉世無雙的英雄，自當要喝這酒才顯得特別啦。」

呂布一邊笑著，一邊將高飛迎入軍帳，同時趁高飛不注意時，對高順擠眉弄眼的。

高順雖然不愛說話，但是對呂布的眼色十分通曉，而且唯命是從，他不問呂布為什麼要這樣做，只輕輕地點點頭，在進入大帳時，悄然地離開了人群。

一進大帳，呂布將高飛拉到自己身邊就坐，同坐在上首位置。

坐定之後，高飛環視一圈，見剛剛還在的高順不見了，心中隱約感到一絲不祥，但是他仍然十分淡定，他相信太史慈回去之後，賈詡一定能夠聽懂話中的意思。

「呂將軍，這些都是將軍帳下的健將吧？我聽聞呂將軍帳下有十位弓馬嫻熟的健將，不知道將軍可否給我引薦一下？」

呂布道：「這個自然，左邊的依次是魏續、侯成、宋憲、成廉，右邊的是張遼、曹性、郝萌、薛蘭、李封，你們還不快見過高將軍？」

眾人一起拱手喊道：「我等參見高將軍。」

高飛「咦」了一聲，道：「不是十個嗎？怎麼少了一個？」

呂布呵呵笑道：「哦，恰才我聽聞高將軍要喝酒，便讓高順去拿酒了，一會兒他便會回來的。對了，高將軍，你深夜造訪，不知道可有什麼要事？」

高飛裝作神秘的樣子，湊近呂布道：「呂將軍，今天我來，是為了一件大事，這件大事若是成功了，從此以後，必然能夠榮華富貴享之不盡。」

呂布馬上被勾起了好奇心，問道：「不知道高將軍所指的是什麼事？」

高飛看了看在場的人，欲言又止地道：「不知道呂將軍可否摒退左右？」

呂布擺擺手道：「高將軍，這些都是我心腹之人，沒有什麼事不能讓他們知道的，高將軍儘管明言。」

高飛聽了道：「既然如此，那我就直言不諱了。」

「我洗耳恭聽。」呂布端坐身體，不知道高飛要說什麼。

高飛侃侃說道：「如今將軍的面前可是有一樁大富貴，當朝太師董卓一向愛惜人才，像將軍這樣驍勇的人，若是投靠董太師的話，必然能夠受到重用，以後更是榮華富貴享之不盡了。」

話音一落，大帳裡的人都面面相覷，露出吃驚的表情。

呂布也是倒吸了一口氣，心中暗暗盤算道：**「難道高飛察覺到了什麼？特意用話來激我，還是另有其他的打算？」**

他裝出大義凜然的樣子，大聲地道：「高將軍，我敬重你是聞名天下的將軍，你怎麼會說出這番話來？**我乃堂堂的大漢將軍，董卓霸占朝綱，敗壞朝廷，天下人都恨不能啖其肉，飲其血，你居然讓我去投靠董卓？你到底是何居心？**」

高飛笑道：「呂將軍說得好，其實我只是試探一下呂將軍而已。剛才我路過你的營地，見李肅從你的營地裡走出來，那李肅不單是你的同鄉，更是董卓的部將。他送給你金銀珠寶，又送你赤兔寶馬，不就是為了讓你投靠董卓嗎？」

在座的眾人聽到這番話，都紛紛看向呂布。

張遼站了起來，道：「將軍！這是真的嗎？」

呂布見高飛一下子便說出李肅的來意，而且說的是那麼的詳盡，不禁對高飛起了一絲忌憚，心中想道：「這高飛到底是何方神聖，李肅前腳剛走，他後腳便來，而且連我和李肅所談話的內容也知道的一清二楚……」

「哼！是又如何，不是又如何？」呂布突然暴走，臉上一沉，指著高飛道：「你今天來我的軍營，就別想活著出去，我正愁沒有什麼禮物獻給董卓，拿了你的頭顱，怎麼說也比丁原的要有分量，董卓面前，我也好有個功勞。高順！」

就見高順領著五個健壯的刀手從帳外湧了進來，手上都握著一把寒光閃閃的刀，高順更是一臉的殺氣，一進大帳便道：「將軍有何吩咐？」

呂布下令道：「殺了高飛，砍下他的腦袋！」

「諾！」高順也不問緣由，提著刀便向高飛走去。

魏續、宋憲、侯成、成廉等人紛紛退到呂布身後。

「等等！」

只有張遼還站在原地，將手一抬，喝道：「將軍，這是真的嗎？」

呂布道：「什麼真不真，假不假的，你快給我過來，一會兒砍下高飛的狗頭，我帶你們一起去享受榮華富貴！」

高順見張遼突然站了出來，伸開雙臂擋住他的去路，驚呼道：「文遠，你幹什麼？快閃開！」

「文遠？你要背叛我不成？」呂布也是一臉的怒氣，暴喝道。

張遼搖搖頭，撲通一聲跪在地上，道：

「將軍，張遼的命是將軍給的，當初若不是將軍從鮮卑人的手裡救下我，我早就死了。張遼沒讀過什麼書，可也知道什麼是禮義廉恥，董卓那廝是全天下人唾罵的大奸賊，禍害百姓，霸占朝綱，弄得半個天下民不聊生，刺史大人盡起義兵，從晉陽一路殺奔到此，就是為了誅殺董卓這個奸賊。屬下不明白，為什麼將軍當初立下的誓言這麼輕易就改變了？如果將軍真的投靠董卓，必然會受到天下人的唾罵，而且永遠都會背上一個小人的稱呼，文遠不願意看到將軍有這麼一天，請將軍三思而行啊！」

呂布哼了聲道：「三思？我已經三思過了，正因為三思之後，我才做下這個決定。你們這些人哪一個不是我救下來的，哪一個不都有悲慘的身世？如果不是我呂布，你們早都已經死了，哪裡還能活到今天？**我們拼死拼活的，不就是為了有個榮華富貴嗎**，我這樣做不單單是為了我自己，也是為了你們，我想讓你們都跟我一起過上不愁吃喝的生活。文遠，你快走開，我答應你，殺了高飛，我絕對不會對丁原下手。」

高順向前跨了一步，見張遼抱住自己的腿，怒道：「文遠，你快走開啊！」

張遼厲聲道：「高大哥！你要是想殺高將軍，就先殺了我吧！高將軍是董卓所忌憚的人，若是殺了高將軍，那才是親者痛，仇者快啊！」

「你……你走不走開？」高順瞪大了眼睛，手中的刀在半空中舉著叫道。

張遼道：「你殺了我吧！」

「來人！把他給我拉到一邊去！」高順朝身後的五個刀手大喊道：「快拉下去，把他關起來，沒有將軍的命令，誰也不許放他出來！」

高飛看到這一幕，不禁對張遼升起一絲敬意，沒想到張遼小小年紀，竟然如此深明大義。

他當即道：「夠了！要殺我何必費那麼多事？呂布！以你的武藝，要殺我簡直是易如反掌，你何必拐彎抹角的讓高順來殺我？你以為你拿了我的頭去見董卓，董卓就會真的把你當心腹對待嗎？他只不過是在利用你罷了，等他借用你的力量擊退了關東聯軍，必然會把你丟到一邊……」

「你都死到臨頭了還說什麼廢話？總之，我主意已定，今天就是你的死期……」呂布喝道。

「哈哈哈哈……」高飛沒等呂布說完，大聲笑了起來。

呂布等人聽到高飛的笑聲，都不禁覺得有點發毛。

呂布更是琢磨不透，道：「你死到臨頭了，還有什麼好笑的？」

「呂布！看來我太高看你了，以為你是一個舉世無雙的英雄，沒想到你卻只是個鼠目寸光的人，**你只看到眼前的利益，卻沒有看到長遠的利益，這些金銀珠寶你就滿足了？一匹赤兔馬就能讓你從一個忠義無雙的人變成一個反覆無常的小人？**你來吧，來殺我吧，我不怕。殺了我以後，你休想獲得取之不盡用之不竭的財富！」

「將軍，這人太狂妄了，讓屬下一擁而上，將其斬殺！」成廉從刀手的手裡接過長刀，大聲叫道。

呂布正在思慮著高飛的那句「殺了我以後，你休想獲得取之不盡用之不竭的財富」，他覺得高飛的話裡似乎暗有所指，遲疑了一下，便厲聲制止成廉道：「你閉嘴！」

成廉不敢再吭聲，站在一邊，眼露凶光地瞪著高飛。

此時，大帳裡呈現著詭異的氣氛，張遼跪在地上抱著高順的腿，其餘的刀手和呂布站立一旁，眼看高飛就是凶多吉少了。

良久，呂布突然問道：「高將軍，**你剛才所說的取之不盡用之不竭的財富，到底指的是什麼？**」

高飛知道呂布是個貪婪的小人，在進入呂布大營的時候，便已經感覺到氣氛的不對，早已想好了退路，此時見呂布被他的話勾住了，便笑道：

「**那些取之不盡用之不竭的財富就在你的一念之差裡，如果你殺了我，你將永遠不知道在你的身邊還隱藏著一個巨大的財富。**」

呂布道：「你說的到底是什麼？」

「叫你的人全部退出去！我要單獨和你談！」高飛冷聲道。

呂布思索了一下，道：「你們都退下去，把張遼好好看住，這個吃裡扒外的

東西！」

「將軍，不殺了？」成廉狐疑道。

呂布喝道：「都退下！沒有我的命令，你們誰也不准進來，就算要殺的話，也用不著你們來下手，我足可輕而易舉的殺死他。」

「諾！」

眾人退出帳外，便傳來高順的聲音：「把張遼拴在旗桿上，等候將軍發落，其他人全部各歸各營。」

大帳裡頓時變得空蕩許多，呂布道：「高將軍，你說吧，這裡已經沒有外人了，你說我身邊的財富到底是什麼？」

高飛冷笑一聲，道：「呂將軍，請問你投靠董卓為的是什麼？」

「**名、利、權、錢還有美女！**」呂布毫不掩飾地答道。

高飛笑道：「這五樣東西，其實呂將軍要得來一點都不費力，我不知道為什麼呂將軍會堅持選擇投靠董卓呢？**以呂將軍這樣驍勇的人，完全可以自成一方霸主，為何甘心給別人當下屬？**董卓雖然兵強馬壯，卻已經是塚中枯骨，早晚會被天下群雄所滅。而且又受世人唾罵，呂將軍只為了這五樣東西和天下群雄為敵，和大義背道而馳，必然會受到天下人的唾罵，也會在史書上留下罵名。與其遺臭萬年，不如流芳百世，只要呂將軍肯聽我的，呂將軍想要的那五樣東西，都會手到擒來。」

呂布笑道：「你不是為了活命而誆我吧？別忘了，你的性命現在可在我的手上！」

「你看我的樣子像是在誆你嗎？」高飛一本正經地道：「我要是怕死的話，我就不會隻身一人到這裡來了，李肅說服你去投靠董卓的事，我也可以直接告訴盟主，到時候，聯軍所有的兵力全部將你包圍起來，就算你再怎麼勇猛，也不可能對付那麼多人。」

呂布聽了高飛的話，臉色起了輕微的變化，道：「那你為什麼要隻身犯險？」

高飛道：「正是為了將軍的前途而來，董卓送給將軍的，不過是一些金銀珠寶和一匹馬而已，難道這些微不足道的東西，將軍會看在眼裡嗎？」

「當然不止這些，一旦我投靠董卓，他就會封我為侯，更能當上三公，高官厚祿外加金銀珠寶，足以讓我為之一搏。」呂布道。

高飛呵呵笑道：「原來將軍的心胸只有如此，難道將軍就沒有什麼大志向嗎？」

「你到底想說什麼？請直說好了，我不喜歡拐彎抹角！」呂布聽不出高飛究

竟想表達什麼，不耐煩地道。

高飛道：「如果將軍只希望得到這些東西，對將軍來說，即使不投靠董卓，也能易如反掌的得到，而且還會受到天下人的敬仰。」

「怎麼得到？」呂布的好奇心一下子便提了起來，問道。

「**殺了董卓，為天下人除害！**」高飛淡淡地道：「董卓是這次聯軍討伐的對象，天下群雄中，一半以上的人都參加了這次聯軍，將軍去投靠董卓，就等於和天下人為敵；如果將軍攻破虎牢關，殺了董卓，那麼將軍就能成為天下敬仰的大英雄，到時候名滿天下，又是匡扶漢室的大功臣，要什麼自然就有什麼，何必去投靠董卓，仰人鼻息？」

呂布沒有說話，心裡陷入天人交戰之中。

思慮許久，他突然哈哈大笑起來，朝高飛拱手道：「高將軍言之有理，呂某差點一失足成千古恨了。你說得不錯，我呂布堂堂男子漢大丈夫，如果想得到榮華富貴，憑我的武力，完全可以自己去取，何必去仰人鼻息，只是……」

高飛見呂布終於鬆口了，急忙道：「只是什麼？」

「只是要殺董卓，何其難也！」呂布搖搖頭道：「虎牢關固若金湯，守備森嚴，如果董卓堅守不戰，那我等只能被其堵在虎牢關外，要殺董卓，必須先突破虎牢關，實在是難上加難啊。」

高飛反問道：「不知道將軍是否鐵了心要殺掉董卓，為天下除害，成為受天下人敬仰的大英雄呢？」

呂布一本正經地道：「這個自然，我誤信了李肅讒言，差點成為受人唾罵的小人，幸得將軍及時敲醒，才讓我懸崖勒馬，沒有鑄成大錯。我當然願意殺掉董卓，成為受天下敬仰的大英雄了。」

高飛道：「這個好辦，我有一計，可令你成為受天下人所敬仰的大英雄，不僅能讓你突破虎牢關，更能讓你揚名天下。」

呂布眼中冒出貪婪之色，當即道：「不知道高將軍有何妙計？」

「**將計就計**！」高飛很平淡地道。

「將計就計？」呂布不解地道：「如何將計就計？」

高飛分析道：「既然李肅來做說客，人家辛辛苦苦的來一趟，無非也是為了榮華富貴，呂將軍何不順水推舟，做個人情，將這個功勞送給李肅？然後，將軍假意投靠董卓，帶領眾將秘密進入虎牢關之時，便可從中取利，從虎牢關內部殺董卓一個措手不及，到時候呂將軍的部下打開城門，迎聯軍進入虎牢關，董卓必然趁亂逃走，這時聯軍一鼓作氣，直接追擊董卓到達洛陽。董卓畏

懼將軍的勇猛，必然不敢在洛陽停留，到時候將軍不僅一舉攻克了虎牢關，還可以乘勢攻下洛陽，從董卓的手中解救出大漢的天子，這種好事，不知道呂將軍可願去做？」

「高將軍真是高人啊，如此一來，就算我沒有殺了董卓，也能迫使董卓離開京城，而我必然成為天下敬仰的英雄。這種好事確實可以做。可是董卓憑什麼信我是真心投靠的呢？」呂布道。

「就憑老夫的這顆人頭！」

帳外突然傳來一聲蒼邁的聲音，讓帳內的呂布、高飛都大吃一驚。

兩人看見丁原帶著王匡、張揚二人從帳外走了進來，急忙參拜道：「見過三位大人。」

丁原道：「你們所談論的事情，我都知道了。我和董卓曾經有過數面之緣，此人奸詐異常，也有很大的野心，如果沒有一件可以讓他信服的事為證，他不會相信奉先是真心投靠。我已經年過半百，活了這大半輩子也知足了，如今能夠用老夫的一顆人頭換取董卓的性命，並且成功救下大漢天子，老夫也算死得其所。」

高飛和呂布聽到丁原這番豪言壯語，心中都不禁湧現一股敬佩之心。

「高將軍，你不愧是智勇雙全的忠義漢子，**今後能夠力挽狂瀾，拯救大漢的**

人，**也就只有你和奉先了。**你智謀超群，奉先武藝絕倫，如果你們兩個人能夠齊心合力，千瘡百孔的大漢朝或許能夠再次興盛。」丁原語重心長地說道。

丁原看出高飛和呂布心中的疑惑，接著道：「你們不必慌張，我也是路過此地，看見高順將張遼綁在旗桿上，覺得很好奇，所以過來看看發生了什麼事，剛好聽見你們在秘密商議。奉先啊，這種事，為什麼你不事先和我商量商量呢？」

呂布心裡也是一陣的難受，就在十幾分鐘前，他還想殺了高飛，連同義父丁原的人頭一起奉先給董卓，此時聽到丁原如此大義的舉動，他不知道該說什麼好，吱吱唔唔地道：「義父……我……」

高飛心裡默默想道：「還好丁原只聽到後半部，要是聽到了前半部，別說人頭，估計第一個要砍的就是呂布的腦袋了。**既然丁原如此大義凜然，姑且就成全他，讓呂布利用丁原的人頭去假意投靠董卓，然後從中取利，攻克虎牢關，儘快結束這場戰爭。**」

「好了，你不必說了。」丁原也是一個急性子，轉身對身後的王匡、張揚道：「你們兩個都是我多年的好友，我死之後，奉先就拜託兩位了，並州不能一日無主，所有的兵馬我今日全部交托給奉先。張揚，希望你以後好好的輔佐奉先，共同治理並州。王匡，你是河內太守，不是我們並州兵，但這件事需要保

密，越少人知道越好。」

張揚、王匡見丁原視死如歸，已經做好犧牲自己的打算，他們都瞭解丁原的脾氣，不再進行勸阻，抱拳道：「公之義舉必然會名垂青史，我等二人從此以後願意以奉先為主，共同輔佐奉先，治理並州。」

丁原輕輕地點了點頭，一把拉住呂布的手，諄諄叮囑道：「奉先啊，你父將你託付給我，我就必須要將你帶入正途，一旦你立下了天大的功勞，救下天子，就別在洛陽逗留，趕緊帶領並州兵馬北渡黃河，回到並州。以你的性格，如果要待在京城，必然會受到天下群雄的排擠。並州雖然不如京城繁華，卻是一個能用武的地方，大漢邊疆的鮮卑人一直在虎視眈眈，你就帶著並州的男兒們，好好的守禦並州，莫要讓外族人侵犯我大漢的領土。」

呂布雖然和丁原沒有血緣關係，但是此時聽到丁原的話，亦是十分感動，當即點點頭，輕聲道：「義父，孩兒記下了。」

丁原又對張揚道：「召集所有將領到此地來，我有話要吩咐他們，必須要讓他們對奉先死心塌地，否則我死不瞑目。」

張揚還沒有回答，便見高順闖了進來，抱拳道：「啟稟將軍，營寨外面來了許多幽州兵，將整個營寨團團包圍住，說是讓我們放了高將軍，否則就攻進營寨裡來……」

丁原、呂布、張揚、王匡一起朝高飛望了過去，用不解的目光看著高飛，異口同聲地道：「高將軍，這是何意？」

高飛尷尬地道：「我出去看看到底發生了什麼事，大家不必擔憂，請在此慢聊。」

不等眾人回答，高飛便大踏步地朝帳外走了出去。

他一出營帳，便見並州兵的營寨外火光一片，轅門外，趙雲、太史慈、華雄、賈詡、荀攸、李鐵紛紛到齊，並州兵則堵住了寨門，在裡面守候。

高飛在高順的陪同下，朝寨門走了過去，大聲喊道：「都退下！」

趙雲、賈詡等人見高飛安然無恙地走出來，提到嗓子眼的心才落了下來。

高飛朝身邊的高順說道：「高將軍，請下令打開寨門吧！有我在這裡，不會出什麼事的。」

高順點點頭，當即下令道：「打開寨門，所有人原地待命！」

寨門被打開的一瞬間，趙雲、太史慈、華雄、賈詡、荀攸、李鐵爭相策馬進入大營，將高飛和高順團團圍住。

太史慈將大戟朝高順的脖頸上一架，喝道：「呔！你這賊人，居然敢害我家

主公性命？若非我來得及時，恐怕我家主公早已……賊人，受死吧！」

「子義不得胡鬧，快快退下！」高飛當即斥喝道：「你和華雄、李鐵將所有兵馬全部帶回軍營，沒有我的命令，誰也不許出營半步！」

太史慈一臉的無辜，看了看他大戟下面的高順，見高順的臉上沒有一絲懼意，而且毫無波瀾可言，當下收起了大戟，翻身下馬，抱拳道：「主公！他們要害你，你還要護著他們？」

「胡鬧！」高飛斥道：「他們如果真要害我，你們就不會見到我了。快退下！子龍、文和、公達留下，其他人全部回營，這麼大的動靜，你們想將整個聯軍的人全部引來嗎？」

太史慈氣呼呼地看著高順，指著高順道：「哼，賊人，今日若不是我家主公護著，我早已經將你挑斬了……」

高順面無表情，斜眼看了太史慈一眼，冷冷地道：「你若真的想殺我，我可以奉陪，隨時歡迎你來殺我，只是能否殺得了我，就看你的本事了！」

「你……」太史慈大怒道：「你休得猖狂，我們現在就來比過！」

「沒興趣！」高順依然不冷不熱地道。

高飛知道太史慈是屬於猛衝猛打的那種類型，但不是沒有腦子，今天之所以那麼衝動，無非是為了救他情急所致。

看到高順頗為自負又異常的冷靜，他不禁佩服起高順來，覺得這樣一個人，不管武力高不高，領兵打仗是絕對沒有問題的。

他見太史慈還想說些什麼，趁太史慈張嘴之際，便道：「好了子義，今天是一場誤會，快帶人回營去吧，萬一引起別人的注意，還以為我們幽州兵和並州兵進行火拼呢！華雄，下令全軍回營！」

華雄跟著高飛的時間比太史慈要長，也屬於沉默寡言，埋頭幹事的那種，聽了高飛的話，當即朝後下達命令，並且朝李鐵使了個眼色，兩人一起將太史慈給拉走了。

高飛的軍隊陸續退回軍營，趙雲、賈詡、荀攸則留在高飛的身邊，三個人都靜靜地站在那裡，一言不發。

高順見事情已了，朝高飛拱手道：「高將軍，我家主公還在大帳等候，我就不在此逗留了，也請將軍一會兒入營一敘。」

高飛道：「有勞高將軍了。」

高順轉身便走，走到旗桿那裡時，親自將張遼給鬆綁，拍了拍張遼的肩膀，一臉笑意的和張遼並肩走入了營帳，同時，並州兵各部的將領亦都紛紛入了大帳。

「太史慈發瘋，你們也跟著一起瘋嗎？」高飛掃視了一眼趙雲、賈詡、荀攸，怒道：「你們三個是我最為信任的人，頭腦應該比太史慈更加清楚，我讓太史慈回去傳話給你們，你們就沒有揣測出我話裡的意思？」

「我等糊塗，請主公責罰。」趙雲、賈詡、荀攸三人臉上一陣委屈，可也不敢反駁，便一起拜道。

高飛看出三人臉上的委屈，問道：「到底是怎麼回事，讓你們三個不能冷靜地對待這件事？如果呂布真的要害我，這樣帶兵包圍了他們的營寨，就能解決事情了嗎？」

趙雲道：「屬下無能，未能擒獲李肅，那廝騎的馬跑得很快，我一路追到離虎牢關不遠的地方，便不再追趕了。回來之後，太史慈說主公身陷呂布的營寨，賈先生、荀先生聽出主公話中有話，知道主公身處險境，我們還來不及做出任何思考，太史慈便出了營寨，他救主心切，直接召集了本部兵馬，哪知動靜太大，驚動了所有人，一傳十，十傳百，士兵們知道主公有難，都紛紛自發地朝這邊湧來，就這樣悄悄的包圍了營寨，然後舉火為號一起衝了出來。」

聽完趙雲的解釋，高飛嘆了口氣，道：「算了，這也不能怪你們。只是以後再有這種事，一定要先將太史慈控制住。子義勇猛無匹，也不是沒有頭腦的人，否則我也不會讓他去傳話，估計也是救主心切所導致的。好了，你們跟我進大帳，密商一件事情。」

「諾！」趙雲、賈詡、荀攸三人異口同聲地道。

第五章 虎癡許褚

許褚的身體寬大，身上沒有披戰甲，他的手中提著一個大錘，像是打鐵的錘子放大了十多倍，錘子的柄端也是用熟鐵加寬打造的，提在他的手裡，再配上他的一身彪悍，真讓人覺得他所騎的馬能否承受得住那種沉重的力量。

此時，大帳裡雲集了並州兵所有的將領，丁原先說了番大道理，然後才當著眾將的面，將所有的兵馬交托給呂布，並且說出讓呂布用自己的人頭假意投靠董卓的事。

眾人聽後，無不感慨丁原的高義，腦海中不禁浮現出丁原平日裡對他們的好，不覺潸然淚下，哭聲一片。

高飛帶著趙雲、賈詡、荀攸走到帳外的時候，聽到大帳裡傳來陣陣哭泣的聲音，便停住了腳步。趙雲三人不知道到底發生了什麼事，都面面相覷。

高飛於是將他如何給呂布出主意，丁原又是如何大義凜然的事說給他們聽。三人這才明白事情的原委，除了佩服自己主公的機智外，對丁原的大義亦是讚不絕口。

「哭什麼？男子漢大丈夫，流血不流淚，你們這樣哭哭啼啼的成何體統？」帳內，丁原蒼邁有勁的聲音傳了出來。

一會兒，帳內的哭聲便止住了。

丁原的聲音再次傳了出來：「高順，請高將軍進帳密議此事！」

高飛在帳外聽到之後，不等高順來請，自己便掀開捲簾，帶著趙雲、賈詡、荀攸三人走進大帳，朝丁原拜道：「丁使君高義，在下佩服不已。」

丁原也不是一個愛客套的人，當即道：「看座！」

於是，帳內的卒子搬來四張胡凳，一張放在丁原的身邊，三張放在大帳的末尾。

高飛徑直走向丁原身邊，坐下之後，環視一圈並州的諸位將領，除了之前呂布介紹過的他的部將外，尚有幾員將領在場，他也沒問是誰，因為他知道，丁原手底下除了呂布的一班子人，就沒幾個像樣的將領了。

「高將軍，我已經將事情全部和眾將都說了，但是進入虎牢關後該如何進行，還請高將軍進行安排。」丁原拱手道。

高飛道：「董卓多疑，加上他手底下還有一個李儒，此人也是頗有智謀的人，呂將軍既然帶著全體並州兵前去投靠，剛開始必然會受到董卓的猜忌。所以，為了讓董卓對呂將軍徹底放心，呂將軍就必須在董卓面前做出打敗聯軍的舉動來，必要時，斬殺聯軍幾員將領也無不可。」

丁原略微遲疑了一下，問道：「難道老夫的一顆人頭，還不足以使董卓信任嗎？」

高飛道：「丁使君的頭顱，確實可以幫助呂將軍成功進入虎牢關，但是未必能讓董卓完全信任呂將軍。董卓之所以這樣費盡心機的得到呂將軍，為的

就是借用呂將軍不凡的武力來對付聯軍。呂將軍到了虎牢關後，董卓必然會讓呂將軍出戰，**如果呂將軍無法斬下聯軍大將的首級，試問董卓能否相信呂將軍是真心投靠呢？**

「而且，虎牢關裡的兵力部署，我軍毫不知情，如果一進入虎牢關就發動突然襲擊的話，在敵我情況不明朗的情況下，很可能會讓這次計畫流產，**為了能夠徹底取得這次計畫的成功，必須要呂將軍和各位將軍在虎牢關內待上三天，用三天的時間弄清虎牢關內的兵力部署**，這樣一來，發動突襲的時候，也可以避免不必要的傷亡，或許能夠一舉擒獲董卓也說不定。」

眾人聽後，默默地點點頭。

丁原道：「高將軍言之有理，奉先啊，你一定要在三天內摸清虎牢關內兵力部署的狀況，為了使得董卓徹底的信任你，殺幾員聯軍大將也無不可。只要能夠除掉董卓，為天下除害，就算是以身殉國也在所不惜。」

呂布抱拳道：「孩兒記下了，只是，我弄清兵力部署之後，又如何和聯軍裡應外合呢？而且聯軍知道我是假意投靠董卓，又怎麼會派人來送死呢？」

高飛笑道：「這個很好辦，因為這件事不到最後一刻，我不會告訴聯軍的人，而你需要做的，就是三天後的子時攻占虎牢關的關門，打開關門後，我自會帶著聯軍衝入虎牢關。你也可以在虎牢關內將董卓擒獲，到時候裡應外合之下，董卓就算兵力再強，那些西涼來的羌胡一旦失去了有效的指揮，就會陷入大亂，必然會逃走。」

丁原聽後，當即叫道：「好！擇日不如撞日，今天夜晚就行動吧！」

在八月冷漠的夜空下，月亮鑽進了雲層裡，使得大地一片黑暗，在聯軍大營的北端，並州兵在呂布的帶領下，悄然地離開了軍營，在夜色的掩護下，穿過密林，快速朝虎牢關駛去。

臨近虎牢關時，呂布帶著張遼、高順兩人來到隊伍的最尾部，朝前來送行的高飛、趙雲、賈詡、荀攸四人拱手道：

「送君千里，終須一別，前面便是虎牢關了，還請高將軍留步，三天之後的子時，呂某必定打開虎牢關的關門，迎接聯軍進城。到時，我必會親手擒殺董卓，給義父和全天下被董卓害死的人報仇！」

高飛道：「呂將軍能如此高義，實在令人佩服，三天後再見！」

呂布抱了下拳，調轉馬頭，對高順、張遼道：「我們走。」

高順跟著呂布走了，張遼略微遲疑了一下，朝高飛拱手道：「高將軍，若非

是你親自到了軍營，估計我家將軍也不會做出如此的義舉。我張遼無以為報，以後將軍若有什麼用得著在下的地方，儘管開口便是。」

高飛見張遼重情重義，佩服他是一個漢子，而經過這件事之後，張遼身上的那種稚嫩之氣也消失了。他拱手道：「呂將軍的心跡不太穩定，此去虎牢關雖然凶險，可對於呂將軍來說，也無處不透著誘惑，希望文遠賢弟能夠在呂將軍身邊多多周旋，莫要讓呂將軍再次身陷歧途。」

張遼道：「高將軍，我家將軍我最瞭解了，他既然決定做這件事，就一定會去做，請將軍放心，三天之後，張遼會帶領部下打開城門，恭迎高將軍和聯軍進入虎牢關。高將軍，在下告辭了，請高將軍多多保重。」

高飛朝張遼拱拱手，見張遼撥馬便走，目送著並州兵開進虎牢關內，這才調轉馬頭，對趙雲、賈詡、荀攸道：「張文遠雖然年輕，卻也是一個義士。今天這事你們誰都不要說，就算是太史慈、華雄他們也不要告訴，知道的人越少，對我們越有利。」

趙雲、賈詡、荀攸道：「諾！屬下記下了。」

四人馳馬回營，路上，賈詡突然問道：「主公，上次你讓屬下去打聽的事，屬下已經有了結果。」

高飛「哦」了一聲，便道：「你不用說了，今天我身在呂布的大營之中，已經對高順、張遼都觀察了一遍。高順死忠呂布，從來不問為什麼，對呂布算是忠心耿耿，而張遼雖然曉得大義，可對呂布也是一片癡心，畢竟呂布是他的救命恩人。

「算了，呂布的命運已經改變了，有高順、張遼這樣的人在他的身邊，加上今天發生這樣的事情，以後呂布或許能夠成為我們的盟友。如今之計，只有儘快結束這場戰爭，然後趕快回到幽州，趁機奪取幽州。公達，公孫瓚和劉虞那邊的情況怎麼樣了？」

荀攸道：「公孫瓚這些天一直和袁紹待在一起，他們兩個人看起來很是親密，屬下也無法見到公孫瓚。不過，屬下已經和公孫越、公孫范兩兄弟成為好友，只要以後加以挑撥，公孫瓚必然會對劉虞產生莫大的仇視。」

高飛點點頭道：「很好，劉虞那邊由我來做工作，你們要不動聲色的進行潛移默化的挑撥，從現在起，以奪取整個幽州為己任，對付董卓我們不必太過出力，讓曹操他們去好了。」

趙雲聽了，接話道：「主公，張郃、龐德、田豐、胡彧、丘力居、難樓等人分別從幽州派人送來了口信，讓主公不必憂慮幽州方面的事情，鮮卑人並沒有進

犯幽州。而且兵力也大致都已經部署好了，只要主公一回到幽州，就會立刻對公孫瓚留在右北平的軍隊展開速攻。」

「很好，我雖然不是兵多將廣，但是能夠擁有你們這些堪當大任的精英人才，我也可以高枕無憂了。但是，**以目前的形勢來看，只能等公孫瓚先滅了劉虞，只要劉虞一死，整個幽州就會一片譁然**。劉虞在幽州的百姓和周邊外族人的心目中有著很高的形象，所以，不能由我們來殺劉虞，只能讓公孫瓚殺了劉虞，然後我們再高舉為劉虞報仇的口號，乘勢滅掉公孫瓚，控制整個幽州。」

趙雲、賈詡、荀攸道：「主公英明。」

高飛笑道：「這件事也務必保密，不能讓其他人知道。」

「諾！」

回到軍營後，高飛什麼都沒說，只是讓士兵全部休息，而他的部隊包圍並州兵的舉動，因為處理的十分及時，並沒有引起任何波瀾，一切都很正常，正常的如同什麼事情都沒有發生過一樣。

另外一邊，呂布帶領著所有並州兵進入虎牢關後，將丁原的腦袋獻給董卓，受到了董卓的熱烈歡迎。

事情正如高飛預料的一樣，董卓並未充分的相信呂布，雖然讓呂布的兵馬屯駐在虎牢關內，卻是處在西涼兵四面包圍的情況下。

東方露出魚肚白的時候，並州兵突然消失，徹底使整個聯軍沸騰了。

於是，袁紹召集了所有的諸侯，共同商議這件事。

「諸位，今天我請你們過來，所為何事，估計諸位都已經清楚了吧？」袁紹高坐在上首位置，朗聲說道。

眾人都沉默不語，心中卻都暗自猜測並州兵的去向。

突然，王匡站了起來，拱手道：「盟主，昨夜我軍士兵巡夜時，親眼看見呂布帶著並州兵進入了虎牢關，我想那呂布一定是投靠董卓去了。」

此話一出，登時引來軒然大波，所有人都如同炸開了鍋似的，紛紛議論了起來，多是指責呂布的不義，暗罵呂布。可是，在座裡除了高飛、王匡之外，誰也不知道這其中的緣由。

王匡見群雄不停地咒罵呂布，心中不爽，即將發作時，卻突然看見高飛正在凝視著他，並且輕輕地搖了搖頭，他這才強忍住了說出事實真相的欲望。

曹操突然站了起來，他也是立功心切，當即道：「呂布既然投靠了董卓，那丁原必然受到他的迫害。這個無義的小人，去就去了吧，對我們聯軍雖然是一種損失，但是絕對不能動搖我們討伐董卓的決心。今日就由我軍出戰，去會會那無義的小賊，我帳下典韋、許褚二將，任由哪一個出戰，都能抵擋呂布。」

袁紹道：「不！呂布驍勇異常，加上西涼兵為後盾，非一家兵馬所能夠抵擋的，今日就和董賊在虎牢關下決一死戰。各諸侯請集結各部精兵，一起發兵虎牢關。」

「好！一起攻打虎牢關！」眾人一起高聲呼道。

高飛笑了笑，心中默然地想道：「今天必然是一場精彩絕倫的大戰，**看來三英戰呂布的戲碼會真正的上演啊。**」

一個時辰後，聯軍裡的各路諸侯都帶著自己的精兵良將抵達了虎牢關外，偌大的虎牢關外的空地上站滿了人，人山人海，刀槍林立，各色的旗幟都在空中迎著微風飄揚。

各路諸侯在聯軍盟主袁紹的帶領下，一起來到軍隊的最前方，看著前面不遠處巍峨的虎牢關，每個人都是意氣風發。

虎牢關上，董卓帶著眾將站在城樓上，看著關下嚴陣以待的十萬聯軍，他的嘴角浮現出一絲笑容，朗聲說道：「我有奉先，何懼關東聯軍？奉先啊，你今日就出戰，替我砍下聯軍的幾顆人頭，以震我軍聲威！」

呂布就站在董卓的身後，他手持方天畫戟，看著關下聯軍的雄渾氣勢，聽到董卓的話語後，便「諾」了一聲，直接下了城樓。他一邊走著，一邊想著：「果然不出高飛所料，董卓並未對我完全信任，看來今天要斬殺幾個聯軍將領才能取得董卓的信任了。」

呂布這邊剛下城樓，李儒那邊便朝董卓拱手道：「啟稟太師，昨夜派去暗中監視呂布軍的人都已經回來了，呂布軍並沒有什麼異常舉動，如果他今日能夠斬殺敵軍的幾個大將，看來就可以洗脫掉他身上的嫌疑了。不過，防人之心不可無，太師還是要多多提防呂布才是，畢竟他可是一個反覆無常的小人，為了一匹馬和一些金銀珠寶，就斬殺了自己的義父，這種人如果不小心應付的話，很可能會再次反叛。」

董卓不以為然地道：「奉先初來乍到，定然會讓人產生懷疑，可是老夫既然敢用他，就有辦法對付他，他不是貪財嗎？老夫就多多給他金銀珠寶就是了，等擊退了聯軍，回到洛陽後，你再給他物色幾個美人，讓他過得舒舒服服的，我看他還怎麼反叛。」

李儒道：「太師，這事我會辦理的，只是呂布也不能太放心了……」

「好了好了，先看他如何斬殺敵軍大將吧，這事留到以後再說。」董卓不耐煩地道。

李儒沒有再說話，而是退後了一步，眼睛卻盯著已經出了關的呂布。

呂布頭戴銀盔，手持方天畫戟，身披一件亮銀甲，胯下赤兔馬，身後跟著五百親隨騎兵，分別交給高順、張遼來帶領。

呂布一馬當先，騎著赤兔馬溜到了正前方，將手中方天畫戟向前一指，面對整齊排列向後延伸出去的十萬聯軍，大聲喊道：

「呂布在此，不怕死的儘管上來！」

聯軍陣營裡，公孫瓚手持雙刃鐵矛，騎著一匹白馬，大叫一聲「呂布休得猖狂」，便策馬而出。

呂布騎在赤兔馬上，望著從聯軍陣營裡衝出來的公孫瓚，他的腦海裡在快速的思索著一個問題：**到底要不要殺了他？**

最終，呂布還是決定放過公孫瓚，如果是一般武將，他會毫不猶豫的對其進行斬首行動，可是對方偏偏來的是一方諸侯。在他看來，如果殺了公孫瓚，聯軍就等於少了一份戰力。

他見公孫瓚疾速策馬而來，冷漠的眼神盯著公孫瓚，動了動嘴脣，大聲喊道：「你不是我的對手，快快換個有實力的來！」

可是，呂布並不知道公孫瓚的性格，這是一個可以用單純來形容的極品男人，要陰謀手段，或許他不行，可是要說武勇，他有的是，再加上他那份從不認輸的執著，才使得白馬將軍的名號在北方的大地上經久不衰。

公孫瓚自從加入聯軍後，寸功未立，他此刻出陣，就是想在天下群雄面前出一次風頭，讓天下群雄都知道他白馬將軍並非浪得虛名。他見呂布根本沒把他放在眼裡，心中已然升起了極大的怒氣，他沒有說話，挺著手中的雙刃鐵矛衝了過去。

呂布左手拽著馬韁，右手單舉方天畫戟，一動不動的立在那裡，嘴角露出一絲詭異的笑容，心中卻在暗罵公孫瓚的無知：「這個不知死活的東西，不給你一點顏色看看，你不會退卻的。公孫瓚，對不起了！」

公孫瓚見呂布保持的姿勢很熟悉，正是他在天下群雄面前斬殺徐榮的姿勢，冷笑一聲，心中想道：「又想用挑斬嗎？我不會像徐榮那麼傻的！」

白馬馱著騎在牠背上的公孫瓚，快速地向呂布衝了過去，猛然聽見背上的主人大喝一聲「連刺」，牠就像吃了興奮劑一樣，在離呂布只有一段距離的時候突然加快了速度，迎合主人的動作，同時發出一聲驕傲般的嘶鳴。

對牠來說，這是牠和主人最完美和默契的配合，自從馱著牠的主人以後，這招突然驟至的必殺技，曾經穿透過多少與牠主人為敵的草原上的英雄。牠堅信，主人的鐵矛一定會在對方的身上刺出幾個透明窟窿出來的。

呂布依然沒有動，臉上也毫無表情可言，鐵一般的堅毅，冰一般的冷，眼中射出兩道如同毒蛇般的目光，緊緊地盯著向他施展殺招的公孫瓚。

公孫瓚見呂布不躲不閃，站在那裡一動不動，他早已做好了防禦準備。就在他即將和呂布交馬的一瞬間，他一個蹬裡藏身，整個人便躲到馬肚子下面，雙腿則朝上緊緊地夾著馬背，利用腰身和背脊的力量，讓自己的上身和馬肚子保持平衡，就彷彿是黏在馬肚子上一樣。

也是這個時候，他看準了時機，雙手緊握的鐵矛突然從馬肚子下面連續刺了出去。呂布臉上浮現出一絲極為罕見的表情，但只是一瞬間，便消失得無影無蹤。

公孫瓚從呂布的左手邊駛過，刺出的方向也是呂布的左邊，這樣一來，呂布握著方天畫戟的右手就無法施展挑斬，而且呂布毫無防備的身體左側也會被他的鐵矛穿透。在他的心中，勝負已分，心想呂布也不過如此。可是，**他錯了，一切都想得太簡單了。**

鐵矛以迅雷不及掩耳之勢即將刺到呂布的身體，突然呂布的左手鬆開馬韁，瞬間抽出了腰中的佩劍，單手握著佩劍的劍柄，利用劍刃將公孫瓚所刺出的三矛一格擋下來，在公孫瓚和呂布擦肩而過的瞬間，呂布已經將佩劍插入劍鞘，同時不慌不忙地調轉了馬頭。

一個回合，就這樣結束了。

「看來，我是低估你了。」呂布冷笑一聲，看著已經和他分開的公孫瓚，朗聲道：「不過，也只此一次，這一回合，我就不會手下留情了！」

公孫瓚已經撥馬回轉，面對剛才如同雕像一般冷酷的呂布，他還在思量著他為何會失手，心中不由得慨然道：「難道這就是呂布的實力嗎？那一招連刺，從未有人能夠躲得過去，即使有人曾經利用佩劍來進行阻擋，可是倒抽佩劍阻擋千鈞之勢的鐵矛攻擊，等於是對自己的自殘，然而呂布卻能輕易的擋下那一招連刺，出劍的速度和握劍的力度都遠遠大出了我的攻擊，**這傢伙很強，已經強到我無法估計了。**」

戰場上的人都看得仔細，無論是聯軍還是董軍，只要有過馬上對決的武將，都有深刻的體會。公孫瓚攻擊的是一般人都無法進行阻擋的死角，而呂布卻毫不費吹灰之力便擋了下來，對每個人來說，都是一種無形的震撼。

不過，對聯軍中一直焦躁不安、躍躍欲試的猛將來說，這也是一個瞭解呂布

的大好機會，瞭解的越多，他們才能更好的計算該如何對付面前的這個強者。

高飛看得非常仔細，在公孫瓚馳出的一剎那，他便知道了結果。此時看到公孫瓚臉上一陣驚詫之色，他淡淡地道：「**勝負已分，公孫瓚非死即傷。**」

他扭頭看了看背後頗有實力的一流戰將，在場的關羽、張飛、趙雲、典韋、許褚、太史慈等人都已經是兩眼冒光，看的也是熱血沸騰。

尤其是張飛，已經開始摩拳擦掌了，時不時用手撫摸著手中的丈八蛇矛，就連呼吸也變得十分急促，顯得異常地興奮。

「奉先！殺了他！取下他的狗頭！」站在虎牢關城樓上的董卓看得也是熱血沸騰，他似乎已經看到一顆血淋淋的頭顱呈現在他的面前，忍不住心中那種嗜血的殺意，朝關下的呂布大聲喊道。

公孫瓚聽到這聲巨吼，當下心中升起了一絲寒意，對他來說，**面前的這個人簡直就是一道無法翻越的大山，多年來他從未遇到過如此強勁的對手。但是，他從不服輸，他就算要死，能死在這樣的人物手下，也覺得是值得的。**

他大喝一聲，拍馬再一次向前衝了出去，手中的雙刃鐵矛也緊緊握住，朝著依然一動不動的呂布快速奔了過去，拉長了聲音，大聲喊道：

「三段——」

呂布握著方天畫戟，將畫戟平舉在赤兔馬的頭頂上，見公孫瓚快速駛來，口中大喊三段，他已經做出了最好的防禦和逆擊，也決定就在這一回合分出勝負，雖然有點違背董卓的意思，但是他並不想殺掉對面的人。

兩馬再次相交，但見公孫瓚雙手握著的鐵矛猶如三層波浪般向呂布刺了出去，一層的力度大過一層，三段不同方位的突刺連招連環相扣，將呂布整個人罩在他的鐵矛下，從遠處看，只見無數鐵矛的矛頭在呂布的周身出現。

「錚！錚！錚！……」

一連六聲格擋的聲音，公孫瓚所施展的六連招的刺殺均被呂布給擋了下來。

就在兩馬相會快要結束時，呂布大喝一聲「反擊」，手中的方天畫戟突然從斜裡殺了出來，那一記猶如羚羊倒角般的鉤掛，利用畫戟的月牙小枝劃傷了公孫瓚的右手，一灘鮮血從公孫瓚的右手噴灑而出，公孫瓚手中緊握的雙刃鐵矛也掉在地上，慘叫一聲，左手捂著右手，沒命似的逃了回去。

公孫瓚的部下急忙湧了出來，與此同時，孔融背後一員大將掄著大刀奔馳而出，自報道：「某乃武安國，特來領教高招！」

呂布冷笑一聲，沒有答話，突然策馬而出，座下赤兔馬奔跑起來如狂風一般，在眾人眼前猶如一團火雲席捲了大地。

「亂舞！」兩馬相交，呂布大喝一聲，手中的方天畫戟便開始揮動不止。

武安國還沒有做出任何防守，便見呂布驟至身前，眼睛裡露出一陣驚怖，但覺一根冰冷的東西在身上胡亂撥弄了一番，等到呂布一閃而過時，自己頭部以下，腰部以上的身體已經變得血肉模糊，而碎裂的戰甲也被鮮血染紅，隱隱地凸顯出「亂舞」兩個字。

「哇──」的一聲，武安國墜落馬下，已經一命嗚呼了。

眾人看到這一幕，都驚詫不已，不僅僅是呂布的武技，還有他座下戰馬的速度，那種速度，簡直可以用鬼魅形容。

當眾人反應過來時，呂布已然回到本陣，虎牢關方向的人也都沸騰起來，所有士兵都在不停歡呼，高聲叫著「威武」的話語。

「好強！」一向寡言少語的典韋看到這一幕，也忍不住心中跳動的熱血，叫出了一句。

曹操聽後，扭頭看了眼背後的典韋，皺起眉頭，低聲問道：「你可有把握？」

典韋淡淡地道：「五十回合之內絕無問題，呂布那廝馬快，座騎也是一匹地動天來的神駒，我座下的戰馬，最多可以支撐五十回合。」

曹操斜眼看了看許褚，問道：「你可願意打頭陣，替典韋爭取更多的回合？」

許褚嘿嘿一笑，臉上的肉堆積了起來，將兩隻眼睛擠得小小的，拍了拍鼓鼓的肚子，抱拳道：「我早上吃得飽飽的，就等這一場戰鬥呢。主公，莫要為我擔心，我再給韋哥爭取五十回合來！」

話音一落，許褚輕喝一聲，騎著座下的一匹高頭大馬便馳出了陣，來到天下群雄的面前。

許褚身體寬大，身上沒有披戰甲，大概是沒有一副戰甲可以包裹得住他的身體，騎著的馬兒雖然也是膘肥體壯的良馬，可和牠背上的許褚一比起來，就顯得有點瘦弱了。

他的手中提著一個大錘，像是打鐵的錘子放大了十多倍，錘子的頭部均是實心的熟鐵，錘子的柄端也是用熟鐵加寬打造的，提在他的手裡，再配上他的一身彪悍，真讓人覺得他所騎的馬能否承受得住那種沉重的力量。

許褚一登場，便引來群雄的一陣哄笑，他們看到這個猶如打鐵匠一般的胖子出陣，騎著的馬跑得也不快，都在嘲笑這是哪裡來的胖子，居然敢在天下群雄面前嘩眾取寵。

曹操並不在意，因為他第一次見到許褚時，心裡也是和天下群雄一般想法，試想如此肥胖的人，武力能有多高?!可是，就是他眼前的這許胖子，和他帳下號

稱「古之惡來」的典韋打鬥了百餘回合不分勝負，當許胖子脫下罩著他身體的寬大衣服後，他驚奇地發現，許胖子身上看不見一絲的肥肉，而是雄健的肌肉。

「笑吧，都嘲笑吧，一會兒你們都會大跌眼鏡的，我要讓你們都知道，我曹操帳下絕無庸才。」曹操看了一圈身邊的人，緩緩地想道。

高飛立在馬上，看到許褚出陣，臉上便揚起一絲笑容，淡淡地道：「**好戲現在才真正開始呢！**」

說完這句話，他身子向後微微挪了一下，看了一眼不遠處劉備背後的關羽、張飛，見他們兩個都全神貫注的觀戰，便對趙雲道：「子龍，你不用再準備了，今天可能沒有你表現的機會了。」

趙雲點點頭，沒有說話，雙目緊緊地盯著前方的戰場。

「主公，那我呢？」太史慈急忙問道。

高飛笑道：「以後有的是機會，今天呂布估計會自顧不暇呢。」

太史慈聽完，心中很不爽，一拽馬韁便要衝出去，卻發現臂膀被趙雲緊緊地拉住了，他便問道：「子龍，你幹什麼？」

趙雲搖搖頭，道：「就算你去了，呂布也不會真心的和你打，以後表現的機會很多，不必急在這一時。你的武勇不用說，**可是這個機會也同時是試探別人戰**

力的時候，你好好的看著，你想要交手的強敵，會在這一刻越來越多。那個胖子便是其中之一。」

太史慈看了眼正驅馬朝戰場走的許褚，噗哧一聲笑了出來，指著許褚，輕蔑地道：「這個胖子？他能做我的對手？」

趙雲重重地點了點頭，道：「稍安勿躁，好好的看著那個胖子，不要再違背主公的話，小心罰你去餵馬！」

太史慈臉上一囧，抬頭看見高飛一雙炙熱的眸子在盯著自己，他感覺自己的身上猶如一團烈火在焚燒，燒得他全身上下十分不自在。

他目光流轉時，朝高飛抱了一下拳，道：「屬下知錯了。」

高飛扭過頭，看著已經走到戰場的許褚。

「某乃許褚，字仲康，鎮東將軍、兗州刺史帳下都尉，特來請教呂將軍的高招。」

剛到戰場的許褚，當下向著對面的呂布抱了下拳，他人雖然看起來有點憨憨的，可是說話卻十分的有禮貌。

呂布看了許褚的模樣後，並沒有覺得好笑，反而對面前的這個胖子有些吃不準，他從未見過有人上陣不披甲的，更令他感到吃驚的是，這個胖子拎著的武器居然是一根鐵錘，從胖子座下戰馬吃力的負重來看，他能大致估算出胖子手中的鐵錘重量，至少在八十斤左右。

「此人來者不善，素聞曹操帳下有兩大貼身護衛，看來這個胖子應該就是其中之一，我需小心應付。」呂布打量完許褚之後，朝許褚抱了一下拳，心中默想道。

「來吧！」許褚騎在馬背上，將手中大鐵錘向前一舉，指著呂布，用一種十分挑釁的話語，大聲地喊道。

呂布見許褚一動不動的站在那裡，嘴角露出一絲笑容，對許褚喊道：「胖子！你是不是座下戰馬跑不動，等著我去殺你？」

許褚憨憨地笑了笑，左手在腦後撓了撓，問道：「你怎麼知道？」

呂布道：「既然如此，咱們就在馬下打，你不會連走路都不會吧？」

「真的？」

許褚眼裡冒出一絲精光，他一直沒有能夠找到可以負重自己的馬匹，所以多數情況下，他騎馬的時候不拿兵器。

呂布點點頭，當即從馬背上跳了下來，撫摸了一下赤兔馬的背脊，小聲道：

「赤兔啊赤兔，你且等我片刻，等我打敗了這個胖子再來騎你，聯軍中人數眾多，出類拔萃的武將也不少，我一會兒還指望你進行一番大戰呢。」

說完這番話後，呂布便拍了一下馬背，輕聲一聲「去吧」，那赤兔馬便朝張遼、高順那邊駛了過去。

「奉先！你幹什麼？為什麼從馬上下來了？」董卓在城樓上看得仔細，見呂布要和那胖子進行步戰，便大聲喝道。

呂布將方天畫戟朝地上一杵，柄端被硬生生地插進乾裂的地裡，筆直的矗立在那裡，朝城樓上的董卓抱拳道：「太師請放心，今日呂布必然會挫敗聯軍的銳氣，讓他們知道誰才是真正的強者！」

李儒拉了一下董卓的衣角，道：「呂布如此安排，也是別有深意，聯軍中有能之輩不少，為了避免車輪戰給馬匹消耗的體力，他這樣做也很合理。」

董卓聽了李儒的話語，便沒有再吭聲，雙手按在牆垛上，輕聲問道：「馬騰、韓遂的軍隊離虎牢關還有多遠？」

「不足二十里，這一場對決後，便可抵達虎牢關。」李儒道。

董卓滿意地點點頭，道：「為了避免車輪戰，可以讓馬騰上陣，此人武力不俗，遠在徐榮之上，可以暫時緩解一下呂布的疲勞。」

「我看不用，呂布帳下有十員健將，高順、張遼更是出類拔萃的戰將，武藝

都不弱，完全可以替呂布接下關東群雄的挑戰。至於馬騰，可以讓他充當生力軍。」李儒道。

董卓道：「嗯，你讓人傳令，讓馬騰、韓遂所部人馬在虎牢關外休息，不必進入關內，聽候我的調遣。」

「諾！」李儒欠了一下身子，便緩緩地退了出去。

兩軍陣前，呂布、許褚都下了馬。跳下馬背的許褚頓時感到輕鬆許多，活動了一下手腳，掄起手中的大錘隨便揮舞了兩圈，臉上顯得很是興奮。

「呂將軍，就衝你這份情誼，我讓你三招，你來攻我吧！」許褚的熱身運動完畢之後，便衝對面的呂布喊道。

呂布冷笑一聲，並未理會，當下提起了方天畫戟，以S型路線朝許褚跑了過去。

許褚依然站在那裡不動，身體已經擺開了架勢，雙手拎著那頗有重量的大鐵錘，目光卻在觀察著呂布的身影。

忽然，呂布衝到了他正前方三米的位置，身影一閃便不見了蹤跡。

許褚的目光還停留在呂布消失的位置，心中不禁吃了一驚，暗暗地讚嘆呂布的身法速度，正當他準備去搜索呂布身影的時候，只覺一股寒意從側面逼來，他急忙回轉身子，將手中的大鐵錘擋了過去。

「錚」的一聲響，兩樣兵器碰撞時發出零星的火花。許褚的目光捕捉到呂布的身影，見他依然貼身到自己背後，寒氣逼人的畫戟就要刺了出來，身體一轉，同時將手中的大錘向後砸了過去。

「砰」的一聲巨響，落地的大錘硬生生地在地上砸出一個大坑，將那些長久以來沒有受到雨水滋潤的乾裂泥土砸得四處飛舞。

許褚聽到這一聲悶響，便知自己沒有擊中，他不等招式用老，雙手猛然將大鐵錘再次提起，同時身形一轉，即躲到大鐵錘的後面。但見臉門前一條大戟刺了過來，他掄起大鐵錘撥開刺來的大戟，使那根大戟改變了攻擊的方向，和他右臂擦身而過，劃破他右臂上寬大的袖子，將他粗壯的臂膀給露了出來。

緊接著，許褚不敢有絲毫的懈怠，連續擋下了呂布的三招攻勢，隨後提著大鐵錘不進反退，向後跑出了好幾米遠才停下來，轉過身子，見呂布已經和自己相距有點距離了，方才長出一口氣。

呂布被許褚異常的舉動驚呆了一下，哪裡想到鬥得正憨的時候，許褚會突然脫離戰場，等他反應過來時，地上已經留下一道大鐵錘長長的拉痕，而許褚已經和他有了點距離。

「你這是什麼招數？」呂布冷笑一聲，略帶譏諷地道：「想逃跑嗎？」

許褚搖搖頭，將手中大錘朝地上一扔，伸出雙手撕爛了身上的衣服，露出一身黝黑而又結實的肌肉來，又擦拭了一下額頭上的汗水，憨笑道：

「不！我不逃！剛才那三招是我讓你的，所以我不攻。現在我就要攻擊了，所以讓你知道一下。」

呂布臉上一怔，沒想到許褚這人還挺誠實的，但是對剛才那三招的攻勢，他不得不承認，許褚防守得很嚴密，讓他的攻擊變得毫無意義。

他也抖擻了一下精神，邪笑道：「我讓你十招，你攻，我守！」

許褚聽到呂布狂妄的口氣，不禁暗自佩服呂布的實力，剛才他讓了呂布三招，那三招攻擊若不是他拼力防守，恐怕身上早已經掛彩了。他心中暗喜，覺得呂布的狂妄可以給自己帶來一次轉機，便大聲喊道：「君子一言駟馬難追，你既然已經說出口了，就不許反悔！」

呂布道：「我一言九鼎，你儘管出招吧，把你的實力全部展現出來，讓我看看你到底有多大的能耐。」

許褚虎軀一震，順勢提起地上的大鐵錘，掄著那重達八十斤的大鐵錘便衝了上去，每向前跑一步，地上便會發出一聲悶響，周圍的地面也隨之顫動。

呂布見許褚朝自己跑了過來，萬萬沒想到對方跑得會那麼快，那麼大的身軀還帶著一根沉重的大鐵錘，那份力氣，跟他比起來，簡直是有過之而無不及。

他抿了一下嘴，嘴角上揚，將手中的方天畫戟放在面前，做出了防禦的姿勢。

隨著「轟」的聲音越來越近，呂布感到對方有一種很強的氣勢，但見許褚在三米外便掄起了手中的大鐵錘，向他狠狠地砸了過來，那力道猶如千鈞之勢，如果硬接的話，必然會被砸傷。

他見大鐵錘就要砸了下來，腳步猛然一抬，身體側了過去，手中的方天畫戟順勢揮出，直接擋在他的面前，以防止許褚變招後的橫掃。

許褚也沒指望這招能夠砸中呂布，就剛才他防守的情況來看，呂布的身法和速度遠遠在他之上，他要做的，就是儘量用自己身上的蠻力盡可能拖住呂布，給典韋爭取更多的時間，同時也逼呂布展現出更多的招數，讓遠處的典韋能夠觀察的更加全面。

「砰」一聲巨響，地面被結實的砸出一個大坑，四周塵土飛了起來。

許褚正想變招舞著大鐵錘橫掃一圈，哪知呂布已經看破了他的下一招，方天畫戟筆直地插在地上，做出防禦的態勢。他不禁佩服呂布的眼力，竟然知道他下一招要出什麼。

「喂！胖子，你若不施展全力的話，是無法拖住我太久的。」呂布早已洞穿許褚的心思，從許褚出手的招式和他身上可能存在的潛力，他可以斷定許褚並未使出全力，因為能夠防守住他三招快速攻擊的人，對方也非等閒之輩。

許褚臉上一怔，見呂布道出了他的心思，一咬牙，雙手握著鐵錘的柄端，直接將大鐵錘提了起來，使出全身的力氣，用巨大的力道快速從空中砸向呂布，口中大聲喊道：「一擊！」

呂布的嘴角笑了笑，利用他極為輕快的身形開始躲閃，耳邊也總是能夠聽到「砰、砰」的巨響聲。

觀戰的雙方無不目瞪口呆，都暗自佩服許褚的力氣竟然如此驚人，就連他使用大鐵錘的能力也是出神入化。

「大鐵錘頭重腳輕，很難有人能夠在奮力一擊未中的時候，再次迅速的將其提起來，由於慣力的作用，必然會造成攻擊的空隙，而再次提起大鐵錘，也必須要施展比奮力一擊還要多幾倍的力氣。許褚能夠在一擊未中的瞬間再次將鐵錘提起進行第二次攻擊，那份蠻力確實很驚人。」

趙雲看到這種情況，點評道：「只是，這樣下去，許褚會很吃虧，呂布的身形太快，他的攻擊根本起不到任何作用，只會消耗自己的力氣而已，他怎麼會做出這樣的舉動呢？」

高飛看到每次鐵錘擊中地面後便會有塵土飛起，一連幾次，塵土便將許褚整個人籠罩在裡面，連同呂布也被罩在其中，呵呵笑道：「不是這樣的，**許褚是在用計。**」

「用計？」趙雲、太史慈、華雄都驚詫道。

賈詡、荀攸點點頭，異口同聲地道：「確實如同主公所講，許褚是在用計。」

趙雲、太史慈、華雄看到地上騰起的灰塵越來越多，從外面已經無法看到周圍的動靜了，才恍然大悟，讚道：「沒想到許褚也不傻啊。」

高飛見陳宮居然能看出其中的端倪，心中不禁為之一驚，聯軍中的智謀之士不在少數，又有幾人能夠看得出來這背後的玄機呢。

陳宮呵呵笑道：「將軍不必擔心，據我所知，能夠看得出此計的人，尚且只有我一人而已。」

戰場上，許褚連續九次的奮力一擊都未曾擊中呂布，反而將周圍的地面砸得坑坑窪窪，同時揚起一陣塵土，將他和呂布都包裹在塵土之中。

他閉上眼睛，將耳朵豎了起來，仔細聆聽周圍的動靜。忽然，聽到背後一陣咳嗽聲，便掄起手中的大鐵錘朝自己身後砸了過去。

呂布被許褚的快速攻擊給牢牢地封鎖在許褚的攻擊範圍內，無法脫身；同時，他被罩在塵土中，視覺受到了嚴重的阻礙，瀰漫的塵土也使得他呼吸變得不太順暢，吸進去的空氣嗆得他咳嗽了幾聲。

他想要離開這個塵土瀰漫的地方時，卻不想一個帶著沙礫碰撞的風聲向自己逼近，他看不清楚，只隱隱看到一個大錘砸了過來。他大吃一驚，急忙舉起手中的方天畫戟進行抵擋。

「錚」的一聲，顫巍巍的波動音還在空氣中回蕩，他感覺到雙手的虎口被巨大的衝擊力震得發麻，若非他天生神力，只怕很難擋下那一記攻擊。

「哈哈！」許褚突然大笑一聲，一邊展開攻擊，一邊朗聲道：「找到你了！」

「錚……」連續四次的碰撞聲在塵土飛揚的土霧中不斷向外傳了出去，觀戰的人也看不清裡面到底發生了什麼事。隨後又是一聲「砰」的巨響，彷彿是什麼東西爆炸了一樣。

就在大家都在揪心的時候，突然看到呂布從土霧中閃了出來，身上的頭盔、戰甲以及他的臉都籠上了黃色的塵土，而他的臉變得極為猙獰，雙眸也變得凶狠起來，手中方天畫戟的月牙小枝上帶著一絲猩紅，一滴黏稠的液體滴落到地上。

當土霧漸漸消散時，許褚的身影露了出來，大鐵錘的柄端筆直地朝著天空，鐵錘的頭部則深深地陷在泥土裡，他單膝跪在地上，左手捂著右臂，整條手臂鮮血淋淋，兩隻眼睛怨恨地盯著呂布。

「許褚……敗了？」

曹操看著受傷的許褚，沒想到許褚會在這麼短的時間內受傷，不能說許褚無能，只能說呂布太強悍了。

許褚捂著受傷的手臂，緩緩地站起身子，指著呂布吼道：「你耍詐！說好讓我十招，結果剛過九招你就……」

「再不出手，我就會被你一錘砸死了！」

呂布全身緊繃著神經，雙手緊握方天畫戟，他自己都沒想到，會被眼前這個胖子逼到這步田地。

許褚鬆開捂住右臂的左手，單手將陷在地裡的鐵錘拔了出來，放在肩膀上扛著，帶著羞憤朝自己的陣營裡走，一邊喊道：「呂布，這一戟之仇，我不會忘記

的，早晚有一天我會討回來！今天我輸了，下次我一定會讓你敗在我的手下。」

呂布見許褚走了，神經總算得以鬆懈下來，將方天畫戟朝地上一插，捂著胸口，咳嗽了幾聲，想起剛才那一幕，自己都有點害怕。

「奉先！追過去，殺了那胖子！」董卓在城樓上大聲喊道。

呂布看著遠去的許褚背影，見聯軍陣營中策馬又奔出一員大漢，臉上浮現一絲詭異的笑容，將方天畫戟再次提起，大聲喊道：「赤兔！」

赤兔馬受到主人的召喚，飛奔跑到呂布的身邊。

呂布翻身上馬，撫摸了一下馬背，道：「赤兔，我們這次要大戰一番，你可要做好心理準備。」

赤兔發出一聲長嘶，像是聽懂了主人的話，同時揚起兩隻前蹄，在落地的一瞬間，馱著呂布向前奔跑，迎向從聯軍中駛出來的大漢，喊道：

「來者何人，報上名來！」

「典韋是也！」

群雄目瞪口呆，看到剛才還虎虎生風的許褚居然受了傷，都不禁在讚嘆中多了一絲惋惜，誰都沒想到呂布會這麼強悍。

張飛早已按捺不住了，剛欲策馬而出，被劉備一把拉住，他見劉備搖了搖頭，便吼道：「大哥，讓我去把那個狼崽子殺了！」

劉備道：「稍安勿躁，現在還不是時候，呂布正處於巔峰狀態，再等等！」

張飛只好忍氣吞聲，眼睛緊緊盯著遠方的呂布，手握住丈八蛇矛，恨不得現在就衝過去，直接給呂布身上捅幾個窟窿。

戰場上，典韋雙手拽著馬韁，上身筆直地立在馬背上，雙腿夾著馬肚，慢悠悠地朝戰場上走去，正好迎著受傷敗陣下來的許褚，便道：「許胖子，怎麼樣？」

許褚的右臂血還在流淌，可是對他來說，這點傷根本不是問題，只要讓他喝酒，吃吃肉，很快就能補回來。

他扛著大鐵錘，在和典韋相遇的時候聽到了典韋的問話，便答道：「韋哥，你要小心，對方真的很強，他的戟法不在你之下，而且招式也很詭異，防守的也很嚴密，可以說是毫無死角，我的氣旋根本沒來得及用，就被他給刺傷了。」

典韋的嘴角揚起一抹淡淡的笑容，道：「辛苦你了許胖子，晚上回去我請你吃肉，剩下的事就交給我來做吧。」

許褚點點頭，扛著大鐵錘，朝本陣走去，心中想道：「我剛才那一錘應該是很準確的打中了呂布的胸口，可是為什麼他還是像個沒事人一樣？」

許褚不解地搖搖頭，邊走邊自言自語道：「算了，有韋哥出馬，必然能夠擊

敗呂布，我就不必操心了。」

呂布騎著赤兔馬向前跑了一段路，便停下來，將手中大戟高高舉起，專門等著對面的典韋過來。

他見典韋身體筆直的立在馬背上，雙手拽著馬韁，身上也看不到半點武器的影子，十分地好奇：「難道典韋要和我赤手空拳的打？不管怎麼樣，這次我都不能再讓了，剛才差點被那個胖子一錘砸成重傷，不管是誰來了，我都必須撐到高飛上場。」

典韋勒住馬匹，雙目炯炯有神，打量著呂布，心中思量道：「呂布的馬速度很快，在一定程度上增加了他的優勢，他不光是個用戟的高手，從他化解公孫瓚的連刺和三段來看，他對槍、矛之術亦很精通，從第一次見到他到現在，他一共施展了挑斬、反擊、亂舞三個必殺，而且能把許胖子的氣旋逼得無法出手，這個人真的很強……」

「典韋！」

呂布見典韋在對面一聲不吭，若有所思的樣子，像是在分析他的招式，便嚷嚷道：「你到底打不打？」

典韋的思緒被呂布給打斷，發出響亮的一聲：「打！」

「你的兵器呢？」呂布問。

典韋不慌不忙地脫去上衣，露出一身黝黑結實的肌肉，那塊頭簡直可以去參見健美比賽了。

他一把將上衣扔到地上，背後立刻現出兩根大鐵戟來，交錯地插在他腰間拴著的一個皮套裡。

兩根大鐵戟筆直地貼在他的後背上，這才使得他看起來一直是如此的挺拔。

接著，他從背後取出鐵戟來，衝呂布喊道：「來吧！」

「原來他的武器是藏在背後，怪不得他每次走路騎馬總是如此挺拔！」看到典韋兵器所在的高飛，心中暗想道。

呂布很納悶，**為什麼今天碰到的人都是那樣的自負，總是希望他先出手**。不過，既然是對方要求的，他也就不客氣了，正好用幾個回合來試試對方的實力。

他的上半身散發著銀白色光芒，彷彿天地間的光輝全部集中在身上；下半身是一團熊熊烈火，火蛇流動翻滾，比鮮血還紅豔、比陽光還明亮。

「駕」一聲大喝之後，集天地閃耀為一身的他，便向前朝著與他相距足有二十米遠的典韋衝了過去，雙腳緊踩馬鐙，雙手握住方天畫戟，上身呈現弓形，視線和馬頭平行，準備施展他平生最得意的必殺技。

典韋沒有動，他已經來不及動了，因為對方的速度很快，讓他根本沒有動彈的機會，只要他一動，就會現出破綻，他現在要做的就是以不變應萬變。

他看著呂布那奇怪的姿勢，他雖然不認識，可心中也明白，這必然是必殺的絕技，**他要做的就是化解這看似平淡無奇，實際上厲害無比的一擊必殺**。

呂布古銅色英俊的臉龐上稜角分明，猶如刀削斧砍一般，兩條橫眉下是高聳的鼻梁與深深陷下的眼眶，黃褐色的瞳孔裡射出銳利的光，刀鋒一般的高傲眼神裡，彷彿有一種對一切都不屑一顧的冷漠，那雙眸子始終在盯著他的正前方，就像一頭將要撲向獵物的老虎一般沉著，他只需要到達畫戟所能達到的攻擊範圍之內，就能讓一切變得很簡單。

典韋在呂布的注視下，只覺得四周的空氣彷彿有了生命，緊緊地包裹著他，似乎變成無形的絞索，令他無法呼吸，幾乎要窒息！他第一次遇到氣勢如此強大的人，心中暗道：「**這就是真正的強者嗎？**」

就在電光石火的一瞬間，呂布奔馳到典韋的面前，那根長而巨大的畫戟開始旋轉起來，像一個陀螺一般旋轉著，同時畫戟鋒利無比的戟頭也迅速刺向典韋的胸口。

典韋倒吸了一口氣，如此強勁的攻擊，如此高超的戟法，已經遠遠超乎了他的預料。但是，他並沒有就此認輸，上身向後一揚，平躺在馬背上，右手握著鐵戟急忙擋在胸口上方，左手的鐵戟則順勢朝呂布肋下刺了過去。

呂布一招失算，見典韋將大戟擋在胸口，而另外一根大戟則在千鈞一髮的時刻進行反擊，攻擊的部位正是他肋下要害，他不禁佩服對手武藝的高超。他不等招式用老，急忙撤回手中的方天畫戟，畫戟的戟頭在空中轉了半圈後，直接撥開典韋反擊的那一戟。

「噹——」的一聲巨響，兩個人分開了，而兩人手中握著的大戟仍在不停顫動著，發出只有他們兩個人才能聽得見的細微的嗡鳴聲。

一個回合就這樣結束了，兩個人都是有驚無險，再次分開之後，各立一端互相凝視，心中都生出對對方武藝的敬佩之情。

天地在這一刻似乎是靜止的，所有觀戰的人都屏住了呼吸，還在回味剛才那一個回合的驚險。

呂布騎在赤兔馬上，沒有再進行攻擊，想道：「此人絕對是我遇過第一個真正強悍的人。沒想到聯軍中還隱藏著這種人物，如今我胸口受了傷，施展招式的時候多少會受點影響，我必須小心應對，否則定會死在他的手上。」

典韋也站在那裡沒有動彈，對他來說，如何保持馬匹充足的體力，進行後面的大戰才是關鍵。剛才呂布那一擊必殺技，讓他想起來都害怕，若非他是個左撇子，就算雙戟全部擋在胸口，也無法抵擋呂布那猶如泰山壓頂的第二擊。

此時，他的背脊上冒出一身冷汗，順著矯健的身軀朝下滴淌，同時他也長出了一口氣，他和呂布的這一驚險的回合後，或許呂布不會再用同樣的方法進行攻擊。他暗自慶幸，同時凝視著那尊有史以來他所遇到的最強勁的對手。

「駕！」

呂布、典韋目光交錯，兩人眼中都射出了萬道精光，十分默契地同時大喝一聲，分別策馬相向而行，各自舉著自己手中的武器衝了過去。

真正的大戰開始了，呂布、典韋打起十二分精神，誓言要在天下群雄的眼中分出個勝負，兩個人都毫不相讓。

「噹——」又是一聲巨響，其中夾雜著兩人的嘶喊聲，以及憤怒的咆哮聲，彷彿天地間只有他們兩個，一分開，立刻再撥轉馬頭繼續廝殺。

雙方陣營裡都看得目瞪口呆，**這才是真正的大戰，一場巔峰的對決。**

「已經……已經二十回合了……」典韋的出奇表現讓太史慈大為吃驚，不禁脫口而出。

高飛聽了，嘿嘿笑了笑，道：「看著吧，這才是真正的好戲。」

虎牢關上，董卓看著關下戰場的憨鬥，急得像熱鍋上的螞蟻，心急如焚的他不時便會朝下面喊道：「奉先，快殺了他，殺了他啊！」

關下的呂布早已全神貫注地投入戰鬥中，**這是他有生以來第一次如此酣暢淋漓的打鬥，以前那種高手寂寞的態勢已經不再，他要在今天痛痛快快的打一場。**

雖然身上受了點傷，卻並不妨礙他進行打鬥，因為對方的實力讓他產生了一較高下的欲望，那種小傷所產生的傷痛他早已忘卻了，完全沉浸在互相較勁的熱情中。

典韋更是興奮，他第一次遇到的對手是許胖子，許胖子那種不按套路出牌，自成一種攻擊模式的打法，著實讓他吃了不少虧。但是一旦他弄清了他的招式，許胖子顯然不再是他的對手了。

今天，他遇到呂布，這個讓許胖子都不敢對戰的高手，才是他心中真正的對手。他的心裡暗暗叫道：「我要超越你！」

李儒不知道什麼時候跑到董卓背後，對董卓道：「太師，馬騰、韓遂的兵馬已經安排在虎牢關後面的軍營裡。」

「哎呀，奉先啊……」比起李儒的話，董卓顯然更關心眼前的戰鬥，他辛辛苦苦用金銀珠寶和神駒挖過來的人，怎麼表演起來一點都不像他心中所想的那樣，不禁急躁得說不出話來。

李儒見狀，急忙勸道：「太師勿憂，呂布的武藝遠在那人之上，雖然短時間內無法分出勝負，也不可否認，聯軍中確實有強人存在。別忘了，太師最擔心的一個人還沒有動靜呢。」

董卓突然渾身一個激靈，目光轉向聯軍中的高飛身上，問道：「李儒，高飛的全族三百多口都押來了嗎？」

「已經押來了，陳倉令馬九親自押解的。高飛以前是陳倉侯的時候，馬九就在他的手下做事，後來高飛走了，沒有帶走馬九，馬九因此心生怨言。就連抓捕那些飛羽軍的家人，也都是他的功勞。」李儒道。

董卓道：「很好，這個馬九和華雄是同鄉，可是華雄那個王八蛋，我讓他去監視高飛，沒想到他居然投靠了高飛，這人不得不除，你去吩咐馬九，按你的計策去做吧。」

李儒「諾」了一聲，道：「太師放心，我已經安排好了，明天一早，華雄的人頭便能呈現在太師的面前。」

董卓陰笑道：「很好，哈哈哈……」

聯軍陣營裡。

盟主袁紹陰鬱著臉，看著戰場上憨鬥不已的典韋和呂布，對一直站在身後的顏良、文醜道：「風頭不能讓曹阿瞞一個人占了，你們等會也該露露臉了，讓天下群雄看看，我堂堂的盟主帳下，也非等閒之輩。」

顏良、文醜二人正等著袁紹給他們發號施令，看著戰場上打鬥的呂布和典韋，心中都暗暗想道：「打吧，最好兩敗俱傷，到時候我們兄弟一出場就把你給結果了。」

緊挨著曹操的張邈身後，一個文士打扮的人一臉的愁容。

眾人都在替典韋擔心，他卻不是，他在為呂布擔心。自從上次在大帳見過呂布以後，他的心就被呂布的那種氣勢牽引著。當他得知呂布投靠董卓後，整個人都為之頹廢，甚至恨自己沒有主動去認識呂布，如果呂布有他在身邊的話，或許就不會投靠董卓了。

但是，今天早上他在大帳中，見群雄都在謾罵呂布的時候，他注意到王匡和高飛悄悄眉目傳情的異常舉動，**他覺得發現了什麼蛛絲馬跡。憑他的智慧，他已經猜得八九不離十**。他知道後，沒有做任何解釋，心裡對呂布更加崇拜起來。

張邈回頭見一直跟在自己身後的主簿滿臉愁容，便笑了笑，勸慰道：「公台，你不用擔心，刺史大人帳下猛將如雲，對付一個小小的呂布，簡直是易如反掌。」

那文士打扮的主簿姓陳名宮，字公台，本是中牟一小縣令，黃巾餘黨鬧兗州的時候，他率領全縣一百多個衙役奔赴陳留，本想投靠如日中天的曹操，哪知曹操已經帶著大軍殺奔濟北了，陳留太守張邈見他是個人才，便留在身邊，讓他當了主簿。

他一直為自己懷才不遇憤憤不平，意外得到張邈賞識，便暫且把陳留當作屈身之地，留在張邈的帳下。

直到前幾日，中路和北路軍進行會師時，呂布在天下群雄面前發出了豪言壯語，他一向擅於觀察人，看呂布氣勢不凡，遠遠要高過張邈，比之其貌不揚的曹操也多出了幾分威武，便暗中許下心願，準備從此以後輔佐呂布。

此時，陳宮一臉的複雜表情，聽到張邈的話後，只是傻傻地笑了兩聲，並沒有說話，目光一直盯著戰場上的呂布。

呂布的一舉一動都烙在他的心裡，他的神經都被呂布所牽引著，**他希望呂布能夠贏，因為他要輔佐他成為一方霸主，他的主公必須是一個得天獨厚的人，而**

呂布，正是他夢寐以求的人選。

戰場上，呂布和典韋已經鬥了三十回合，雙方的防守和攻擊到目前為止呈現均勢狀態。

聯軍裡，劉備仔細觀察著呂布和典韋的戰鬥，見二人胸口的起伏越來越大，扭頭對身後早已按捺不住的張飛道：「三弟，我們三兄弟揚威的時刻到了，呂布非一人能夠取勝，你速速去支援典韋。」

張飛愣了一下，遲疑地道：「可是大哥，以二敵一，不妥吧？」

「對付呂布這種小人，不必講究什麼公平道義，**只要殺了呂布，你張翼德的名字，從此以後必然能夠揚名天下**。」劉備見張飛不開竅，忍不住說道。

張飛早就想和呂布交手了，可是他想單打獨鬥，而不是以這種方式出場。他臉上現出複雜的表情，一時間愣在了那裡。

一旁的關羽捋了捋美髯，丹鳳眼突然睜開，揮動了一下手中的青龍偃月刀，道：「三弟，你不上，我上，呂布就交給我了！」

話音一落，只見關羽大喝一聲，便舉著手中的青龍偃月刀馳了出去。

「二哥，俺去！你回來！」

張飛見關羽搶了他的風頭，他怕關羽真的一刀將呂布給結果了，自己也就失

去一個很好的對手了，急忙大喊，拍馬從本陣飛馳出去。

呂布、典韋正在惡鬥，所有人的心都在揪著時，突然見到徐州兵飛出兩騎快馬，但見關羽、張飛一前一後飛奔了出去，都頗為不解。

高飛看到關羽、張飛快馬馳出，心中咯登了一下，不禁暗道：「糟糕，定然是劉備那個不要臉的要以多欺少。就算是三英戰呂布，也應該是我、子龍和子義一起上，打一場表演賽給群雄看，是我太大意了，光顧著看呂布和典韋等人比武，延誤了出場的時機。」

他剛想完，已見關羽、張飛奔馳了一般距離，急忙對身後的趙雲、太史慈喊道：「子龍、子義，準備……」

話還沒說話，便聽見兩聲大喝，袁紹的陣營裡飛出兩匹快馬，正是顏良、文醜。他急忙叫道：「糟糕，這下真的糟糕了，不能再等了。」

就在這時，一直在觀戰的張遼、高順二人見到聯軍陣營裡突然殺出四員戰將，而且都是衝著呂布來的。二人對視一眼，心照不宣，立刻拍馬而出，張遼迎著顏良而去，高順迎著文醜而去，要阻止顏良、文醜。

高飛忙對身後的趙雲、太史慈、華雄道：「都跟我來，聽我命令行事！」

趙雲「諾」了一聲，第一個拍馬而出，太史慈、華雄緊隨在高飛的背後衝了出去。

戰場上呈現一片混亂的局勢，呂布本來和典韋鬥得正酣，突然見身側寒光一閃，他身子本能地朝後一躲，一個紅臉長髯的大漢持著一口大刀便劈了下來。他根本來不及問對方是誰，便只能奮力迎敵。

關羽的突然到來，打亂了典韋和呂布之間平衡的態勢，典韋見關羽冷不丁的一刀讓他面前的呂布走脫了，猙獰的面孔顯得更加恐怖，朝天一聲大吼，持著手中的雙鐵戟猛然揮了出去，朝關羽的面門擊出。

關羽大吃一驚，急忙舉刀遮擋，「噹」的一聲巨響，他的青龍偃月刀發出了輕微的嗡鳴聲，震得他雙手發麻，不禁暗嘆典韋的力大。他用青龍刀順勢撥開了典韋的雙鐵戟，刀頭一橫，虛晃了一刀，和典韋擦身而過。

他還來不及表明身分，哪知背後典韋如墨一般的大鐵戟朝後背刺了過來，在典韋的長臂手中施展的如同一條黑龍。他急忙背後插刀，青龍刀順勢轉到後面，格擋下了典韋的那一擊，二人便分開了。

呂布赤兔馬快，被關羽冷不丁的一刀逼開之後，早已策馬閃在一邊，他對面前這個紅臉大漢毫無印象，見典韋又和關羽打了起來，便勒住馬匹，正準備看熱鬧，卻見正前方一個豹頭環眼的黑臉大漢持著一根蛇矛殺了過來，嘴裡還哇呀呀

的大叫著，那吼聲如同虎嘯，若非他座下赤兔是匹神駒，定然會被那黑臉大漢的吼聲嚇得驚恐起來。

丈八蛇矛如同一條巨大的長蛇，盤旋在張飛的手臂上，以陀螺狀態旋轉著朝呂布攻了過去。呂布大吃一驚，不曾想對面的黑臉大漢也會螺旋突刺，他重新抖擻了精神，將大戟一招，迎著張飛便衝了過去。

「噹噹噹……」兩馬相交，在瞬間一共發出了九聲兵器碰撞的聲音，方天畫戟和丈八蛇矛交匯在一起根本看不清實體，只見虛影亂晃，你攻我守之間，呂布和張飛已然分開。

誰想，張飛雙腿猛然夾了一下馬肚，雙腿做了一個轉圈狀態，他座下的那匹黑馬立刻便會意過來，高抬起兩個前蹄，發出一聲長嘶，隨著馬蹄落地的一瞬間，張飛座下的戰馬扭轉身軀，在張飛又一聲大喝聲後，便追著呂布而去。

呂布哪裡遇到過今天這樣的陣勢，從許褚的上場開始，奇怪的人和有實力的人一個接一個湧了上來，他和典韋勝負未分，紅臉便殺了過來，還來不及去問紅臉是誰，黑臉又刺了過來，他這邊剛和黑臉的分開，不想背後的黑臉追了過來，前面又有兩個身披鎧甲的大漢一個持刀，一個持槍的殺了過來。

這兩個人他認識，是袁紹帳下的顏良、文醜，他不敢怠慢，也不戀戰，沒有停留，借助赤兔馬快，快速地迎上了最後撲上來的顏良、文醜。

錚！錚！錚！錚！錚！顏良、文醜已然和呂布擦身而過，呂布座下的戰馬如同一團火雲從他們身邊捲過，兩人只覺得自己雙手戶口被震得發麻，正準備勒住馬匹時，張飛迎面而來，大喝一聲「閃開」，嚇得兩人的座下戰馬驚慌不已，分別朝兩端跑了開來。

卻說關羽和典韋分開之後，關羽立刻勒住馬匹，調轉馬頭，大聲叫道：

「你這廝好生無禮，某好心助你，你卻不分青紅皂白，倒打一耙，到底是何居心？」

典韋眼裡直冒火光，兩隻巨大的手中分別握著黑色的大鐵戟，舞動著手中的大鐵戟，快速旋轉的大鐵戟立刻形成了一個黑網，罩住了他的全身，彷彿是一團黑氣從手中不斷散發出來一樣。

他更不答話，扭頭看到一個黑臉的大漢正在追逐呂布，他冷哼一聲，叫道：

「誰要你幫？你放走了我的對手，你就來做我的對手！」

話音一落，典韋大喝一聲，手中的大鐵戟猶如兩條黑龍，馱著典韋便朝關羽衝了過去，眼中已經充滿了憤怒的怒火。

關羽冷哼一聲，將青龍偃月刀舉在面前，丹鳳眼睜得越來越大，一股高傲又睥睨天下的氣勢盡皆展現出來，一拍座下戰馬，立刻便迎著典韋而去。

張遼、高順此時從兩路殺了出來，看到關羽和典韋戰鬥，兩人誰也沒有理，直接奔向顏良、文醜而去，張遼戰顏良、高順戰文醜，四個人戰在一處。

呂布的馬快，已經跑出了好長一段路，聽到背後馬蹄聲漸漸遠了，便停住馬匹，撥轉馬頭，見張飛挺著丈八蛇矛衝了上來。

他剛才和張飛戰了一個回合，他攻擊了五下，張飛反擊了四下，你來我往間，一個回合便有九次兵器碰撞，他可以肯定，這個黑漢子一點也不比典韋弱。

他眉頭皺起，看著張飛身後的戰場已經亂作一團，張遼鬥上了顏良、高順和文醜戰在一起，不知道為什麼，典韋居然和關羽打了起來。

他聽過顏良、文醜的名字，知道他們是袁紹帳下兩員猛將，擔心張遼、高順有什麼閃失，便打起十二分精神，決定先撇開張飛不管，先將顏良、文醜、張遼、高順分開。

主意已定，他沒有絲毫猶豫，同樣使出了螺旋突刺，向迎面而來的張飛衝了過去。

張飛臉上大喜，見呂布的姿勢是要施展螺旋突刺，也決定用同樣的招數進行決鬥，立刻舞動手中的丈八蛇矛，一條大蛇便像纏繞在他手臂上一樣，迎著呂布如梨花般絢爛的大戟而去。

眼看就要硬碰硬的撞上，張飛正在想同樣的一招誰的厲害時，卻沒想到呂布的身影一晃，整個人便貼在馬匹的另外一側，而且赤兔馬奔馳的方向也改變了，直接越過了他的身邊，讓他的丈八蛇矛毫無發揮的作用。他當下一陣大氣，暗罵呂布膽小，卻也不願意捨棄呂布，再次調轉馬頭，朝呂布追了過去。

正中間的戰場已經亂成一團，六員戰將圍著圈的廝打，每兩個人一組，各種兵器的碰撞聲不絕於耳。**大刀從面前閃過，大戟從胸口掠過，長槍從肋下掃過，六員戰將，三組打鬥，每個接戰的人都險象環生。**

就在這時，呂布騎著赤兔馬，猶如烈火一般從六員戰將面前穿過，一條方天畫戟連續三次挑開了六種兵器。緊接著，呂布調轉馬頭，朝戰場上發出一聲咆哮，大聲叫道：「張遼、高順退下！」

關羽、典韋、顏良、文醜、張遼、高順無不暗嘆，呂布這番衝刺，居然能夠連續挑開六個人間的戰鬥，實在讓他們匪夷所思。

「都閃開！」張飛緊追而來，一條大蛇一樣的長矛從六個人中間快速閃過，朝呂布刺了出去。

呂布一動不動，方天畫戟直接朝前一指，大喝一聲「神鬼亂舞」，但見方天畫戟快速地舞動了起來，將他和赤兔馬完全罩在一層保護圈內，張飛的螺旋突刺也盡皆被方天畫戟擋了下來，和張飛再次分開。

「主公！」張遼、高順趁這個時候退到城門邊，朝呂布喊了聲。

呂布會意，策馬奔回本陣，在陣前不遠處，看到對面關羽、典韋、張飛、顏良、文醜五個人，以及陸續從聯軍陣營裡出來的高飛、趙雲、太史慈、華雄四人，他的心裡終於鬆了口氣，暗道：「高飛，你總算出來了。」

陣勢一下子便分開了，形勢也變得明朗了，高飛喊道：「呂布，敢和我決一死戰嗎？」

呂布冷笑一聲，大聲道：「有何不敢？不過我呂布戟下不殺無名之輩，用戟的話，怕玷污了我的手。」

高飛佯怒，綽槍策馬而出，直逼呂布而去。

呂布將手中方天畫戟朝後一扔，高順急忙接住，呂布則取出拴在馬背上的弓箭，從箭囊中取出一支早已準備好的箭矢，朝高飛頭上的盔纓射了出去。

「嗖」的一聲響，高飛但見一支箭矢飛了過來，正好射在了他的盔纓上，他撥馬便走，大罵了一聲「卑鄙」，同時取下了那支插在他盔纓上的箭矢，回到聯軍眾將面前時，指著呂布道：「這一箭之仇我早晚要報！」

呂布冷哼一聲，大聲喊道：「你們人多勢眾，今日暫且到此！」話音一落，便帶著張遼、高順以及五百輕騎退回了虎牢關。

典韋、張飛同時大聲喊道：「呂布休走！」

高飛急忙勸阻道：「切勿追逐，呂布驍勇，需從長計議。」

二人哪裡肯聽，追至虎牢關下，但見董卓大叫放箭，一陣箭矢放下來，便將典韋、張飛給逼了回來。

典韋看了一眼關羽，眼睛裡充滿了怒意，還在為剛才突然殺出來搶了他的對手而生氣，朝關羽大吼道：「紅臉的漢子，你可有姓名？」

關羽冷哼一聲，沒把典韋放在眼裡，只冷冷地道：「剛才的事就這樣算了，我不會與你計較。」

張飛一心只想擒殺呂布，根本沒注意其他的，聽典韋問起，便道：「俺叫張飛，那是俺二哥關羽，黃臉的漢子，你武功不賴，咱們回去比試比試如何？」

典韋斜眼看了眼張飛，沒有過多的搭理，而是朝前面的關羽叫道：「紅臉的漢子，剛才我一時興起，錯打了你，對不住了。不過，你的武藝不錯，咱們找個機會比試一下！」

關羽還沒有答話，張飛便先叫了起來：「你什麼意思？難道我做不了你的對手？」

典韋冷冷地道：「對不起，我只想和紅臉的交手。」

「呔！」張飛大怒，登時將丈八蛇矛向前一亮，直接驅馬擋住典韋的去路，道：「賊漢子，今天你……」

「三弟，不得無禮，天下的群雄都在看著呢，你想給大哥丟臉嗎？」

關羽在前面，聽到張飛的暴喝，扭頭制止道：「想打的話，以後有的是機會，何必急在這一時？」

張飛倒是很聽關羽的話，狠狠瞪了典韋一眼，哼了聲，撥馬便走，馳回本陣，經過關羽身邊時，便大聲地道：「二哥，俺先走一步了！」

典韋見張飛氣衝衝的離開了，他的雙眸一直盯著桀驁不馴的關羽，回想起剛才的打鬥，不禁皺起了眉頭，心中暗暗想道：「此人刀法精湛，武藝並不在我之下，沒想到聯軍中還有此等人物。」

高飛帶著趙雲、太史慈、華雄三人走在最後面，看到顏良、文醜先回本陣，張飛、典韋、關羽之間又有點不愉快，只淡淡笑了笑，沒有說什麼，將剛才呂布射出來的箭矢緊緊地握在手中。

眾將各自回到本陣後，只見袁紹領著劉虞、曹操等人看了一眼牢不可破的虎牢關，都嘆了一口氣，強攻也不是辦法，無奈之下只能下令撤軍回營。

虎牢關上，董卓看到聯軍撤退，鬆了口氣，連忙下了城樓，看見城門邊的呂布正捂住胸口不住的咳嗽，嘴角上也帶著一絲血跡，便譏諷道：「奉先，你今天是怎麼了？怎麼連幾個小蝨賊都對付不了，還弄得自己受了傷？」

呂布一把推開攙扶著他的張遼和高順，擦拭了一下嘴角的血絲，朝董卓抱拳道：「太師，今日上陣的諸位將領，都是我所見到較為強悍的，若是只來三兩個，我呂布自然能夠對付的了，只是他們來了一群，加上我又太過輕敵了，所以……」

李儒急忙出來圓場道：「太師，今日上陣的敵軍裡，確實有不少強敵，我聞曹操帳下有兩員猛將，那個叫許褚的胖子，還有後來用雙鐵戟的黃臉漢子，都絕非碌碌之輩，加上後來袁紹帳下顏良、文醜以及高飛等人的加入，呂將軍自然無法一個人進行阻擋。不過，太師請放心，明日如果敵軍還敢再來，呂將軍也不必出戰了，屬下這裡有兩名合適的人選，足可以代替呂將軍出戰。」

董卓驚喜道：「哦，你說的是誰？」

李儒道：「第一人乃是李傕舊將楊奉的部將，姓徐名晃，字公明，河東人，此人使得一柄開山大斧，武藝絕倫；另外一人便是馬騰了，有此二人在，再加上呂將軍帳下十員健將，足可以抵擋關東聯軍。」

董卓笑道：「好，很好，我軍之中能人不少，關東聯軍必定敗績。李儒，封徐晃為討賊中郎將，令他明日出戰，和馬騰一起迎敵。」

李儒拜道：「諾！」

話音一落，董卓轉身便走，頭也不回。

李儒見呂布一臉的沮喪，便陰笑道：「呂將軍，太師就是這個脾氣，我看得出呂將軍今天是盡力了，最後一箭也射得漂亮，如果再能射準點的話，就能一箭射中高飛的頭顱了。今日將軍已然立下了大功，還請將軍回去休息吧，明日在城樓上觀戰即可。」

呂布寒暄幾句，便帶著張遼、高順離開了，邊走邊想著：「董卓老賊，兩天後我誓要取你的狗頭。」

半個時辰後，聯軍陸續回到各自的軍營。

高飛一入大帳，脫去身上的鎧甲，便將呂布射來的那支箭拿了出來，立刻用利刃挑出箭頭，但見箭頭和箭桿中間夾了一張小紙條。打開那張小紙條一看，上面沒有任何字，只有一張草圖，並且有許多小點點。

高飛看後，不禁自語道：「呂布果然不負眾望，只進關一夜，便摸清了關內的兵力分布，實在是太好了。」

正高興間，突然帳外來人報道：「啟稟主公，陳留太守張邈帳下主簿求見。」

「張邈的主簿？」高飛納悶道：「我和張邈素無來往，此人來此不知有何貴幹？」略微遲疑了一下，道：「來者是客，讓他進來吧。」

不多時，一位身形修長，面色略黑，相貌端正的漢子走了進來，朝著高飛拜道：「在下陳留太守帳下主簿，姓陳名宮，字公台，見過高將軍。」

「陳宮？」高飛驚喜道：「哦，原來你就是陳宮啊，快坐吧，不知道你今天來找我，有何貴幹？」

陳宮坐下後，拱手道：「貴幹倒是沒有，小事倒有一樁，想向高將軍請教一二。」

高飛對這個人印象頗深，正是他後來幫助呂布成為一方霸主的，可惜的是，呂布沒有事事聽他的，以至於慘遭失敗。

此刻見到陳宮，印象中，從會盟開始，似乎陳宮就一直跟在張邈身邊，只是

他當時還不知道這個人就是陳宮，大概是因為陳宮不太引人注目的緣故吧。

「先生親自到訪，必有要事，只是，不知道先生要向我請教什麼事情？」

陳宮哈哈笑道：「在下想向高將軍請教呂布之事。」

「呂布？」高飛吃驚道：「呂布怎麼了？」

陳宮道：「高將軍，這裡沒有外人，高將軍是個聰明人，自然能夠明白我說這話的意思，我不知道將軍有何打算，所以前來請教一二。」

高飛看了眼陳宮略顯陰鬱的臉，不禁問道：「先生是怎麼看出來的？」

陳宮道：「今天早上，高將軍和河內太守王匡行為異常，恰巧被我看到。以我的觀察，將軍和王匡素無來往，但是當時卻能夠莫逆於心，可見暗中必有聯繫，加上呂布突然反出聯軍陣營，走的是如此坦蕩，甚至連夜襲聯軍大營都沒有進行，自然讓人產生懷疑。如果呂布是真心投靠董卓的話，以他的性格，必然會趁機洗劫一下聯軍營地，然後向其邀功。」

「哈哈哈，先生目光如炬，確實令人佩服。」

高飛見陳宮居然能看出其中的端倪，心中也不禁為之一驚，心想，**董卓陣營中的李儒會不會也如同陳宮一樣看出其中奧妙？而聯軍中的智謀之士不在少數，又有幾人能夠看得出來這背後的玄機呢。**

陳宮見高飛眉頭緊皺，呵呵笑道：「將軍不必擔心，據我所知，目前能夠看得出此計的人，尚且只有我一人而已。」

高飛抬起頭看了看陳宮，**這個人的智謀如此深沉，竟未能在三國留下美名，是否是因為死的太早了，以及幫助呂布失敗的緣故？**

他舒展眉頭，問道：「先生怎麼能如此肯定？」

陳宮道：「很簡單，並州兵馬氣勢如虹，聯軍中的各路諸侯都看其不順眼，也沒有幾個人能夠瞭解呂布的性格，而董卓軍對呂布也是一無所知，這就給將軍施展這個計策帶來了機遇。今日陣上，呂布射了將軍一箭，這一箭當中，必然隱藏了玄機，不知道將軍可否告知在下一二？」

高飛聽完，不得不佩服陳宮的智謀，便道：「先生對此事如此上心，卻不公開此事，而且看先生的樣子，似乎很關心呂布，先生是不是想摒棄舊主，轉投呂布帳下？」

陳宮一臉的和善，心中卻十分明朗，他親自到高飛的營寨裡，無非是想在面前表現一番，同時也是做給呂布看的。但是他又怎麼能讓眼前的這個人看出他的心跡呢，那樣一來，說不定還會有殺身之禍。

他自始至終都沒有小看高飛，從會盟開始，高飛就似乎一直在隱藏實力。

他見高飛在等著他的回答，便笑道：「呵呵，將軍此言差矣。在下自命不凡，自持懷才不遇，也一直默默無名。我深受張邈的愛戴，成為了他的心腹，又讓我做了主簿，這知遇之恩，自當湧泉相報。今日我來找將軍，無非是為了我家主公著想而已，並無其他。」

「為了你家主公？」高飛問道。

陳宮點頭道：「不錯，我家主公如今夾在袁紹和曹操之間左右逢源，然而會盟以來，我家主公一直寸功未立，我只是想借這次機會，讓我家主公分一杯羹罷了。」

高飛笑道：「先生請放心，此計成熟之時，我自會將所有計劃和盤托出，並不會獨占功勞，只是，現在還請先生為之保密，一旦洩露出去，只怕一切都會付諸東流，也會使呂將軍身陷險境之中。」

陳宮拱手道：「將軍請放心，公台自當嚴加保密，事情進了我的耳朵，便不會再從我的嘴裡說出去。」

高飛道：「嗯，先生，屆時我必定會通知群雄，一起攻克虎牢，我現在還有事要忙……」

陳宮會意，起身向高飛拱手道：「那在下就此告辭。」

「等等……」高飛突然道：「先生是個大才之人，如果在張邈處施展不開，又或是有什麼不如意的地方，可到我這裡來，我的大門隨時為先生敞開。」

陳宮遲疑了一下，道：「將軍的好意，在下謹記心中。」

陳宮走出帳外的時候，正好碰見賈詡、荀攸二人，寒暄一兩句後，便急忙離開了高飛的陣營。

看到陳宮離開的背影，高飛自語道：「陳宮這人也是個人才，可惜張邈是個無能之輩，但願他能離開張邈，轉來投靠我，反正不能便宜了別人。」

賈詡、荀攸進帳，各自坐定後問道：「主公，呂布可有消息來？」

高飛點點頭：「嗯，呂布已經弄到虎牢關裡的兵力分布情況，兩天後，我軍便可以和呂布來個裡應外合，一鼓作氣的攻下虎牢關了。」

賈詡、荀攸齊聲道：「恭喜主公，賀喜主公。」

高飛笑道：「今天讓士兵好好休息，為了不出意外，明日我會主動請命，帶本部兵馬出戰虎牢，再會會呂布，詳細詢問一下關內情況。」

「諾！」

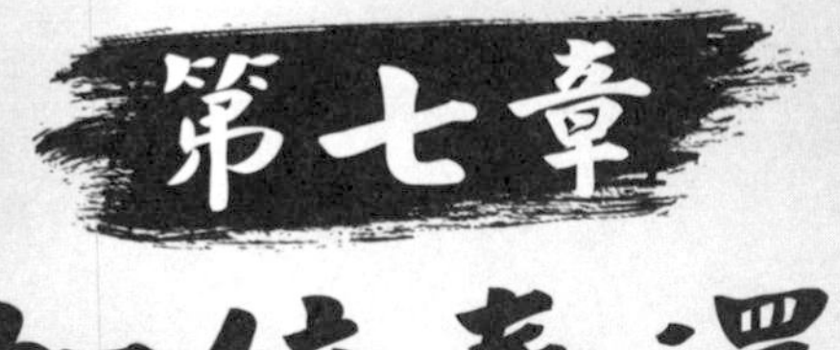

第七章 加倍奉還

高飛抬起頭，擦了擦眼角的淚水，用冷漠的目光盯著城樓上的李儒，見又有一批人被推了上來，朗聲對李儒道：「李儒！今日你欠我的，以後我一定要讓你加倍奉還，這三百多條人命，我一定會向你、還有董卓討回來的！」

入夜後，高飛的大營裡一切正常，華雄帶著一小隊騎兵在營寨周邊巡防。月夜清冷，周圍一片寂靜。華雄帶著二十名騎兵巡防到不遠處的一片密林中時，卻發現一個可疑的人影在樹林裡晃動。

「樹林裡有人，都隨我來！」華雄一聲令下，帶著親隨進了密林。

華雄將二十個人分散開來，以拉網的方式展開搜索，沒多久，便聽見士兵喊了聲「抓到了」，他忙帶著人朝聲音處趕了過去。

就見兩個騎兵抓住了一個柔弱的漢子，那漢子衣衫襤褸，散亂的頭髮遮住了整個臉。

被抓的那個漢子一直在地上掙扎著，口裡不住地哭喊道：「放開我，放開我，我要見你們家將軍，我要見你們家將軍……」

華雄見那人穿著董卓軍的衣服，便問道：「你是什麼人？」

那漢子顫顫巍巍地答道：「啟稟大人，小人……小人馬九……我有……」

「馬九？」

華雄一聽這個名字，立刻跳下馬背，走到那漢子面前，一把抬起那漢子的頭，映著月光看了看，當下大喜道：「你果真是馬九，快放開他，他是我的兄弟。」

馬九看到華雄，也是一臉的喜悅，抱著華雄哭道：「華大哥……我總算找到你們了……」

華雄也緊緊抱著馬九，問道：「馬九，你怎麼會在這裡？」

馬九急道：「華大哥，你快帶我去見侯爺，晚了就來不及了，侯爺一家人就要被問斬了……」

「你說什麼？」華雄驚道：「你把事情說清楚，到底是怎麼回事？」

馬九催促道：「華大哥，你快帶人跟我走，咱們去救侯爺的宗族，如果這時候趕去，還能來得及……」

「你剛才說侯爺的家人？」華雄又問了一次。

馬九重重地點頭道：「是，侯爺的家人，我親眼所見。虎牢關邊上有一條山路，只能步行前往，我就是順著那條山路偷跑出來的，來給侯爺通風報信。華大哥，事不宜遲，你快跟我走吧，咱們救下侯爺的家人後，董老賊就沒什麼可以要脅侯爺的了。」

華雄和馬九一向要好，不僅是同鄉，小時候更是一起穿開襠褲長大的，他對馬九也十分的信任。當初跟高飛進京的時候，他並沒有帶馬九走，而是讓他留在了陳倉，一別兩年不見，華雄心中燃起了兄弟的情誼，沒有細想，便決定跟馬九一起去解救高飛的家人。

他扭頭對身後一個騎兵道：「你回去告訴主公，就說我去救人去了，讓主公不要為我掛念，天亮之前我就會趕回來。」

騎兵「諾」了聲，領命而去。

華雄對馬九道：「馬九，咱們現在就走，我身邊這些人都是身經百戰的，無不以一當十，咱們……」

「將軍，這人來得十分突然，而且虎牢關戒備森嚴，**他一個小小的士兵怎麼可能會從山路溜下來，如果真能這樣的話，那盟軍豈不是可以輕易翻越到虎牢關的背後了嗎？將軍，還請三思啊，這其中恐怕有詐。**」

說話之人正是李鐵，他見華雄對馬九的話深信不疑，自己卻越想越不對勁，開口勸阻道。

馬九一聽，立即抽出華雄腰裡的佩劍，架在自己的脖子上，大聲叫道：「華大哥，我說的句句實情，絕無半點虛言，我可以用死來表明我的清白。」

華雄一把奪下馬九手中的長劍，環視了一圈，大聲道：「我相信馬九，他是我的兄弟，絕對不會欺騙我。我這就去救主公的家人，你們要是沒有這個膽量，就都回去，我一個人跟馬九去。」

眾人異口同聲道：「我等誓死追隨將軍！」

「華將軍，這馬九形跡可疑，只怕他……」李鐵不放棄，試圖打消華雄的念頭。

華雄將手中長劍一橫，架在李鐵的脖子上，喝道：「你這個膽小鬼，怕死的就趕快滾，就算龍潭虎穴我華雄也敢闖，為了救出主公的家人，我何惜一條命？何況馬九是我從小玩到大的兄弟，絕對不會騙我，我相信他。」

話音一落，華雄收起長劍，帶著部下跟著馬九走了。

李鐵眉頭緊緊皺起，轉身便策馬朝軍營方向跑，口中唸道：「這事必須通知主公，否則華雄性命不保！」

天空中有幾顆發亮的星，一輪滿月像玉盤一樣嵌在天幕裡。皎潔的月光灑在大地上，讓整個大地變得一片慘白。

在銀灰色的月光下，聯軍大營裡升起了火把，將周圍照得通亮，乍看之下，猶如一條長長的火龍。在龍尾附近，一面飄著「高」字大旗的軍營顯得死一般的寂靜。大營裡的士兵都已經休息了。

突然，從營外的密林裡駛來兩匹快馬，一邊狂奔，一邊大叫著「開門」。守

寨門的士兵認識其中一人是他們的都尉李鐵，毫不猶豫地打開了寨門，放李鐵和同伴進營。

李鐵一進入營寨，立刻翻身下馬，快速地朝中軍大帳裡跑去。

此時，大帳裡只有高飛一人，他正聚精會神地捧著孫子兵法，不時點首，從中吸取不少用兵和行軍之道的精華。

「主公……」李鐵大聲嚷嚷著，從轅門外跑了進來。

負責守衛在帳外的士兵見了，立即攔住他，喝道：「主公帳外，不得大聲喧嘩。」

在大帳裡的高飛聽到外面的喊聲，向外面喊道：「讓來人進來，不得阻攔。」

帳外傳來一聲「諾」，隨後捲簾便被掀開，放李鐵進了大帳。

高飛放下手中的竹簡，抬起眼皮，看了眼慌張的李鐵，問道：「是你啊，何事如此慌張？」

李鐵急忙道：「大事不好了，請主公快去阻止華將軍吧，不然的話，華將軍很有可能會沒命的……」

「華雄？」高飛狐疑地道：「華雄怎麼了？發生了什麼事？」

於是，李鐵將馬九的事情說了一遍。

高飛聽後，眉頭立刻皺了起來，對李鐵道：「火速通知趙雲，讓他帶一百騎兵隨我一同前往，如此明顯的奸計，華雄怎麼會看不出來？」

李鐵應聲奔出營帳，高飛則披甲戴盔，整理好兵器後，朝帳外喊道：「備馬！」

華雄等人在馬九的帶領下，一路向西北方向走去，很快便來到一座山腳下。

「華大哥，到了，我就是從這條路下來的，董卓老賊將侯爺以及飛羽軍成員的家人全部關在虎牢關旁邊的山洞裡，準備明天進行誅殺。只要順著這條路，翻過這座山，就能將那些人給救出來了。」馬九指著前面一條曲折的山路，對華雄道。

華雄藉著月光，看了眼那條山路，山路頗為陡峭，向山上蜿蜒上去，一直延伸到最頂端，兩邊則是灌木叢生，一路荊棘。

他又看了看馬九身上破破爛爛的樣子，以及手臂上、大腿上明顯的劃痕，便徹底對馬九放下了戒備。

他翻身下馬，走到馬九身邊，拍拍馬九的肩膀，道：「馬九，大哥對不起你，當時走得太急，沒有把你帶走，讓你受苦了。」

馬九一副爽朗的樣子道：「大哥說的是哪裡話，咱們兄弟，有什麼好見外的。我雖然留在陳倉，可也做了好長一段時間的縣尉，若不是董卓老賊，我也不會來到這裡。大哥，你跟我走吧，我前面帶路，只要過了這個山頭，咱們就能趁人不備，把侯爺的家人給救出來了。」

華雄點點頭，對身邊的十八個手下道：「你們也是涼州人，上次攻下汜水關，你們立下不少功勞，這次咱們要把主公的家人，還有你們的家人以及戰死兄弟的家人救出來。」

十八個人都異口同聲地道：「願聽將軍調遣。」

華雄滿意地道：「很好，馬九，前面帶路。」

馬九應了一聲，第一個朝山上爬了上去，邊走邊說道：「華大哥，這條山路是我問了當地的樵夫才找到的，等救出侯爺的家人，咱們還能用這條山路直接翻過虎牢關，這樣一來，前後夾擊，就可以將董卓老賊消滅了。」

華雄聽了道：「對，我也是這麼想的，咱們想到一起去了。」

接著，馬九和華雄聊起了以前的往事。華雄對馬九深信不疑，沒有一點戒心，也不會相信多年的兄弟會害自己，便和馬九一路上有說有笑的朝山上爬去，絲毫沒有注意到，**他正一步一步的掉進敵人的陷阱裡**。

華雄等人平時都經過嚴格的訓練，也是第一批飛羽軍的成員，身手十分的敏捷。當年在吳嶽山中訓練的時候，翻山越嶺那簡直是家常便飯，沒有多久，一行人便來到山頂上，將馬九遠遠地撇在後面。

登上山頂後，華雄放眼望去，但見正西方向有一處山谷，山谷中冒著燈光，忽明忽暗的看不太清楚。他指著那處山谷朝還在攀岩的馬九喊道：「馬九，是那邊的那個山谷嗎？」

馬九大口大口的喘著氣，聽到華雄的問話，答道：「對……就是那邊那個山谷，所有的人都關在那裡，明天就要問斬了。」

華雄見馬九動作遲緩，他著急救人，便留下兩個人，吩咐道：「你們兩個留下，和馬九一起跟在後面走，我和他們去救人，要是救下了人，你們也好有個接應。」

吩咐完畢，華雄便帶人沿著那條通向山谷的崎嶇道路走了。

馬九好不容易才攀爬到了山頂，一邊喘著氣，一邊望了望四周，就只剩下兩個人了，而華雄和其他人都不見了，便急忙問道：「華……華大哥呢？」

士兵回答道：「華將軍先走一步，讓我們和你一起在後面追趕。」

馬九的眼睛骨碌一轉，假作好意地道：「你們都是飛羽軍的成員，也一定為

家人著急吧，我體力不支，不想拖累你們，你們還是快點去追上華大哥吧，我一個人在這裡不會有事的，很少有人到這條路上來。」

兩名士兵對視一眼，覺得馬九說得很有道理，便向馬九拱拱手，朝前面追趕華雄去了。

馬九見那兩名士兵走了，立刻坐在大石頭上，稍微歇息了片刻，則穿過密林，朝西南方向走去。大概走了十幾分鐘，便停下腳步，四周看了看，學著貓頭鷹的叫聲叫了兩下。

他的聲音剛落下沒多久，密林裡立刻湧現出一群人，領頭一人正是董卓帳下心腹愛將之一的郭汜。

郭汜帶著幾十個士兵將馬九團團圍住，面無表情的走到馬九的身邊，問道：「怎麼樣？華雄來了嗎？」

馬九拍拍胸脯，驕傲地道：「我馬九出馬，自然是手到擒來，將軍放心就是了。咦？」

郭汜問道：「怎麼了？」

馬九看了看，並未尋見李儒，奇怪地道：「李大人呢？」

郭汜道：「李大人公務繁忙，這些許小事，用不著他來處理，有我在這裡堵著，華雄絕對逃不掉。」

馬九陰笑道：「那我的漢陽太守之職，不知道李大人……」士兵突然將馬九按在地上，打斷了馬九要說的話，任由馬九怎麼掙扎，都無法掙脫。

馬九臉色大變，急忙叫道：「將軍，你這是幹什麼？我可是有功之人。」

郭汜冷笑一聲，臉上現出猙獰，一把將隨身的佩劍給抽了出來，輕蔑地道：「就你？還想做漢陽太守？**你連自己的兄弟都能出賣，還有什麼不敢做的？今日你能出賣華雄，明日你也一定會出賣太師**，你想做漢陽太守？到陰曹地府去做吧。你別怪我，要怪就怪你聽信了李儒的讒言，他這個人比誰都狠，你只不過是他的一枚棋子罷了。」

郭汜話音一落，便立刻揮劍斬殺了馬九，馬九連叫都沒有來得及叫，人頭便和身體分開了。

殺了馬九之後，郭汜吩咐道：「你們快去山路布防，以防止高飛那邊有援兵到來，給楊奉、徐晃發信號，告訴他們可以行動了。」

「諾！」

華雄帶著部下還在沿著山路走著，忽然聽見背後一陣腳步聲傳來，回頭見是自己留下的兩名部下，便問道：「你們怎麼來了？馬九呢？」

士兵道：「馬九說他不會有危險，讓我們跟著將軍來救人。」

華雄不以為意地道：「也好，敵人的兵力我們尚不知道，多一個人就多一分勝算，我們趕快走吧。」

一行人又向前走了一段路，來到一處狹長的山道裡，正準備繼續向前走，卻聽見一聲巨響，西南方向出現一團火光，一縷縷長煙漸漸升入高空中。

就在這時，山道周圍一下子湧出許多兵將，火光也隨之而起，將狹長的山道照得燈火通明。華雄等人大吃一驚，見出現的都是董卓的士兵，急忙抽出兵刃，背靠背的圍成一個圓圈。

山道前後兩端各現出一員大將，前方是一個面色蠟黃，長鬚及胸的中年男子，後面則是一個身披鎧甲，頭戴銅盔，手拿大斧的年輕男子。兩邊的岩石上則站滿了士兵，手裡都持著弓箭，滿弓待射。

只見那中年男子朝前走了一步，哈哈笑道：「華雄，我等候你多時了。」

從這群人一出來，華雄便知道中計了，但是他始終不相信害自己的人就是馬九，吼道：「馬九——你快給我出來！」

那中年男子道：「別喊了，喊也沒有用，信號發來的時候，馬九已經身首異處了，你想找他的話，就到陰曹地府吧。哦，對了，忘了告訴你，害你的人正是馬九。」

華雄悔恨不聽李鐵的話，懊惱不已，怒罵道：「你們這些王八蛋，一定是你們威逼馬九……」

「在下楊奉，你若是到了陰曹地府，就給馬九捎個話，告訴他，我楊奉多謝他了，提著你的人頭，我可以向太師邀功了。」中年男子一臉笑意地道：「不過，太師交代過，如果你要是投降的話，可以不殺你，畢竟你以前是太師的心腹，只要你肯歸降……」

「呸！告訴董卓老賊，我華雄寧死不降！」華雄臉上現出猙獰之色，大喊道：「兄弟們，我們千萬別給主公丟臉，臨死也要拉個墊背的，殺他娘的！」

「殺啊！」華雄和手下突然散開，向兩頭衝去。

楊奉臉色一變，急急下令道：「放箭！」

一聲令下，數百支箭矢從四面八方射了過來，將試圖衝出去的人都射成了刺蝟，一個接一個的倒下，身上插滿了箭矢，發出一聲聲悲慘的叫聲。

華雄身中十幾支箭矢，忍著身上的疼痛還不忘記用盡最後一絲力氣，將手中

的刀朝楊奉扔了出去。可惜，刀雖然扔了出去，卻沒有多遠便掉落了，華雄和他的部下頃刻間便死在這個狹長的山道裡。

楊奉看著華雄的屍體，走過去用腳蹬了蹬，見華雄一動不動，確定華雄徹底死透了，搖搖頭嘲諷道：「華雄啊華雄，太師也太高估你了，對付你一個人，居然還這麼勞師動眾，調集幾百個精銳的士兵，我看你只不過是……」

他的話還沒有說話，便覺得腳上被一隻巨手給抓住，他嚇了一跳，低頭看見華雄正瞪著兩隻凶惡的眼睛看著他，腳上也傳來陣陣的疼痛。他驚叫一聲，急忙拔出劍，一邊叫著「混蛋」，一邊將劍斬落下去，直接砍斷華雄的手臂。

「啊」一聲慘叫，華雄的半條手臂便脫落了身體，他的嘴裡含滿了血水，用盡最後一絲力氣，將頭微微地抬起來，朝楊奉吐了出去。

楊奉被噴得滿臉都是血水，當下大怒，提劍插進華雄的心窩，吼道：「你怎麼還沒死？去……死……吧……」

當利刃插進心窩的那一剎那，華雄滿含幽怨地死了，一聲不吭，帶著極大的怨氣和遺憾，再也無法動彈。

楊奉一連用劍刺了十幾下，將華雄的胸膛刺得血肉模糊，這還不解氣，他見華雄雖然死了，仍用眼睛瞪著他，又抬起腳，朝華雄的臉上狠狠地跺了一腳。

他正準備跺第二腳的時候，身體突然被人用力推了一下，讓他重心不穩，跌在岩石上，摔得鼻青臉腫。他憤怒之下，猛然跳了起來，大罵道：「哪個兔崽子不想活了，敢推我？是不是活膩……」

話還沒說完，便見一個手持大斧的年輕男子將華雄的屍首給抱了起來，扛到肩膀上，他急忙喊道：「公明！剛才是你推我的？你要幹什麼？」

那年輕男子的頭部微微轉了半圈，一道極為森寒的目光落在楊奉的身上，在火光的映照下，年輕男子的左邊面頰上長著一塊青色的胎記，看起來猙獰無比，配合著他那道森寒的目光，在這樣的夜晚裡，讓人看了就彷彿像見了鬼一般，使人不寒而慄。

楊奉被那年輕男子的目光威懾得後退兩步，驚恐地道：「你……你要幹什麼？還不快把華雄的腦袋斬下來，我們好收兵回營，向太師邀功。」

那年輕男子姓徐名晃，字公明，本是楊奉部將，今日得到李儒舉薦，被任命為討賊中郎將，和楊奉平起平坐。他見華雄寧死不降，心中佩服不已，又見楊奉要摧殘華雄的屍體，再也看不下去了，當下快步走過來，一把將楊奉推開。

此時，他就那樣的站著，站在那裡看著楊奉，冷冷地道：「華雄，義士也，必須厚葬。」

楊奉知道徐晃說一不二，不再吭聲。可是一想起太師的交代，便道：「可是太師交代過了，要華雄的人頭……」

徐晃冷聲道：「一切後果，我一人承擔。」

不等楊奉回話，徐晃便對自己的部下道：「將所有人厚葬。」

楊奉心中十分的不爽，看著徐晃和部下將所有的屍體全部抬到一邊，在密林裡挖坑埋葬，他極為不平，卻又無可奈何，只得下令收兵回營。

高飛在營外集結了一百名騎兵，讓趙雲帶領，跟著李鐵，朝華雄離開的方向而去。

眾人來到山下，看到十幾匹戰馬停在那裡，人卻無影無蹤，高飛著急道：「下馬，上山……」

就在這時，山上突然火光乍現，郭汜帶著士兵站在山頭上，朝山下的高飛等人道：「李儒果然神機妙算，知道會有人跟來。高飛，你聽著，華雄已經死了，明天你務必要到虎牢關下，會有一場好戲演給你看！」

高飛聽後，悔恨自己來晚了，但是見山頂上已經開始有滾石落下，無奈之下，只能暫時後退，撤回兵營。

「華雄，你放心，兩天後，我一定親手為你報仇！」高飛在回去的路上，心中悲傷不已。

華雄的死讓高飛平添了幾分傷感，對他來說，**華雄應該是光明正大的死在戰場上的，而不是這樣毫無價值的死去。**

回到軍營後，高飛什麼話都沒說，整個人異常的安靜，在大帳裡沉寂許久後，才面無表情的說出「明日出戰」一句話。

軍營裡，華雄的死訊已經傳開，士兵們都義憤填膺，吵嚷著要替華雄報仇，暗中摩拳擦掌，保養兵器。

次日清晨，天剛濛濛亮的時候，高飛帶著八千多部下浩浩蕩蕩來到虎牢關下，擂響了憤怒的戰鼓。鼓聲悠揚地傳了出去，喚醒沉睡的大地，就連太陽也在這個時候升了起來，將金色的陽光照在那座巍峨的虎牢關上。

高飛戴盔披甲，手持遊龍槍，胯下是一匹栗色的駿馬，策馬向前，手中長槍向前一招，大聲喝道：「董卓老賊，速速出來受死！」

虎牢關上的西涼兵早已準備妥當，弓弩手林立，「董」字大纛迎風飄揚。然而，董卓卻未露面，就連呂布一干人等也沒看見，只看見李儒的身邊跟著幾員稀少的將領，正一臉奸笑的望著發怒的高飛。

「高飛，你果然來了，我在這裡等候你多時了！」李儒捋了捋下巴上的青鬚，陰笑著衝關下喊道：「昨天是華雄死，今天就該輪到你了。」

高飛恨得咬牙切齒，同時也發現有些異常，**今天的虎牢關上異常的平靜，董卓、呂布、郭汜、張濟、樊稠等人一個都沒出現，取而代之的則是李儒和他背後幾個從未見過面的人。**

他知道李儒是董卓的智囊，說到心狠毒辣，簡直比毒士賈詡還要高上一籌，如果不是早早的死了，只怕這毒士的名字就要落在李儒的頭上。

「快讓董卓出來受死！」

高飛並非失去了理智，華雄的死雖然讓他很傷心，可是他還有更重要的事，之所以今天獨自帶兵前來，無非是為了見呂布一面，準備將約定的時間提前一天。

李儒站在城樓上，雙手扶住牆垛，哈哈笑了笑，道：「殺雞焉用牛刀？對付你，何必太師親自出面？來人啊，把人全部帶上來！」

話音一落，便見城樓上人頭湧動，一群甲士押著幾十名老少男子走了上來，那些男人的臉上各個表情木訥，神情麻木，就連身上的衣服也是破破爛爛的，蓬頭垢面，乍看之下和乞丐沒有什麼兩樣。

李儒一把抓住他身邊一個頭髮花白的男子，五指緊扣著那男子的頭髮，用力向後一拉，那男子一聲驚呼，揚起了臉，露出一張老氣橫秋、布滿滄桑的臉龐，灰暗的眼珠裡透著看破生死的無奈。

「高子羽！你瞪大你的眼睛，好好的看看這老頭是誰？」李儒瞋目道。

高飛眉頭緊皺，定睛看了看那個被李儒抓住的老頭，真正的高飛的記憶湧上腦海，老頭和善慈祥的面孔如電影畫面般在腦海中快速閃過，一幅幅零碎的記憶圖片，勾勒出高氏宗族族長的身影。

「子羽……是子羽嗎？」老頭用力喊出這句，但是雙眼卻茫然四顧，灰暗的眼睛看不見一絲亮光，「子羽，我的好孩子，你快走，趕快離開這裡，別管我們，快走……」

話還沒說完，一顆人頭便從城樓上掉落下來，鮮血噴湧而出，灑在城垛上，順著城牆向下滴淌。

「太叔公！」高飛看到這一幕，不由得驚叫起來。

人心都是肉長的，**雖然他不是真正的高飛，可是他卻占用著高飛的身體，看到從小到大一直關愛高飛的太叔公被砍掉腦袋，他的心裡也十分難受。**

李儒提著血淋淋的劍，看到關下高飛一陣驚詫，齜牙咧嘴地狂笑起來，放話叫道：「高子羽！這些都是你高氏的族人，一共三百多口，如果你今天肯自刎而死，太師就會放了你的族人，並且好吃好喝的供奉著。用你一個人的死，換取宗族三百多口的性命，這很划算。我數到十，如果你沒有任何行動，那就別怪我不客氣了。一……二……」

高飛背後的趙雲、太史慈、荀攸等人都恨不得直接撲上去，殺了李儒而後快，這種挑戰人性的手段，是最容易讓人意志產生動搖的。眾人嘈嚷著，紛紛請命下令攻擊虎牢關。

賈詡看到高飛騎著馬來回轉悠，心裡不由得有些擔心，馳馬奔到高飛身邊，勸說道：「主公，成大事者至親亦可殺，主公從離開涼州時就已經放下了這些人的性命，為何今日還有所動情？**宗族之事固然事大，但再大也大不過天下，為了奪取天下，父母、兄弟、子女都可自相殘殺，區區宗族之人又何足慮？**」

高飛此時的心跟明鏡一般，他確實早就拋棄了高氏的宗族，可是當他親眼見到親人在自己的面前被殺，而他又無能為力的時候，心裡便湧現出無比的悲憤。

他的眼裡冒出如毒蛇一般的目光，緊緊盯著城樓上陰笑的李儒，這種對人性心理的摧殘，簡直是一種煎熬。

他閉上眼睛，當他聽到李儒喊到十的時候，數十聲慘叫隨之傳來，**一顆顆人頭墜落的聲音，就像是一顆顆巨石在敲打著他的心扉，讓他疼痛難忍。**

他緊咬著嘴唇，牙齒都把嘴唇咬出了血來，眼眶裡流出兩行鹹鹹的淚水，心中默念道：「高飛，對不起，我不能救下你的宗族……」

賈詡見高飛流下眼淚，知道高飛心如刀絞，深怕高飛動搖，忍不住又出聲道：「主公，成大事者……」

高飛突然睜開眼睛，射出兩道淩厲的目光，咆哮道：「閉嘴！我知道該怎麼做！」

賈詡看著高飛的臉不斷變化著，尤其是那兩道目光，他曾經見過好多次，那種冷酷無情、漠視一切的目光，也是讓他覺得可以一輩子跟隨的起源。他的嘴角揚起了一絲淡淡的微笑，心中想道：「對，就是這個樣子，只有這樣，才配做我的主公。」

高飛抬起頭，擦了擦眼角的淚水，用冷漠的目光盯著城樓上的李儒，見又有一批人被推了上來，朗聲對李儒道：「李儒！今日你欠我的，以後我一定要讓你加倍奉還，這三百多條人命，我一定會向你、還有董卓討回來的！」

李儒嘴裡剛數到三，聽到高飛說出這樣的話，再看他臉上的表情和眼神，變得不可方物，心裡怔了一下，不敢置信地道：「這個人真的有這麼冷血？我就不相信你會只站在那裡看！」

「把男人全部殺掉，小孩都丟到城牆下面，女人全部拉到城門口待命！」李儒決定使出撒手鐗，衝手下喊道。

一時間，城樓上接二連三的慘叫聲此起彼伏，有些人開始求饒，可是沒有一點用，照樣被殺了。從不滿一歲的嬰兒，到七八歲大的孩子，都被那群甲士提著雙腿，頭上腳下，一個接一個丟了下去。

孩子們哭爹喊娘的，有的嚇得尿了褲子，照樣被丟了下去，落到城牆下面，摔得腦漿迸裂，一片血肉模糊。

屠刀一次次的落下，又一次次的舉起來，鮮血將虎牢關上的城牆染得通紅。此時，不少人都開始大罵起高飛來了，在屠刀下，在生死攸關面前，能淡然面對、慷慨就義的高氏寥寥無幾，更多的是對高飛的罵聲和求饒聲，人性就是這樣的脆弱。

十幾分鐘後，**一切平靜下來，沒有罵聲，沒有求饒聲，也沒有孩子哭啼的聲音，有的只是無聲無息的悲憤和怒火。**

高飛親眼目睹全族男人和孩子被殺，可是他的心裡再也沒有一絲的心痛，冷漠的眼神望著李儒，充滿殺意的臉上籠罩著一層陰鬱之色。

他背後的八千多將士各個怒氣衝天，卻無人動彈，他們看著自己主公的背影，不知道他們的主公現在的內心裡是何等的感受，都安靜了下來。

李儒還是頭一次見到如此鎮定的人，他驚訝地看著高飛，心中想著面前的高飛到底是個什麼樣的人，那鐵石一般的心腸居然比他和董卓的還要堅硬！董卓還曾經為自己的家人動怒過，可是高飛卻異常的冷靜。

他不相信世上真有這樣的人，當下衝身後的人喊道：「打開城門，讓士兵把那些女人先姦後殺，我就不信……」

「夠了！」一聲吼聲突然從李儒的背後傳來。

李儒轉過頭，看到一員握著大斧的將軍矗立在自己的背後，鬼一般的臉上盡顯猙獰之色。

他皺起了眉頭，道：「你剛才說什麼？」

「我說夠了！」那人用略帶著憤怒的話語道：「士可殺，不可辱！大人如此羞辱對方，只會讓對方產生更大的仇恨，大人也是人，試想以後有人也對大人做出這樣的事情來，大人的心裡是何等的感受？高飛心意已決，大人就算再怎麼折磨，他也不會自刎的，不如……」

「徐晃！」

自從李傕死後，李儒還是頭一次見有人敢跟自己頂嘴，怒道：「我看你是個人才，才在太師面前舉薦你，你不感恩戴德，居然還幫助敵人說話？高飛驍勇善戰，如果不用這樣的方式來折磨他一番，怎麼能讓他喪失志氣？來人啊，將那些女人……」

徐晃突然伸出手，一把抓住李儒的手腕，如堅硬的鐵石一般的手掌，將李儒手腕的骨頭抓得格格直響，痛得李儒齜牙咧嘴的大叫「放手」。

與此同時，周圍的將軍、士兵都將兵器對準了徐晃，喝令道：「快放開李大人！」

徐晃鬆開李儒的手腕，將大斧朝身前一橫，鋒利的斧頭從李儒的面前一閃而過，嚇得李儒面如土色，不禁退後了兩步。

徐晃冷笑一聲，道：「這柄大斧重六十斤，通身鎏金，鋒利無比，砍人腦袋如同砍瓜切菜一般，大人不過是想要高飛的首級而已，某去取來便是，何必費那麼多心思！」

士兵迅速將李儒保護了起來，李儒吞了口口水，看著一臉鬼相的徐晃，抬起顫巍巍的手，緩緩地道：「我知公明武勇過人，但高飛也非尋常之輩，你需小心應戰，取下高飛首級，我自當在太師面前一番美言。」

徐晃手執大斧，誇下海口道：「大人勿要再對那些手無寸鐵的女人施暴，某自當會提著高飛的人頭獻給大人。」

李儒點點頭，道：「好，你出戰吧，我給你助威。」

徐晃轉身提著大斧便下了城樓，所到之處無人敢攔。

下城樓時，徐晃看見一個十分粗獷的漢子走了上來，只匆匆看了一眼，便徑直沿著階梯下了城樓。

那粗獷的漢子手持長槍，一身裘皮戰衣，外面只簡單地披了層薄甲，長髮散落在雙肩，雙目炯炯有神，徑直走到李儒身邊，抱拳道：「下官馬騰，見過李大人。」

李儒定了定神，見馬騰到來，便舒了口氣，道：「壽成來的正是時候，你先去準備準備，一會兒出戰。」

虎牢關的城門洞然打開，徐晃單人單騎走了出來，掄著一柄鎏金大斧，朝前策馬奔跑了一段路，便停了下來，朝正前方的高飛拱手道：「某乃討賊中郎將徐晃，有幸拜會高將軍，還請多指教！」

虎牢關下，兩軍陣前，高飛騎在馬背上，一動不動的望著剛剛從關內出來的徐晃，見徐晃的半邊臉上有著一塊青色的胎記，遠遠看去，猶如陰陽兩半，一半顯得白皙，一半卻是青色，不禁想道：「**這就是魏國五子良將之一的徐晃嗎？**」

空氣中還瀰漫著未散盡的血腥味，城牆下面的人頭散成一片，腦漿也濺得到處都是，一具具屍體，一顆顆人頭，一條條剛才還是鮮活的生命，就這樣呈現在徐晃的眼前。

徐晃目光流轉，凝視著正前方的高飛，見高飛冷峻的面孔上有兩道極為凌厲的目光，那種睥睨天下的氣勢，將高飛烘托的十分威武。他頭一次見到高飛，心中不免升起一絲敬意。

「面對族人的被害也無動於衷，如此鐵石心腸的人，為何華雄臨死都不投降，他到底是怎樣的一個人？」思緒湧上心頭，他很是疑惑。

高飛也是細細地打量徐晃，見徐晃手持鎏金大斧，胯下是一匹棗紅的駿馬，不想徐晃會出現在董卓的陣營中，當即喝問道：「你就是徐公明嗎？」

徐晃點點頭：「不知高將軍有何見教？」

「徐晃！還廢什麼話？直接衝過去，一斧將高飛砍成兩半！」李儒見徐晃和高飛僵持不下，心中不免有點擔心，因而催促道：「快點！」

說實話，徐晃很討厭李儒，尤其是李儒那惡毒的手段，為他十分不恥，他佩服忠義之人，更以此為楷模。雖然楊奉給了他知遇之恩，可他心裡這兩天一直在泛著嘀咕，天下人都共同討伐董卓，他這樣幫助董卓，到底是對還是錯。

時間沒有給予徐晃細想這些的機會，他突然聽見馬蹄聲響，正前方的高飛飛馬而出，手持長槍朝他撲來，眼裡的眸子讓人看了不禁產生一絲寒意。

「好快！」徐晃心裡暗叫一聲，大概是他想事情太過入神，沒有注意到高飛是何時攻過來的，一桿長槍便刺了過來。

徐晃掄起大斧格擋，金屬碰撞之後發出嗡鳴的聲音，他感到自己的雙手開始發麻，不禁暗道：「好大的力氣，這就是憤怒的力量嗎？」

一個回合平靜地分開了，兩人各自拉開了距離，然後調轉馬頭，準備進行第二個回合的較量。

雙馬齊奔，兩員大將舞著不同的兵器開始衝向對方，緊接著兵器碰撞的聲音再次響起。只是，讓高飛感到奇怪的是，徐晃並沒有出手，而是偏向防禦，兩個回合都是如此。

再次分開後，高飛的心裡起了一絲的漣漪，看到徐晃的面容上浮現出極為愧疚的神情，想道：「剛才城樓上發生的一幕，明顯是徐晃和李儒不和，難道說，徐晃的內心裡對李儒極為不滿意？」

一想到這裡，高飛決定用大義說服徐晃試試。

城樓上，李儒看著徐晃很是奇怪的動作，便扭頭對身後的楊奉道：「楊將軍，徐晃和人交戰一向都是如此嗎？」

楊奉搖搖頭，道：「徐晃勇猛無匹，一向都是衝在最前面的，遇到的人沒有幾個能在他手下走得了十個回合的，而且出手便是殺招，今天徐晃確實有點奇怪。」

李儒心中一驚，急忙問道：「聽說昨天也是他沒讓你砍掉華雄的腦袋？」

楊奉道：「對，徐晃敬重忠義之人，一向以忠義……」

「糟了！」李儒突然大叫一聲，打斷楊奉的話。

「怎麼了李大人？」

「徐晃想要叛變！」李儒急忙道：「快，快傳令馬騰出戰，換回徐晃！」

楊奉也是臉上一驚，急忙「諾」了一聲，便朝城樓下跑了出去。

虎牢關下，徐晃和高飛的第三個回合即將展開，高飛舉槍快速地衝了過去，徐晃卻停在原地不動。

此時的徐晃，心情十分複雜，就在和高飛交戰的兩個回合中，他已經想的很徹底了，董卓的暴行天下皆知，他不能再助紂為虐。可是，他的父母都在河東，還在董卓的勢力範圍之內，他擔心自己的家人，又有點遲疑。同時，他現在是董卓的部下，天下人恨董卓入骨，就算他背叛了董卓，關東諸侯又有幾個人肯收留他呢？

正當他皺眉的時候，突然聽到正前方高飛大聲喊道：「徐公明，董卓老賊霸占朝綱，禍害天下，此等人天下人人得而誅之，我見你也是一條漢子，不如棄暗投明，為天下人除害！」

徐晃見高飛過來的速度越來越慢，最後居然停在他的身邊，臉上浮現出一絲期待的表情，可是那種表情一閃而過，便聽見高飛大喊一聲「小心」，縱身從馬背上跳了起來。

他一時沒有防備，被高飛撲下了馬背，緊接著一滴黏稠的紅色液體滴到他的臉上，再看高飛的臉上，左邊的臉頰上已經被劃了一道長長的口子，鮮血正一滴一滴的朝下流淌。

「你沒事吧？」高飛忍著臉上的疼痛，報以一個甜美的笑容，朝徐晃道。

「放箭！射死他們，快放箭！」城樓上，李儒殺豬般的聲音傳了過來，緊接著便是一陣如蝗的箭矢。

徐晃立刻明白是怎麼回事了，見高飛的身體壓著他，許多支箭矢正射向他們，他二話不說，立刻吹響一聲口哨，只見他座下的棗紅色戰馬發出一聲長嘶，飛一般的從旁邊跑了過來，擋住他和高飛的身體，他則抱著高飛翻轉了一下身體，將高飛壓在下面。

緊接著，一聲戰馬的悲鳴和幾聲「噗、噗」的悶響，戰馬倒地不起，徐晃背上插著六根箭矢，一臉痛苦的表情，將他那張臉顯得無比猙獰。

「主公！」趙雲、太史慈帶著親隨迅速奔了過去。

這時候，虎牢關的城門再次打開，馬騰、楊奉帶著數千騎兵從關內魚貫而出，前面驅趕著一些衣衫襤褸、年紀大小不一的女性，用他們手中的馬刀、長槍進行無情的殺戮，使那些來不及跑的女性被踐踏在馬蹄下面，血肉模糊。

邊陣上，賈詡急忙指揮著身後的騎兵，喊道：「快衝過去救主公！」

一聲令下，馬蹄轟鳴，八千多將士一擁而上。

趙雲、太史慈率先來到高飛身邊，見高飛只受了點輕傷，急忙迎戰馬騰、楊奉，同時對高飛喊道：「主公快走！」

高飛見徐晃昏死過去，直接抱起徐晃，朝自己的馬背上一扔，翻身上馬便朝回走，身後兩名親隨則撿起高飛、徐晃的兵器緊緊跟隨於後。

八千多將士衝了過來，讓開一條道路讓高飛走，他們則湧到趙雲、太史慈的身後，在趙雲、太史慈的指揮下邊戰邊退，和馬騰、楊奉率領的西涼騎兵展開一場混戰。

虎牢關下，有史以來第一次真正的混戰就此展開，但是趙雲、太史慈這次卻不戀戰，且戰且退，見高飛、賈詡、荀攸在小隊騎兵的護衛下離開了戰場，便開始紛紛撤退。

馬騰、楊奉也不追擊，害怕中了埋伏，也撤回虎牢關，留在虎牢關外的，只有幾百具被雜亂的馬蹄踏得不成人樣的屍體。

權衡之術

有爭端，就會有派系，他不喜歡自己的部下全部倒向一邊，這樣很容易出問題。他要做的就是再豎立起一支獨秀，可以和李儒進行對抗，他才可以在兩派中間權衡，而他的大權永遠都不會旁落，他將這種手段稱之為權術。

回到兵營，高飛顧不上自己的傷勢，將徐晃直接抱進大帳，喊道：「軍醫！軍醫！快叫軍醫來！」

賈詡、荀攸都很納悶，不知道主公為何會捨命去救下這個剛才還是敵人的醜陋漢子，他們看到高飛如此緊張的樣子，沒有吭聲，靜靜地站在一邊，看著徐晃。

徐晃背上插著六支箭矢，整個後背都已經被鮮血染透了，此時他迷迷糊糊地睜開眼睛，感覺背後傳來陣陣疼痛，讓他變得十分清醒，看到高飛臉上帶傷的站在自己的身邊，激動地道：「高將軍……」

高飛打斷徐晃的話，關心地道：「你別說話，軍醫一會兒就到，你受的傷不輕。」

說話間，軍醫來到營帳中，看到徐晃的箭傷部位，長出一口氣，道：「主公，這人的傷並無大礙，雖然受了六處箭傷，卻沒有傷到要害，只要用點金創藥，調養些日子就可以了。」

高飛放下心來，道：「快把箭頭取出來！」

軍醫四十多歲，一直待在軍隊裡，這種傷勢他見得多了，很俐落的將徐晃的上衣撕裂，用小刀截斷箭矢，然後對徐晃道：「忍著點，我要拔了。」

「拔……」徐晃有氣無力地道。

軍醫雙手並用，拔下箭頭，箭頭上還掛著一絲筋肉，拔除箭頭的地方立刻冒出了鮮血，等軍醫拔完六個箭頭後，用清水清洗了傷口，然後敷上藥，纏上繃帶，很短的時間便完事了。

高飛見徐晃一聲不吭地趴在那裡，也不由得心生佩服。見徐晃又再度昏厥過去，腦中突然想起一個人來，心道：「要是華佗在這裡就好了，可以用麻藥緩解一下疼痛。」

軍醫接著開始處理高飛臉上的傷口，幫他敷了藥，用繃帶纏住了大半張臉，只露出兩隻眼睛和一張嘴，看起來活像個木乃伊。

軍醫忙活完，留下了藥，便起身告辭了。

此時，趙雲、太史慈也帶著士兵陸續回營，清點了一下人數，剛才的混戰中折損了一百多個士兵。傷者自動去找軍醫治理，其餘的各自回營，趙雲、太史慈走進了高飛的營帳。

「主公，這人是誰啊？竟然值得主公拼死去救？」賈詡這會兒終於忍不住了，開口問道：「主公現在是萬民之主，幽州還有百餘萬百姓等著主公的治理，主公怎麼能夠為了一個不相干的人連命都不要呢？屬下懇請主公以後不要再衝鋒陷陣了，這些事交給子龍、子義他們去做就好了。」

高飛反問道：「子龍、子義不也是人嗎？」

趙雲、太史慈一聽，急忙拜道：「末將死不足惜，主公萬金之軀，以後還是不要涉險的好，今日末將之罪，還請主公責罰。」

高飛道：「你們拼死護主，何罪之有？今日之事你們不必掛在心上，如果我賞罰不明，何以立軍？軍師，這種話以後不要再說了，我答應你們，以後我不衝鋒陷陣就是了。」

荀攸正色道：「主公英明。如今主公之身軀，已不再只屬於自己，而是屬於百萬民眾，一旦有什麼閃失，將置萬民於何地？我等也是憂慮主公才如此冒犯，還請主公責罰。」

「罷了，你們本來就沒什麼錯，也用不著責罰。公達，開出一份死難者的名單，回到幽州之後，好好補償他們的家人。」高飛吩咐道。

「諾！」

趙雲看了一眼趴在高飛床上的徐晃，問道：「主公，這位將軍是……」

高飛見趙雲、太史慈、賈詡、荀攸四人都是一臉的疑惑，解釋道：「此人姓徐名晃，字公明，河東楊縣人，也算是個智勇雙全的人物，**昨日失去了華雄，今日得到了徐晃，如果把華雄比作一頭凶猛的西北狼，那徐晃就是一頭猛**

虎。當初封賞五虎將軍時，子龍、子義、儁乂、令明都皆是智勇兼備的人，華雄雖然勇猛，可是智略上比較欠缺，**今日能得到徐晃，五虎將才稱得上是真正的五虎將。**」

趙雲、太史慈、賈詡、荀攸聽高飛如此讚揚徐晃，心裡都很費解，今日陣上也沒見他有多勇猛，加上徐晃面目有點令人憎惡，竟能得到主公的青睞，不過，四人都相信高飛的眼光，既然主公如此看重徐晃，那徐晃身上必定有什麼過人之處。

「好了，你們都下去休息吧，今天我們沒能見到呂布，看來只能等到明天夜晚再行動了。文和、公達，你們替我去袁紹、曹操、孫堅等諸侯那裡走一趟，將呂布的情況告知他們，讓他們準備一下，明天夜晚攻打虎牢關。」

「諾！」

眾人退走後，高飛看了一眼徐晃，見徐晃眼角裡流出淚水，這才知道徐晃已經醒過來了。他笑了笑，輕聲道：「公明，你醒了?」

徐晃確實已經醒了，而且醒來多時了，他身體健壯，十幾歲的壯小夥，這點箭傷對他不算什麼，剛才聽了高飛的一番點評，心中不禁大受感動，沒想到高飛會如此器重他，不知不覺竟然流出眼淚。

聽到高飛的問話，他打起十二分精神，想從床上爬起來，奈何背上疼痛難忍，只得繼續趴在那裡，道：「高將軍……我……我助紂為虐，我……」

「那都是過去的事了，你既然有心覺悟，並且拼死救我，就說明你已經是棄暗投明了。我高飛不才，只不過是個區區遼東太守，沒有別人的頭銜大，如果你不嫌棄的話，以後就留在我的營中，追隨我的左右，我任命你為五虎將軍。當然，你要是不願意的話，等你傷勢好轉了，我也不勉強……」

「主公！」徐晃使勁喊道：「主公……公明這輩子跟定主公了，當時李儒要射殺我，是主公拼死救了我，若沒有主公替我擋下那一箭，我早被一箭穿心了。主公的恩德，公明這輩子都報答不完，主公在上，請受公明一拜……」

高飛見徐晃十分吃力地想起來，上前阻止道：「你受了傷，快別動，我是替你擋了一箭，可你也替我擋了六箭，一命換一命，咱們也扯平了。我可不希望你是因為什麼救命之恩才勉強留下來的，我說過，你要是真的不願意留下，我也不強求，畢竟人各有志嘛。」

徐晃的頭搖個不停，解釋道：「不是的，公明是真心相投，絕無半點不願意，請主公收下我吧，等公明傷勢好轉了，公明給主公牽馬墜鐙……」

高飛見徐晃是真心相投，笑道：「既然如此，那你就更加的要儘快把傷勢養好了，牽馬這件事用不到你做，我要讓你做將軍。華雄原本是我帳下五虎將之一，如今他魂歸西天，五虎將之名也不能散架了，你智勇雙全，遠超過華雄，你就接替他的空缺，補齊五虎將之位，替我領兵打仗就行。」

徐晃「諾」了一聲，已是老淚橫秋，哭得鼻涕一把淚一把的。

他身體動彈不得，結果還是高飛來收拾，像是在伺候一個不懂事的小孩一樣。可是，高飛的心裡卻很高興，走了華雄，來了徐晃，雖然對華雄有諸多不捨，損失了他帳下一員衝鋒陷陣的大將，但是面對自己送上門的徐晃，他還是美滋滋的。

與此同時，虎牢關內。

呂布在官邸調養，昨天被許褚的那一錘砸得胸口現在還有點生疼，雖然只是皮外傷，可是這口氣他咽不下去，也怪自己太大意了。

「主公！」張遼叫了聲，從外面急忙地跑了過來，「聽說李儒將高飛全族三百多口全部殺了，還打傷了高飛。」

呂布此時倒是顯得異常的冷靜，問道：「這事屬實嗎？」

「千真萬確，是高大哥親眼所見。」

呂布緩緩地站了起來，深呼吸了兩次，覺得胸口的傷勢沒有什麼大礙了，便對張遼道：「你讓魏續、侯成、宋憲、成廉、曹性、郝萌、薛蘭、李封八人這兩天格外的小心，李儒那個人極為危險，儘量避開。聽說馬騰、韓遂的兵馬也來了，就在虎牢關後面，這可是出乎我們意料，讓高順派人去查一下，摸清兵力的部署，以免明夜會吃虧。」

張遼剛準備說話，見外面走來一個人，一臉笑意的道：「奉先兄，傷勢調養的如何啊？」

呂布和張遼同時看了過去，見是李肅，呂布便朝張遼使了個眼色，張遼退了出去，他則迎接李肅道：「原來是李兄啊，不知道李兄今日怎麼有空啊？」

呂布的住處是董卓給的，不住在兵營，而是在官邸，並且賜給了他十幾個僕人，目的其實是為了監視他，所以只要是董卓的人想進來，沒人會攔，因而呂布很少在這裡商量事情，大多數情況下是去兵營。

李肅一臉的笑意，呵呵地道：「我哪裡有什麼空啊，奉先剛到這裡，太師就封奉先為溫侯，又冠以前將軍封號，金銀財帛也是恩賞有加，可見太師對奉先兄是喜愛有加啊。這不，太師讓我來請奉先兄過府一敘。」

呂布尋思了一下，道：「是不是有什麼事？你我同鄉，還請告知一二。」

李肅道：「今日李儒不是打退了高飛嘛，太師想趁勢出兵攻擊聯軍，特意讓我來請兄長。」

呂布哦了一聲，對李肅道：「待我披掛一番，李兄稍歇。」

沒過多久，呂布全身披掛，便和李肅一起去了董卓的府邸。

一進府邸，董卓便笑臉相迎，大廳裡更是一派肅殺的景象，李儒、郭汜、張濟、樊稠、楊奉全部到齊，還有幾個他沒有見過的人在。

「參見太師！」

董卓坐在太師椅上，歡喜道：「奉先啊，李儒今日立了大功，擊敗了高飛，還讓那個高飛帶了傷。連日來，我軍均採取守勢，從未主動進攻過，此時正當利用這個機會進攻聯軍，也讓聯軍知道我軍的厲害。奉先，我準備派你去打先鋒，帶領本部人馬前去搦戰……」

「太師……」在場的馬騰站了起來，自告奮勇道：「我軍剛來，士氣正盛，這次就讓我軍去打吧。」

「對！我要當先鋒，我要去斬殺敵將！」一個稚嫩的聲音從大廳外面傳了進來，只見一個約十歲左右的小男孩，手持一桿長槍，全身披著銀色的戰甲，大搖大擺的走了進來。

眾人一看，不覺莞爾，想這十歲小兒能當什麼先鋒，去了只怕會被敵軍笑話，都哄然大笑了起來。

董卓更是笑得合不攏嘴，指著那小孩問道：「這是誰家的小兒？」

馬騰急忙擦汗道：「啟稟太師，此乃我兒馬超，冒犯了太師，還請太師恕罪！」

「在下馬超，字孟起，特來拜見太師！」馬超徑直朝大廳裡走了進去，十分老練地學朝董卓拱拱手，朗聲說道。

呂布聽馬超聲音如洪鐘，走路如一陣風，一身量身訂做的銀色鎧甲披在他略顯單薄的身體上，別有一番韻味。再見馬超膚色白皙，面容俊朗，兩條劍眉下是一雙透著深邃的眼睛，一臉的自信，不可一世的氣勢，讓他不由得想起年輕時的自己，不禁會心地笑了起來。

馬超斜眼看到呂布在笑，將手中長槍往前一橫，大喝道：「喂！你笑什麼？」

呂布沒有理會馬超，他還不至於和一個孩子動粗，向董卓拱手道：「太師……」

這話剛說出口，只覺得側面一道凌厲的寒氣逼來，他本能地向後躲閃了一下，面前寒光一閃，一桿鋒利的長槍從眼前晃過。

他皺起眉頭，伸出手，一把抓住面前的長槍，冷眼怒對著握槍的馬超，吼道：「小屁孩！你別欺人太甚！」

這一舉動讓在場的眾人一時間竟然愣在那裡，因為馬超身上所帶來的氣勢，宛如一個成年人，或許有些成年人也不一定有那樣的氣勢。

馬超嘿嘿一笑，張嘴道：「你就是呂布吧？我要向你挑戰！」

呂布一甩手將馬超的長槍拋了出去，連帶著將握著長槍的馬超弄得向後退了好多步，差點讓馬超摔倒在地，幸虧馬超早有防備，將手中長槍順勢一拉，用槍尾支住了地面，撐起整個身體，才不至於狼狽的摔倒。

「滾一邊去！」呂布眼裡冒出兩道精光，喝道：「我沒空理會你這個黃毛小子！」

馬超心裡也暗暗一驚，剛才呂布的那一揮，力氣竟然如此之大，平常他最佩服的老爹也不見得有那種力氣，差點將他掀翻了過去。

可是，他從小就養成了這種性格，遇強則強，反而會讓自己更加興奮，將長槍收到手中，往地上那麼一杵，石頭鋪就的地面硬是被砸出一個小坑，這力氣在同齡人當中已經是佼佼者了。

他挺直了腰板站在那裡，朗聲道：「呂布，我在來的路上就聽說你的威名，不過我並不怕你，我要向你挑戰！」

在場的人，哪一個不是在刀口上舔血的人，哪一個不是身經百戰的才能成為將軍的，可誰敢如此和呂布叫板，呂布的武藝，眾人有目共睹，幾乎已經到了出神入化的地步，都對其有著三分懼意。

可是，眾人看著小小年紀的馬超敢勇於向呂布挑戰，都暗自佩服馬超的這份勇氣。不過，佩服歸佩服，誰也不把這當回事，因為實力差距太大，一個十歲的小孩怎麼可能是呂布的對手，都不禁哄然大笑了起來。

馬騰立刻擋在馬超的身前，衝馬超道：「孟起，太師面前，不要丟人顯眼，趕快回去！」

「父親，我……」

馬超見馬騰出面制止，臉上的那份英氣便立刻煙消雲散，對他來說，父親的話很重要。

呂布突然轉過身子，打斷了馬超的話，兩道如毒蛇般的目光緊緊地盯著馬超，問道：「你叫馬超是嗎？」

馬超側了一下頭，看呂布正盯著他看，當即從馬騰的身後閃了出來，環抱著雙臂，高昂著頭，帶著一種睥睨天下的氣勢答道：「我就是馬超，怎麼……不服氣嗎？」

呂布冷笑一聲：「我接受你的挑戰，不過刀劍無眼，萬一你死在我的手裡……」

馬騰急忙跨步擋在呂布和馬超的中間，對呂布道：「呂布，我敬重你是個英雄，你怎麼可以和個孩子一般見識？」

「我不是孩……」馬超露出頭，剛說了幾個字，便被馬騰的手一把捂住嘴，後面的便是唔唔的聲音。

呂布見馬騰護子心切，就此打住，轉身朝董卓道：「太師，請發兵吧，我隨時聽候太師的調遣。」

董卓許久沒有看到這種帶有衝突的氣氛了，自從李傕死後，他的耳根子便清靜了不少，可也覺得少了點什麼。

今日看到馬超、馬騰和呂布之間爭執再起，他覺得很是有趣。看著一旁站著的李儒，心中卻是一番悵然。他需要李儒這樣的智謀之士，卻也希望能夠再得到一個像李傕那樣的人，死心塌地的在他的手底下做事。

有爭端，就會有派系，他不喜歡自己的部下全部倒向一邊，這樣很容易出問題。**他要做的就是再樹立起一支獨秀，可以和李儒進行對抗，有這種動力，這種平衡，他才可以在兩派中間權衡，而他的大權永遠都不會旁落，他將這種手段稱**

之為權術。

今日馬超的出場，讓他看到了李傕的影子，也讓他的內心裡產生了一個念頭，正好借著這個機會，可以扶起這支獨秀。他緩緩地站起了身子，挺著富態的肚子，朝馬超招招手喊道：「孟起，你過來！」

馬超應了聲，毫無畏懼地走向前，面對人人生畏的董卓，他卻是一臉的平靜，沒有絲毫的波瀾。

「太師有何吩咐？」馬超走到董卓面前，抱拳道。

董卓見馬超如此懂事，雖然還是個孩子，那份誰也不服氣的氣勢卻畢露無疑，他撫摸了一下馬超白皙的臉蛋，會心地笑了笑，抬起頭的時候，對站在大廳中間的馬騰道：「壽成，我現在任命你為鎮西將軍、涼州牧，你可別辜負我對你的一片期望。」

這話一出，在場的人皆大為吃驚，誰都明白，涼州是董卓的根基所在，別說涼州牧，就連涼州刺史都是董卓自己兼任，從未輕易地給過別人。

李儒看到這頗為戲劇化的一幕，心中更加震驚，看到董卓對馬超的那份喜愛，儼然超過了所有人，他的心裡就像是被巨大的石頭壓著一樣，讓他幾乎透不過氣來。

他很聰明，也十分瞭解岳父的為人，此時見他突然將馬騰加封為涼州牧、鎮西將軍，那是要在他的勢力範圍內樹立起一支獨秀，而這樣做的目的，他心知肚明。

李儒向前跨了一步，抱拳道：「太師，請三思啊，涼州是太師的根基所在，萬一……」

「李儒，難道連我的命令你也不聽了嗎？」董卓十分清楚自己女婿的為人，表面上對他恭維，內心裡卻奸詐狡猾，且奸猾遠遠要高出他許多倍，他做出的一些惡行裡，有不少都是李儒出的主意。

李儒急忙道：「屬下不敢……」

「我意已決，如今我身處京城，和涼州相距甚遠，也該是時候找個人替我看守涼州了，馬騰祖籍雖然是在右扶風的茂陵，可他卻出生在隴西，自小流落在羌胡，深知涼州一帶的複雜情況，有這樣的人坐鎮涼州，我的心也可以稍微的安一安了。」

李儒道：「太師，郭汜、張濟、樊稠他們都跟隨太師很久了，為何……」

「你不用再說了，這件事就這樣定了，郭汜、張濟、樊稠是我心腹愛將，自然要留在我身邊聽用。還有你，你也要一直留在我的身邊，許多事情我還要找你

商量呢。」董卓朗聲道：「另外，韓遂，我任命你為安西將軍，你在涼州的名聲響亮，足可以使得那些涼州的豪族、鄉紳信服，由你出任涼州刺史，馬騰為主，你為副，共同鎮守涼州。」

馬騰、韓遂二人都歡喜無限，兩人誰也沒有細想董卓為什麼要這樣做，聽到董卓的話後，便抱拳道：「多謝太師恩賞。」

李儒見董卓又封了韓遂，剛才不安的心終於定了下來，心中暗道：「太師不愧是太師，利用馬騰將大權分立，怕大權旁落我手，卻又害怕馬騰獨霸涼州，啟用韓遂進行再次分權，此等權術，實在是太過高明……」

董卓吩咐完畢，又對呂布道：「奉先，你即刻率領本部兵馬為先鋒，馬騰、韓遂、張濟、樊稠為後合，進攻聯軍營地，務必要再奪取一功……」

李儒建言道：「太師，屬下以為此時不宜出兵。高飛新敗，聯軍中必然會有所防備，如果我軍貿然進攻，只怕會損兵折將，不如就堅守此關，任聯軍如何強盛，也無法突破這虎牢關的天險。」

呂布也不想出兵，眼看日子就要到了，他不想再和聯軍為敵，當即道：「太師，李大人言之有理，聯軍中袁紹、曹操、孫堅等人絕非泛泛之輩，更何況人數眾多，高飛雖敗，卻不足以挫其銳氣。聯軍中諸侯勾心鬥角，若是時間長了，必然會引起爭端，不如靜待時日，等聯軍自亂陣腳，到時候太師再發兵攻打，便可易如反掌。」

郭汜、張濟、樊稠、李肅等人也隨聲附和，紛紛表示不能出兵。

董卓見呂布分析得頭頭是道，郭汜、張濟等人也是一致意見，便道：「好吧，就這樣定了，靜待時日，以應聯軍之亂。」

呂布從董卓官邸回來後，沒有回自己的官邸，而是徑直去了兵營。

兵營裡，張遼、高順等人簇擁著張揚出迎呂布，將呂布接入軍營之後，便分主次坐定。

呂布坐在上首位置，環視了一下在座的眾人，便急忙問道：「稚叔，明天便是最為關鍵的時刻，你可做好準備了嗎？」

稚叔是上黨太守張揚的字，張揚是並州雲中人，以驍勇著稱，被並州刺史丁原任命為別部司馬，後來因軍功而被舉薦為上黨太守，和丁原、呂布算是忘年交。

他聽到呂布的話，點點頭道：「我聽文遠說，今天董卓找你，不知道所為何事？」

呂布道：「他讓我出兵攻擊聯軍，後來被李儒和我勸了下來，這兩天不會有什麼動靜，只要我們再忍耐一個晝夜，明天晚上就可以動手了。」

張揚一臉正氣地道：「太好了，如此一來，丁使君就不會白死了，我們也終於可以給丁使君報仇了。」

呂布「嗯」了聲，扭臉朝高順問道：「怎麼樣，馬騰、韓遂的軍營都調查清楚了嗎？」

高順道：「啟稟主公，調查清楚了，這次馬騰、韓遂帶來的兵馬多是騎兵，而且以羌胡為主力，漢人很少，營地雖然駐紮在虎牢關外，卻沒有任何防備，士兵也很懈怠，只要控制了虎牢關，他們不會妨礙我們的計畫。」

呂布笑了笑道：「那好，那我們就按照原計劃進行，張遼，你帶成廉、郝萌負責給聯軍打開關門，高順，你帶曹性、薛蘭、李封三人將西門堵死，切勿放過一個人。稚叔，你帶著侯成、宋憲和本部兵馬在關內四處放火，我帶魏續和五百騎兵去殺董卓。大家都清楚了嗎？」

「諾！」

高順的臉上忽然顯出一絲難色，道：「主公，如果將西門堵死的話，關內的數萬董卓軍就無法逃走，必然會進行困獸之鬥，以屬下看，不如打開西門放其歸去。虎牢關後還屯駐著近八萬的兵馬，只要關內一亂，外面的兵馬必會進行攻擊，到時候我軍會陷入苦戰，但是西門打開的話，關內兵馬為了逃命，便會直接衝出去，外面的敵軍就無法進來，這樣反而對我軍有利。」

張遼也附和道：「主公，高大哥言之有理，我深表贊同。只要聯軍殺到，順勢殺了出去，那虎牢關外的八萬兵馬也會大亂，到時候乘勢掩殺，必然能夠取得大勝。」

呂布聽了道：「好吧，那就這樣吧，高順帶人埋伏在西門，沿途掩殺就是了。現在剩下的就是時間問題了，希望高飛的傷勢並無大礙，聯軍那邊也準備妥當了。」

商議完畢，為了不引起其他人的懷疑，呂布便趕緊出了兵營，回到官邸，靜待時間的到臨。

與此同時的聯軍大營裡，各路諸侯彙聚一堂。

高飛受傷和華雄的死訊早已傳遍聯軍大營，有的人歡喜，有的人憂心，除了劉虞、孫堅、曹操之外，大部分都抱著幸災樂禍的態度。

「今日將諸位叫到這裡來，想必大家都知道了吧？」袁紹還是一派盛氣凌人的氣勢，朗聲道。

眾人紛紛點頭，接著便議論紛紛，說呂布和高飛的這條計策很妙，更有甚者，有人張口誇說從一開始便看出了門道，這種厚顏無恥的話，自然會招來抨擊，大帳內噪雜不已。

「別吵了！」袁紹站了起來，怒道：「都是為了會盟而來，何必為了一點小事而傷了和氣？知道也好，不知道也罷，反正現在大家都已經知道了，就請高將軍給大家詳細的說明一下該如何行動吧。」

眾人不再說話，將目光都集中在高飛的身上。

高飛的臉被繃帶纏著，只露出兩隻眼睛和嘴脣，到底繃帶下的傷勢如何，誰也無從得知。

他緩緩地站了起來，朝後伸了一下手，身後的賈詡便將一個大大的卷軸遞到他的手裡。接過卷軸後，他走到掛著地圖的地方，喚來兩個士兵，吩咐道：「將它掛起來。」

士兵將卷軸伸展開來，露出來的居然是一幅巨大的平面圖。

高飛面朝各位諸侯，朗聲道：「諸位請看，這就是呂布從虎牢關傳回來的董軍兵力分布圖。」

眾人都圍了上來，但見虎牢關內布置得十分簡單，散布著五個營地，四邊四個營地將中間的營地護衛起來。

高飛解釋道：「這五座營寨便是虎牢關內所有的兵力，另外尚有八萬兵力駐紮在虎牢關後。這四邊的營地，都是董卓的西涼兵，中間的則是呂布的營地，從兵力的分布上，不難看出這是董卓要鉗制呂布。可是，這也給呂布帶來了方便，只要同時進攻四個營地，虎牢關內便會大亂，使其首尾不能相顧，潰散出虎牢關。」

「董卓呢？董老賊在什麼地方？」袁紹問道。

高飛將手一指，在兩座營寨中間一個畫著小方塊的地方停了下來，朗聲道：「這裡，這就是董卓所住的官邸。」

公孫瓚手臂上纏著繃帶，看了一眼那小方塊四周還有一些朱砂的點點，便問道：「那紅點是怎麼回事？」

高飛道：「這是飛熊軍，是董卓帳下最為精銳的部隊，一向歸董卓的弟弟董旻指揮，這些紅點就是分散在董卓官邸附近的飛熊軍，一個紅點代表一百人。」

公孫瓚不禁大驚道：「上面有二十個紅點，代表著兩千人？」

高飛點點頭道：「董卓的官邸守衛極其森嚴，無法輕易接近，所以要想殺董卓，就必須先突破這兩千飛熊軍。」

袁紹托著下巴，若有所思地道：「飛熊軍乃董賊精銳，當初李傕、郭汜只以三千飛熊軍為前部，就能突破我北軍兩萬將士，長驅直入，確實是非同一般。據我所知，飛熊軍是董賊選拔涼州精銳加以訓練而成，算是西涼兵裡最強的軍隊。」

陶謙、孔融、張邈、張超等人聽了，臉上都現出憂色，紛紛嘆了口氣。

曹操卻哈哈大笑道：「區區兩千人而已，何足掛齒？只要我虎豹騎為前部，一旦馳入虎牢關，必然能夠擊殺董卓，諸位不必有太多憂慮，我自願當開路先鋒。」

高飛笑了笑，沒有理會這些事情，反正他已經不打算再用自己的兵去出力了，最多是打開城門時露一下臉，剩下的就交給其餘諸侯去做就行了，他的兵馬損失了一千多人，不能再做這些無畏的犧牲了。

「明晚子時，虎牢關大門便會打開，到時煩請諸位各自帶領部下精銳，一同衝進虎牢關內，斬殺董卓，只要一鼓作氣，長驅直入，便可以追擊董卓到洛陽，董卓也必然不敢在洛陽停留，到時候就算殺不了董卓，也能趁勢收取洛陽。」

高飛道：「只要我們這裡一舉擊潰董卓的西涼兵，南邊的劉表、孔伷也會對軒轅關展開攻擊，在武關一帶的袁副盟主等人，也會乘勢而進。到時，大家一起努力，共同進攻三輔，直搗涼州，董卓便可平定了。」

眾人聽到高飛如此慷慨激昂的話語，臉上都露出一絲不屑，心中卻各自盤算著自己的事情，似乎都在嘲笑高飛的天真。

「好！」群雄中，孫堅突然大叫了一聲，聲如滾雷，表情激動，「說得好，不擊敗董賊，誓不甘休！」

曹操此時表現的極為淡定，他很明白現在的情況，只求驅趕董卓收取洛陽，卻不喜歡自己帶著兵馬進攻三輔。

在別人的眼裡，他曹操是財大氣粗，兵多糧足，可實際上，他是個內憂外患的人，糧食一天天的在消耗，自己身邊的諸侯又各懷鬼胎，他不可能用自己的軍隊去拼，只要一攻克虎牢關，他第一個就會先去占領敖倉，先豐衣足食再說，至於其他的都是小事。

劉虞一直沒有說話，聽到高飛的話只有孫堅一人回應，心裡很不爽，便站了出來，朗聲道：「諸位為了忠義二字會盟至此，已經有月餘時間，這段時間內，諸位也都情同手足，共同對抗董賊，除惡務盡，如果不殺了董卓，恐怕以後董卓還會捲土重來，所以請諸位掂量掂量，是否還想將陛下丟給惡狼？」

眾人不語，心裡暗罵劉虞迂腐，**忠義二字只不過是幌子，大家只是來湊熱**

鬧罷了。

袁紹見狀道：「好了好了，正如高子羽所言，我們應該現在就開始做準備，各自帶領兵馬在虎牢關外等候，明日子時，便是我們誅殺董賊的時候，請各位務必要除惡務盡。」

眾人又相互寒暄了幾句，便紛紛散去，高飛也帶著賈詡離開大帳。

「子羽，你的傷勢不要緊吧？」孫堅帶著程普從後面趕了上來，關心地道。

高飛道：「不要緊，多謝文台兄關心。」

二人有說有笑地並肩走出轅門，然後相互告辭，各自回營準備了。

聯軍和董卓的這場對決即將結束，短暫的對決中，雙方都沒有損失太多兵力，甚至沒有進行過什麼大規模的大戰。

董卓以虎牢關採取守勢，就是要將這場戰爭無限期的拖延下去，對他來說，他要拖垮聯軍。關東赤地千里，連年災害，加上黃巾餘黨頻繁的爆發，導致了關東糧食的匱乏。相比之下，董卓雄踞虎牢，背靠敖倉，兵多糧足，確實占了很大的優勢。

這兩天虎牢關內外一切平靜，在日昇日落中，又度過了一個白晝，當夜幕降臨時，虎牢關內升起了通明的火光，驅散了夜色的黑。

虎牢關外的聯軍則在緊鑼密鼓地進行準備，十幾萬的大軍悄悄地駛向了虎牢關，埋伏在關外的密林裡，靜待著虎牢關內的變化。

虎牢關內，一點也沒覺察到大戰將臨的董卓，仍在官邸中及時享樂，從洛陽帶出來的美女充斥著他的官邸，光著全身的女人在官邸中來來去去，那波濤洶湧的景象也成了官邸中的一道靚麗的風景線，使那些守衛在董卓官邸附近的士兵都大飽眼福。

官邸的大廳裡，燈火通明，靡靡之音不絕於耳，裸體的女子不停地端著酒肉送到大廳裡，大廳的正中央有十幾名裹著薄紗的女子在翩翩起舞。

董卓斜躺在臥榻上，懷中正抱著兩名美女，周圍是幾名身材豐滿的女子，端酒的端酒，夾菜的夾菜，捶腿的捶腿，捏背的捏背，都在兢兢業業地伺候著這個同樣全身赤裸的肥胖男人，臉上還一直在強行的歡笑著。

「太師喝酒……太師吃菜……」美女將董卓服侍得服服貼貼的，不時發出嗲聲進行誘惑，弄得董卓歡欣不已。

在臥榻之側，有著豐滿胸部的婦人正在從乳房中擠出奶水，幾個妙齡的少女則端著碗在下面接著，不敢有一絲懈怠。當一碗奶水接滿後，便急忙端著送到臥榻那裡，跪在地上高舉手中的那碗奶水，輕聲喊道：「太師請用！」

專人接過那碗奶水，倒在酒碗裡，摻混後，送到董卓的嘴邊，臉上綻放出燦爛的笑容，嗲聲嗲氣地道：「太師吃奶酒……」

董卓哈哈大笑，張嘴便將一大碗新鮮的母乳喝了下去，同時一把抱起身邊一位豐滿的美女，在美女胸前的兩座山峰上便是一番舔舐。

與此同時，另外一位美女則騎坐在他的腰上，扭動著豐碩的臀部，其餘的美女則在這時候退了出去，音樂也停止了，舞蹈也歇了下來，剛才熱鬧的大廳頓時煙消雲散，只留下董卓和兩名美女繼續淫樂，沒多久，大廳裡便傳來兩名美女的呻吟聲，以及男人的嘶吼聲。

突然，安靜的夜裡變得尤為噪雜，到處都是馬嘶人叫，雜亂的馬蹄聲隨之川流不息，一個全身披甲的將軍徑直走進大廳，看見董卓和那兩名美女正在淫樂狂歡，二話不說，快步衝了上去，一把將兩個女人拉開，正色道：「太師，呂布謀反，已經殺到官邸前，現在飛熊軍正在奮力抵抗，請太師快隨我走！」

董卓大吃一驚，差點從臥榻上跌下來，驚呼道：

「你說什麼？呂布謀反？」

那將軍的長相和董卓有幾分相似，年紀卻比董卓年輕許多，一臉的堅毅，正是**董卓之弟董旻**。他來不及解釋太多，衝那兩名美女喊道：「快給太師穿衣。」

兩名美女不敢違抗，迅速地從臥榻上撿起董卓的衣衫，罩在董卓的身上。

這時，從大廳外面進來一撥騎兵，騎士盡皆披著鐵甲，同時還帶來兩匹上等的西涼馬，喊道：「太師請上馬！」

董旻一把拉住董卓，將董卓帶出了大廳，又幫身體肥胖的董卓扶上了馬匹，然後自己也翻身上馬，朝身後的人喊道：「走後門，快！」

董卓十分的懊惱，想自己用赤兔馬收買呂布，怎麼呂布還會反叛？高官厚祿、金銀財寶都給他了，他不相信呂布這樣一個貪財的人會反叛他。可是他也不會懷疑自己的弟弟，恨得咬牙切齒地怒道：

「該死的呂奉先，我絕饒不了他……」

出了官邸後門，那裡早有數百飛熊軍等候，官邸四周火光一片，空氣中瀰漫著燒焦的糊味，將整個虎牢關照得如同白晝，不是因為燈光，而是因為大火，虎牢關內竟然四處都冒起了火光。

董卓在董旻和飛熊軍的護衛下，很快便離開了官邸，朝西門而去。

走到筆直的大道上，但見四處都是亂糟糟的西涼兵，有許多被大火焚身，痛苦地在火海中叫喊著，尚有一些西涼騎兵在四處亂撞，不知道該如何是好。

「閃開！都閃開！」董旻當先開路，護衛著董卓朝西門而去，沿途遇到擋道的西涼騎兵，不管是誰，盡皆殺戮。

此時，虎牢關的東門已經被打開了，張遼帶著士兵控制了整個城門，而早已經等候在關外的聯軍也順勢奔了過去，曹操帶著典韋、許褚、夏侯惇、曹仁、曹純、曹洪、夏侯淵等部將，領著五千虎豹騎第一個衝了過去，乘勢殺進了虎牢關內。

關內已是一片火海，四座主要的大營全部失火，還在營中熟睡的西涼兵被燒死了大半，其餘的則全部向西門逃竄。呂布的並州兵在四處縱火的同時，也全部彙聚在府庫一帶，將府庫完全占領了，在張揚等人的護衛下，把守此地，等候關東聯軍的到來。

呂布帶著魏續，率領騎兵突破飛熊軍的防線，迅速衝進官邸，可見到的除了一院子驚慌失措的赤裸女人外，董卓的身影早已不見了蹤跡。

他隨手抓來一個美女，喝問道：「董卓老賊呢？」

美女驚慌失措下，便用手指了指後門，整個人蹲在地上，以遮掩自己身上的關鍵部位。

呂布環視了一眼在場的美女，當即對身後的魏續道：「這些都是甘願給董卓為奴為俾的賤人，整天供董卓淫樂，全部處死，一個不留！」

魏續「諾」了一聲，帶著手下便在官邸中大開殺戒，見到女人便殺，有的起了色心，將女人拉到房間裡進行強暴，完畢之後再行殺害，做的事和董卓的部下幾乎如出一轍。

呂布可沒那麼多閒工夫在這裡待著，他把官邸交給魏續之後，自己帶著二百騎兵從後門追了出去，至於魏續要怎麼樣對付那些女人，那就不關他的事了。

呂布的赤兔馬快，很快便撇開了自己的部下，在慌亂的西涼兵中往來衝突，一桿方天畫戟走到哪裡殺到哪裡，從未留下一個活口。他的眼裡露出無比的凶光，不知不覺地尾隨逃走的亂軍來到西門，見到了高順。

「董卓呢？」呂布勒住馬匹，停在高順面前，喝問道。

高順道：「先前有一撥飛熊軍衝了出去，可是其中並未看見有董卓蹤跡。」

「糟了！」呂布大叫了一聲，「一定是喬裝出城了，你為什麼不追？」

高順一臉正色地道：「城外西涼兵眾多，我軍援軍未到，追之無益，反而會身陷敵圍。」

呂布知道高順擅於用兵，對自己也忠心耿耿，沒有說什麼，看著城中事情已經了卻的差不多了，便對高順道：「上馬，跟我走，追擊董卓，此時董卓大敗，必然會撤向洛陽，我軍必須搶在聯軍中其他人的前面抵達洛陽。」

高順「諾」了一聲，急忙吩咐手下上馬，隨著呂布出城。

卻說虎牢關外，馬騰、韓遂、張濟、樊稠、楊奉的兵馬都駐紮在一起，關內只駐紮了郭汜和徐榮的兵馬，徐榮死後，兵馬歸郭汜調遣，城中三萬將士加上兩千飛熊軍守衛著董卓。

可是誰也想不到呂布突然反水，差不多有三萬並州兵幾乎在同一時間對城中的四座營寨發動攻擊，並且放火燒毀營寨，郭汜正在李儒那裡做客，倖免於難，知道有人作亂，兩個人的一致想法便是撤退，於是在高順和西門守衛混戰的時候便乘亂逃走了。

關內火光突起的時候，城外的兵馬並不在意，因為城內一直都是燈火通明，有時候還會伴隨著歡呼的慶祝聲。加上士兵每日飲酒，大部分酩酊大醉，都沒有人去關心關內的事，直到郭汜、李儒帶著人從關內出來，這才知道呂布叛亂。

李儒當即用董卓的兵符控制住了局面，臨危不亂的他，立刻做出了合理的部署，吩咐馬騰、韓遂、張濟、樊稠、楊奉等兵馬全部後撤，自己則帶著郭汜、楊奉等候在關外，迎接董卓。等到董旻護送著董卓出城之後，李儒、郭汜、楊奉便帶著兵馬保護著董卓後撤。

呂布帶著高順等人追出了西門，來到關外時，見大軍早已人去樓空，留下的只是一個空寨子，想都沒想，便帶著高順等人繼續追了下去。

呂布前腳剛追出去，曹操便帶著自己的部下虎豹騎趕了來，看到西門外的座座空營，地上一片狼藉，像是倉皇而逃。

曹操臉上一喜，道：「董賊定然是被呂布擊敗了，我們絕對不能落後，隨我一同追出去，此去敖倉尚有一段路，必須要儘快趕去，萬一呂布也奔著敖倉而去，那就糟糕了！」

眾將「諾」了一聲，跟隨著曹操一同追擊而去。

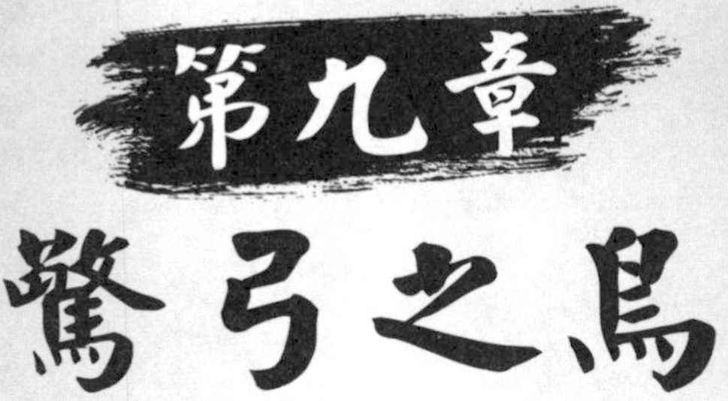

第九章 驚弓之鳥

火海中，西涼兵各個如同驚弓之鳥，拼死向外衝殺，一些人被烈火焚身，爭先恐後的從村莊裡衝出來，不是為了活，而是為了求個解脫。慘叫聲不絕於耳，熊熊大火以燎原之勢開始向外擴散，一會兒功夫便將整個村莊吞噬。

與此同時，聯軍的兵馬陸續從虎牢關的東門入城，穿過城中的街巷，抵達西門外的空地上。

高飛帶著趙雲、太史慈、賈詡和三千騎兵，是在曹操之後進城的，一進城便遇到了張遼，打聽了一下情況，便緊隨曹操部隊的後面衝了進去。

此時，他是聯軍中繼曹操之後第一個奔到西門城外的，看到城外的空營，他讓士兵暫停下來。

趙雲道：「主公，虎牢關一破，董卓必然會節節敗退。敖倉乃京師屯積糧草的重地，如果我軍現在去抄襲敖倉，董卓必然不會在洛陽停留。前面曹操的兵馬已經先我們一步，雖然也是朝洛陽方向而去，但是難保他不會打敖倉的主意，我們現在應該立刻進攻敖倉，莫要讓曹操得了便宜啊。」

「對，有了糧草，拉回幽州，可以用來招兵買馬。」太史慈興奮道。

賈詡急道：「不！不去敖倉，直撲洛陽！」

趙雲聽了道：「軍師，此去洛陽尚有數百里，董卓雖然敗了，可是大軍未受到損傷，他必然會在通往洛陽的路上層層設下防禦……」

「不對！敖倉是整個京畿的屯糧重地，董卓不會傻到連這個地方都不要了，從這片軍營撤退的情況來看，雖然一片狼藉，但是自行撤退的。我猜測董卓必然會重兵防守敖倉，在通往敖倉的地方設防，給運出敖倉的糧食提供便利的條件，我軍去之無用，不如直撲洛陽，使董卓沒有喘息的機會，讓他進不了洛陽，我軍便可進駐洛陽了。」賈詡分析道。

趙雲卻反駁道：「可是董卓也一定會在通往洛陽的路上進行層層防禦……」

「呂布已經率領萬餘騎兵追去了，我軍只需跟在他的後面，凡是有防禦的地方，呂布自然會突破的，等到呂布軍疲憊的時候，我軍便可以給予支援，突破董卓的防線，然後一舉逼近洛陽。」賈詡慷慨激昂地道。

趙雲還想進行反駁，卻被高飛制止道：「別爭了，軍師言之有理，況且我原本的打算就是去洛陽，我讓你們帶夠三天的乾糧，就是為了這件事，都跟我……」

「子羽！子羽！」孫堅帶著一彪騎兵隨後趕到。

高飛見孫堅也來了，不禁說道：「文台兄，你來的好快啊！」

孫堅道：「董卓新敗，士氣低落，現在正是我們兄弟建功立業的時候，我願意隨你一起追擊董卓，直撲洛陽！」

高飛心中略微思索一下，當即道：「好，那我們合兵一處，共同追擊董卓，直撲洛陽！」

高飛和孫堅合兵一處，共四千騎兵，沿著西去的官道，浩浩蕩蕩的追擊了過去。

路上，他見到孫堅的部下都在馬鞍旁邊拴著一個小包袱，裡面裝得鼓鼓的，就連水袋也都是每個人備了三個，讓他對孫堅的這番高瞻遠矚也不禁佩服。

孫堅看到高飛的目光不時地朝他的馬鞍瞧，咧嘴道：「子羽，今天天還沒黑時，我去找你想商量事情，見到你的部下都備足了三天的乾糧和水，我就猜你是準備直撲洛陽了，所以一回去就立刻調集僅有的一千騎兵，讓他們準備好食物和水，準備和你一起去，路上也好有個照應。」

「哦。」高飛淡淡地應了一聲，心道：**孫堅看一眼就能知道他要怎麼做，這份眼力絕非一般人所能擁有的。**

孫堅扭頭看了一下背後的趙雲、太史慈、賈詡、程普、黃蓋、韓當以及四千騎兵，對高飛擔心地道：「董卓尚有近十萬的大軍，即使是從虎牢關敗退了，其實力還在，聯軍還沒有跟上來，我們這樣貿然的追擊，會不會有危險？」

「呵呵，被譽為『荊南猛虎』的孫文台也開始害怕起來啦？」高飛略帶譏諷地道。

這場討伐董卓的戰爭到現在，孫堅從長沙帶出來的五千精銳已經戰死一千八百餘人，因而笑笑道：「老虎也有打盹的時候，任何人都會有害怕的時候，我個人的生死沒有什麼關係，只是後面還有四千名兄弟，如果我們是帶著他們走向一條不歸路，那我寧願不去洛陽。」

高飛見孫堅很體恤下屬，便道：「文台兄儘管放心，此去洛陽必然會安然無恙，呂布、曹操已經在我們的前面了，我們只需在後面慢慢地跟隨就可以了。」

孫堅心安道：「那就繼續追吧，到洛陽之後，便能救出陛下了。」

高飛聽到「陛下」兩個字，心中突然一震，想道：「**挾天子以令諸侯這樣的事可不能落到別人的手裡。**」

高飛和孫堅追擊了二三十里，沿途所過之處都能看見漫山遍野的屍體。從屍體的數量來看，顯然西涼兵是每隔十里一布防，雖然做到了層層堵截，可兵力太過分散，反而很容易被突破，加上所留下的大多以步兵居多，面對純騎兵的並州兵，也只有等死的份。

又向前追了幾里路，眾人在一個岔路口停了下來，一個朝西北，一個正西，尚有一條路朝西南。

「子羽，西北直奔敖倉，西南直奔軒轅關，正西直奔洛陽，從馬蹄印上來

看，敖倉、洛陽都有大批兵馬經過。敖倉是整個司隸的屯糧重地，董賊之所以能據守虎牢，其根源就在敖倉，而洛陽路途遙遠，尚有幾百里路，以我看，不如直撲敖倉，一旦敖倉被占領，董卓就是不想退出洛陽也不行了。你怎麼看？」孫堅觀察了周圍的情況後說道。

高飛決定道：「去洛陽，敖倉既然是屯糧重地，董卓豈肯捨棄？洛陽不過是座城池，對於董卓來說，丟失了洛陽他可以退守三輔，但是丟失了敖倉，他的西涼大軍去喝西北風嗎?!」

「不！去敖倉！」

孫堅和高飛起了爭執，「董卓倉皇敗退，敖倉屯糧眾多，就算會派重兵把守，只要窮追猛打，一定會占領敖倉的；再說，董卓短時間內絕對不會將敖倉的糧食運完，如今聯軍大部分都到了缺少糧草的地步，如果占領了敖倉，我們可以補充所必須的糧草，等聯軍大軍一來，再一起進洛陽不遲，何必急在一時呢？」

高飛聞言道：「既然你不去洛陽，那我也不勉強，我要去洛陽，如果不給董卓一個措手不及的話，只怕董卓就會堅守洛陽，洛陽城防極厚，若將十幾萬兵馬全部屯在那裡，以我們現在的戰力，就算糧草充足，一年也未必能夠攻打得下來。文台兄，既然我們各自堅持己見，不如就在這裡分道揚鑣，我去洛陽，你去敖倉。」

孫堅爽快地道：「就這樣定了。」

「不過，我有言在先，你千萬不能窮追猛打，以我的推測，曹操的兵馬就在前方，你只需跟在後面就是了。」高飛提醒道。

孫堅哈哈笑道：「多謝提醒，不過我心中有數，子羽賢弟，那咱們就在此分開吧。」

「告辭！」

二人商議已定，便各自帶著自己的兵馬兵分兩路，一個去洛陽，一個去敖倉。

高飛帶著趙雲、太史慈、賈詡和三千騎兵沿著官道慢行追擊，因為從地上屍體死亡的時間估算，他們離並州兵和西涼兵交戰的地點不遠了。

一撥人行了五里路左右，高飛便下令停下來，坐在路邊休息。

此時天剛濛濛亮，四周還是一片灰暗，前面的官道上，屍體遍地，一些失去了主人的馬匹在官道邊的草叢裡歇著。斷裂的兵器、殘缺的箭矢、破爛的旌旗、各種死狀的屍體，讓這天的早晨變得十分的淒涼。烏鴉亂飛，野狼亂竄，許多屍

體被動物撕成一堆爛肉，血腥充斥著空氣中的每一個角落。

高飛肚子明明是餓的，可是沿途看了太多屍體，他根本吃不下，只灌了幾口水而已。

賈詡這時候走到高飛身旁，躬身道：「主公，你叫我？」

「嗯，軍師，你說孫堅當真不知道洛陽和敖倉的利害關係嗎？」高飛道。

賈詡不敢明言，也不敢胡說，反問道：「那主公的意思呢？」

高飛見賈詡說話很小心，便道：「你但說無妨。」

賈詡這才道：「主公，屬下以為，孫堅是刻意這樣做的。」

「嗯……繼續說。」

「孫堅未必不知道洛陽的利害關係，但是和主公一起去洛陽，前面又有一個呂布，他兵馬最少，去了也占不到什麼便宜，還不如不去。在群雄中，孫堅算得上是一個響噹噹的人物，也很體恤下屬，所以寧願放棄，也不願意做損失兵馬又不討好的事。」

高飛笑道：「軍師分析得很到位，**看來孫堅也在擔心，怕和我會在某些利益上發生衝突，與其到時候進退兩難，倒不如主動退出。好一個孫文台，能知進退，不愧是江東猛虎，**假以時日，若有智謀之士輔佐，必然能在江南稱雄。」

「既然主公知道孫堅是個厲害人物，為什麼還要去點化他呢，難道主公就不怕以後和孫堅為敵時，會變得很棘手嗎？」

「哈哈哈，軍師，你說：**是對付一個人簡單點，還是對付一群人簡單點？**」

「哦，我懂了，屬下明白了，對付一個十分瞭解的人，要比對付一群不瞭解的人要簡單的多，主公真是高明啊。」

「呵呵，休息夠了，傳令全軍上馬，定速向前，只要再一天，就該輪到我們出手了。」

「諾！」

與此同時，去敖倉的道路上，慢行了五六里的孫堅則令部隊停止前進。

程普見孫堅一路上憂心忡忡地，急忙問道：「主公，怎麼停下了？」

孫堅調轉馬頭，估摸著和高飛分開的夠遠了，便向程普、黃蓋、韓當喊道：「後隊變前隊，去軒轅關！」

程普、黃蓋、韓當都驚詫不已，不明白孫堅的意思，同聲道：「主公，這是何意？」

孫堅一臉正色道：「敖倉是屯糧重地，豈能沒有重兵把守？曹操從未和西涼軍交過手，又自恃帳下虎豹騎、青州兵強悍無比，他藝高人膽大，手裡握著三萬士兵，有足夠的本錢可以和西涼兵在敖倉進行爭奪，咱們不行。這次我們只帶了僅有的一千騎兵，我不能讓你們都白白犧牲，去洛陽的道路上有呂布、高飛兩支勁旅，敖倉有曹操，這兩個地方，都不是我們能夠爭功的地方，只有軒轅關可去。」

韓當道：「主公莫非是想從背後偷襲軒轅關？」

孫堅點點頭道：「我剛才在岔路口很清楚的看見去洛陽和敖倉的官道上都有馬蹄印，這就說明董卓在兩地都布置下了兵馬，唯獨軒轅關沒有。南路軍的劉表、孔伷還在軒轅關和牛輔對峙，我軍若是從背後襲擊，就能引劉表、孔伷的兵馬進攻從大谷關、伊闕關進攻洛陽，雖然有點迂迴，但是只要軒轅關一破，大軍急追，牛輔就無力在剩餘的兩關布防，而且他若是知道董卓在虎牢關敗退了，肯定不會再有戰心，從這條路去洛陽，既不損失太多兵馬，也可以在高飛、呂布抵達洛陽的時候一同到達。」

程普皺了一下眉頭，問道：「可是，如此一來，主公豈不是幫助了劉表？那劉表和主公多少有點嫌隙，當初主公就任長沙太守時……」

「過去的事情就讓它過去吧，會盟之後，我們就不在長沙待了，我已經讓祖茂給孫靜寫一封信，讓他帶著所有家小和剩餘的兵馬沿江東下。我的妻弟吳景是丹陽太守，我們就到他那裡，以江東六郡為根基。」

程普、黃蓋、韓當聽了，臉上都帶著一絲興奮，他們心裡都明白，揚州刺史劉繇很弱，江東又沒有什麼能人，如果孫堅真的想雄踞江東的話，那簡直是易如反掌。

三人當即朝孫堅拱手道：「諾！」

孫堅抬頭看了看濛濛亮的天空，自言自語道：「人人都知道我和劉表有嫌隙，用常理來看，我不可能會去幫助劉表突破軒轅關，可是他們都錯了。**呂布、高子羽，好好看著吧，我一定會比你先到洛陽，到時候我孫堅一定會讓群雄大吃一驚的**。只有在這裡擁有更高的聲望，雄踞江東的時候才能更多的招攬當地名士。」

此時，孫堅的部隊已經變換了隊伍，前隊成了後隊，後隊成為前隊，孫堅帶著程普、黃蓋、韓當三人跑到隊伍的最前面，一聲令下後，開始原路返回。

回到岔路口時，孫堅遙遙地便看見打著「曹」、「袁」、「陶」、「公孫」等字的大旗露出了山頭，他沒有多做停留，快速地朝軒轅關方向駛去。

天色大亮之後，高飛帶著兵馬向前推進，每前進十里便會下馬歇息一段時間，他並不擔心後面的聯軍會追上來，為了阻礙後面聯軍朝洛陽方向前進，他所過之處，都將戰死的屍體燒毀，並且從四周搞來一些路障，在一定程度上阻止了聯軍騎兵的快速追擊。

到中午時，高飛已經向前推進了七八十里地，到達鞏縣和偃師的交界處，派出的探馬回報說，呂布正在和西涼兵在偃師城附近進行交戰。

高飛優哉遊哉的躺在路邊的草地上，看著士兵將戰死的屍體全部堆積在官道中間，然後點燃大火任其焚燒，濃厚的黑煙也隨之冒起。

他見眾人忙得也差不多了，便召集所有人開始吃飯，對他來說，前方戰事再怎麼緊張，也沒有填飽肚子要緊，沒有體力就無法打仗，他也相信，後面的聯軍和他至少相距有七八十里，光層層障礙就夠聯軍們搬運好一陣子的了。

此時，太史慈背著弓箭，和幾個士兵一起扛著一頭剛打來的野豬，朝高飛這邊走了過來。

「子義，你從哪裡打來的？」高飛見太史慈打來一頭野豬，舔了舔嘴脣，已經有了幾分饞色。

太史慈將野豬朝地上一扔，高興地道：「主公，這可是今天最大的收穫了，乾糧那玩意吃不飽，只有野味才能吃飽，我在那片山上找到了一窩野豬，就帶人前去捕殺，其餘的已經分給兄弟們了，特地帶一頭大的過來孝敬主公。」

高飛讚道：「嗯，不錯，趕緊烤熟，吃完了好上路。」

太史慈道了聲「好咧」，便吩咐手下人去進行燒烤了。

賈詡在高飛身邊，見狀不禁覺得有點好笑，忍不住對高飛道：「主公，呂布在前方打仗，袁紹等人還在後面搬運障礙，我們卻在這裡吃野味，這要是傳了出去，恐怕群雄會一個個的都被氣死。」

「氣死就氣死，省得以後麻煩。這叫**保存實力**，這會兒只怕董卓還在擔心害怕呢，估計被呂布緊緊咬住的滋味不好受，**他用赤兔馬換來了一個要殺他的人，這筆買賣可是失算了。**」高飛笑道。

賈詡很是佩服自己的主公，做事總是出人意料。

過了一會兒，香噴噴的烤肉味撲鼻而來，三千士兵便在官道兩側開始享用美味，座下的馬匹在附近吃草，一切都那麼的祥和。

此時向東八十里開外的官道上，袁紹正焦急地騎在馬背上，看到前方又有一道屍體堆積的小山在燃燒，官道兩側也都被烈火所焚燒，乾枯易燃的植物全部被大火所吞噬，他的心裡就一陣窩火。

顏良、文醜更是罵罵咧咧的，兩人的臉都被熏黑了，讓他們氣得叫道：「狗日的！誰他娘的那麼缺德，居然這樣每隔十里就設下一道障礙？」

顏良脾氣暴躁，掄著手中的大刀朝一邊的枯樹砍了下來，刀鋒過處，那顆枯樹立刻被斬成兩端，向一邊歪倒了過去，「要是讓我知道是哪個王八蛋如此亂來，老子非砍下他的腦袋不可！」

袁紹也是一臉怒容，他好不容易帶著騎兵從狹窄的官道上率先擠了出來，本想直撲洛陽，哪知道會遇到這種情況。不過他也不是什麼好鳥，他所過之處，又命令士兵在後面也用這種方法設下路障，阻滯了其餘聯軍的追擊，同時他也借助自己盟主的身分，下令與他同行的公孫瓚、陶謙去支援敖倉，這樣一來，就只剩下他這一路兵馬了。

「主公，據斥候回報，最早衝出虎牢關西門的只有四路兵馬，呂布、曹操、高飛和孫堅，來的時候，曹操的步兵被李典、樂進帶著朝敖倉去了，看來是曹操讓他們去敖倉的，這樣就說明曹操也去了敖倉。這樣一來，去洛陽的也就只有呂布、高飛和孫堅了。去軒轅關的路上也有兵馬經過，應該是董卓派去支援軒轅關的，因為沒人會願意在這個時候去幫助劉表、孔伷。」袁紹身邊一位身穿勁裝的中年漢子，看上去既有一番儒雅，又有幾分威嚴，拱手對袁紹道。

袁紹哼了聲道：「呂布有勇無謀，孫堅剛而不智，能幹出這種事情的，也只有高飛了。」

那中年漢子繼續道：「看來是高飛想阻止後面的聯軍進入洛陽，他想和呂布、孫堅獨吞這份驅逐董卓的大功。一旦董卓被緊緊咬住，肯定不會回洛陽，到時候他們三個要是挾天子以令諸侯，那主公可就要事事聽他們的了。」

「審配，你說該怎麼辦？」袁紹心裡也有一絲憂慮，急忙問那中年漢子。

那中年漢子便是**審配，是袁紹的智囊中文武雙全的一個**，既能上陣打仗，又能出謀劃策，所以袁紹經常將他帶在身邊，對他的信任也大過其他人。

審配字正南，是冀州魏郡人士，袁紹被董卓擊退時，屯兵在河內，他便主動前來投靠，和汝南、潁川中的士大夫平起平坐，被袁紹列為座上賓，和辛評、郭圖、辛毗、陳琳等人同為袁紹智囊。

審配捋了捋下巴上的青鬚，呵呵笑道：「主公勿憂，袁公路並無心進攻三輔，早有消息傳來，說袁公路已經暗中殺了南陽太守，並且和劉繇、袁遺等人屯兵在陽人，和劉表暗中遙相呼應，南路軍的那點小心思早已經不言而喻。只要他們一得知董卓兵敗虎牢，必然會猛攻牛輔駐守的三關，殺入洛陽。主公只需將這個消息送達給袁公路，袁公路必然能夠乘勢而進，比之層層設防的這條道路來說要順暢得多。一旦袁術和劉表的大軍開進洛陽，以主公之聲望，必然能夠再一次控制大局。」

袁紹聽後，尚有一些擔心，因為他很清楚袁術的個性，一旦他進了洛陽，就會順勢控制大權，而將他晾在一邊。這個同父異母的弟弟，既讓他頭疼，又讓他忌憚，他如今率部追擊到此，已經到了進退兩難的地步，但是自己尚且猶豫不定，不知道該怎麼樣做才好。

審配似乎看出袁紹的擔心，繼續道：「主公心中的憂慮也不無道理，但要想阻止高飛、呂布、孫堅先進洛陽，唯有依靠這個方法了。劉表自守之徒，沒有什麼太大的野心，袁術雖然和主公有點嫌隙，但畢竟是主公的弟弟，再怎麼說，這肥水也不能留到外人田裡。

「主公如果還擔心的話，就派顏良帶一千輕騎去袁術那裡協同作戰，只要進入洛陽，城中的官吏一看到顏良就會知道是主公到了，到時候顏良也可以乘勢控制住城中的局面，畢竟城裡心向主公的居多，而心向袁術的卻很少。主公以為這樣的法子可行否？」

袁紹的缺點就是優柔寡斷，正因如此，看透袁紹缺點的審配才能適時的進諫。

正好袁紹身邊沒有其他謀士的意見干擾，對他更為依賴，想了好一會兒，便對審配道：「正南，就照你說的辦，立刻讓顏良帶一千輕騎抄小路直奔陽人，不過，要避過軒轅關，不能讓劉表知道。」

審配笑了笑，替袁紹喚來顏良，將事情吩咐下去。

顏良接到命令後，便帶著一千輕騎走了，文醜則帶著部下清理前方的障礙。

烈日高懸，陽光普照，大地處處冒起了滾滾的黑煙。

在前往洛陽的官道上，高飛帶著吃飽喝足的士兵再次上路，因為派出的斥候來報，呂布已經成功突破了偃師，董卓在馬騰、韓遂、郭汜的護衛下不斷後撤；同時，斥候也打聽到李儒帶著張濟、樊稠、楊奉重兵把守敖倉的消息。

高飛為了保持和呂布的距離，並不急著追趕，因為在前方的道路上，將有一段險要的山路，他讓呂布當螳螂，自己當黃雀，一步步地逼向了洛陽。

黑夜籠罩了大地，高飛帶領著自己的兵馬緊緊地跟隨著呂布，一直保持在二十里的間隔，並且不斷派出斥候到前方打探消息，沿途經過的地方也越來越濃烈地聞到了血腥味，甚至還能在死人堆裡扒出一些受了重傷奄奄一息的並州兵。

高飛留下隨軍的軍醫負責照料傷患，並且派遣一百名士兵進行護衛，讓他們慢慢地跟隨在後面，將傷患抬到洛陽。

連續一天的走走停停，士兵都得到了充分的休息，此時每個人的心裡都已經做好了戰鬥的準備。

高飛坐在官道邊上的樹林裡，背靠著一棵大樹休息，抬頭看了看天空中掛著清寒的月亮，微風拂面吹過，他感到了一絲涼意，樹葉也變得暗黃，自然脫落了下來。

「已經八月中旬了，必須儘快結束這些事回到幽州，在外面待得越久，我對幽州就越不放心。」高飛像是自言自語，又像是在對誰說著什麼。

賈詡聽了，對高飛道：「主公，再一個月就能夠回到幽州了，如今我們已經走了幾百里路，離洛陽也越來越近，明天一早必然能夠兵臨洛陽城下。」

高飛道：「子龍，沿途一共收集了多少錢？」

趙雲站在高飛的背後，一身俊朗的他，此時臉上也沾上了些滄桑，躬身道：「不是太多，只收集了幾十萬，這些西涼兵的身上很少有帶錢的，這些還是從毀棄的輜重車上翻出來的。」

「幾十萬錢不過是幾十斤金子而已，看來董卓沒少剋扣軍餉，現在正處於戰爭的時候，洛陽的物價肯定飛漲，這幾十斤金子根本不夠我們給馬匹買草料的。算了，不用再設路障了，也不用再去收集錢財了，再休息一會兒，我們就全軍進發，也是時候去幫助呂布的並州兵了。」高飛令道。

又歇息了一會兒，在高飛一聲令下之後，眾人上馬朝前奔馳而去。越朝前走，越能感覺到前方的死亡氣息。

前方五里處，有一個小村莊，村莊四周著火，一撥西涼兵被包圍在村莊裡突圍不出，而呂布所率領的西涼兵則在外圍不停地朝村莊裡扔火把，凡是看見有人從村莊裡出來，就通通射殺。

火光沖天，並州兵疲憊的臉上露著恐怖的表情，在火光的映照下，每個人臉上都是斑斕的紅色，讓人看了感到十分的驚怖，**彷彿這是一支來自地獄的騎兵，是來到人間散布死亡的。**

「給我燒！」呂布揮著方天畫戟，毒蛇一般的雙眸裡射出的目光足以殺死一切，他親自彎弓射箭，只要看見有人從火海中衝出來，不管對方是誰，他都一箭朝那人的面門射去，將他一箭射進火海裡，任由那烈火將其焚燒。

火海中，西涼兵各個如同驚弓之鳥，拼死向外衝殺，一些人被烈火焚身，還爭先恐後的從村莊裡衝出來，不是為了活，而是為了求得一個解脫。

慘叫聲不絕於耳，痛苦的呻吟聲也夾雜其中，熊熊大火以燎原之勢開始向外擴散，讓火勢變得越來越大，只過了一小會兒功夫，火海便將整個村莊吞噬，西涼兵掙扎著從火海中爬出來，燒得焦黑的手臂伸到一半便不再動彈，僵硬在那裡，被烈火逐漸吞噬。

很快，村莊裡再也聽不見喊聲，只聽見烈火焚燒的劈裡啪啦的聲音，以及燒焦的糊味。

這時，高飛的部隊才趕到這片火光沖天的地方，看到呂布集結了剩餘的五六千並州騎兵，便招手喊道：「奉先兄，請留步！」

呂布正要出發，見後面的官道上追來一撥軍隊，回頭看見是高飛，便調轉馬頭，迎了上去：「原來是高將軍，不知高將軍為何來得如此遲緩？」

高飛看了看那片被烈火吞噬的村莊，和橫七豎八躺著的西涼兵的屍體，便已經知道了戰況。朝呂布拱手道：「奉先兄勿怪，我一路追了過來，然而沿途屍體遍地，我必須進行一番處理，否則的話，要是引發了瘟疫，那就大大的不妙了，而且我還收留了不少奉先兄的傷兵，所以來得較為遲緩。」

呂布仗著自己一身的武勇，率領高順、曹性、薛蘭、李封四人一路追殺到此，雖然遇到董卓軍的層層堵截，但是並沒有太多的危險，他率領的並州健兒如同虎狼一般撲向了驚慌的西涼兵，總是以風捲殘雲之勢進行突破。

好不容易追擊到此處，竟然中了郭汜的埋伏，被一萬步兵包圍在村裡，他指揮若定，率軍突圍，郭汜見狀逃之夭夭，於是他反過來將這支群龍無首的隊伍全部驅趕到村莊內，放火全部燒死。

他見高飛身後所帶的人也都是精銳，便朗聲道：「既然來了，那我們就合力追擊董卓，董卓在馬騰、韓遂的保護下，提前一個時辰走了，只要我們現在馬不停蹄的追趕，天亮的時候，必然能夠追擊到洛陽城下，不管董卓進不進洛陽，我都有把握讓其潰敗，因為我已經掌握了西涼兵的弱點。」

高飛很明白，西涼兵的弱點就是太過分散，紀律不是很好，而且只要公認的統帥一死，剩下的小帥就會相互不服，這也就等於群龍無首，對付這樣的軍隊，根本費不了多大的氣力，只需擺出陣勢，以堅決的氣勢打擊發號施令的人就可以了。加上西涼兵還在潰敗的途中，這就更加讓其軍心渙散，難怪呂布會以一萬多的騎兵追擊數倍於他的敵人尚立於不敗之地。

「好，那我們就合兵一處，追擊董卓，一舉攻克洛陽。」高飛爽快地道。強強聯合的結果就只有勝利，至於勝利之後的事，高飛早已規劃好了。

呂布臉上突然變色，吼道：「不！一定要殺了董卓！不殺董卓，我這番追擊

就沒有任何意義了。」

高飛道：「行，先到洛陽，董卓馬步軍一起退，一定跑不遠。我們只需在後面悄悄尾隨就可以了，不必……」

「必須全速追擊，董卓已經沒有步兵了，剩餘的全是騎兵，是馬騰和韓遂從涼州帶來的羌胡騎兵，大部分的步兵都去駐守敖倉了。」呂布調轉馬頭，對高飛道：「高將軍，你的兵少，請跟在我的後面，前方遇到戰事時，我打頭陣，你收尾，我們合力到洛陽城下。」

高飛聽了以後沒有反對，既然自己不用損兵折將，他自然求之不得，而且他的心思只在洛陽，殺不殺董卓對他沒有任何差別。

商議完，呂布帶著高順、曹性、薛蘭、李封四人，和剩餘不到六千的並州騎兵奔跑在官道的最前面，高飛則帶著趙雲等部下跟在呂布的後面。

大軍開動，滾雷般的馬蹄聲在官道上響個不停，給人一種極度的壓迫感。

本以為沿途會遇到西涼兵再進行堵截，哪知連續奔出二三十里，連個人影都沒有見到。呂布的心裡很納悶，疑心一閃而過，換來的則是極度的輕蔑，一想起董卓就在前方，他的心裡就歡喜的不得了，似乎已經看到董卓的腦袋在自己手中拎著一樣。

高飛也覺得很可疑，他不知道發生了什麼事，但是**他可以肯定，一定是什麼事讓董卓無法進行分兵防禦，又或是在搞什麼陰謀、埋伏之類的**。他派趙雲去提醒前軍的呂布，哪知呂布根本不在乎，只管一味的衝鋒。

趙雲從前軍回來後，對高飛道：「主公，呂布那廝太過驕狂，說什麼不必主公瞎操心，還讓我回來告訴主公，好好的跟在後面撿便宜就是了。」

「哼！」太史慈聽後，氣得哇哇大叫，「王八羔子！他以為他是誰，不過是匹夫一個，怎麼能和主公相提並論？有機會，我一定要親手斬了他的腦袋。」

賈詡急忙道：「子義，小聲點，前面不遠就是並州兵，被他們聽見了不好。」

高飛道：「算了，反正我也沒想出力，本來我就是跟在他後面撿便宜的，他既然不擔心，那我也沒什麼好說的了，現在大家都提高警覺，若是真有埋伏，一般不會襲擊前軍，而是襲擊中軍和後軍，讓全軍小心點。」

命令傳達下去，全軍小心戒備著，可是又奔馳了一段路，眼看天色就要大亮了，還是沒有遇到一點董卓軍的埋伏，讓高飛的心裡一直覺得很奇怪。

當東方露出魚肚白的時候，呂布、高飛已經追擊到洛陽境內，在經過伊水時，呂布、高飛的聯軍見到了最為悲慘的一幕。

伊水的河岸上已經成了血色的地帶，人和馬匹的屍體散布在河岸兩側，鮮血將河岸染成一片血紅，到處都是斷裂的兵器、箭矢，尚有許多屍體還在河中漂浮，沿著河流向下游漂去。

呂布看到這一幕，立刻止住了軍隊的前進，他不明白發生了什麼事，按照追擊的速度，他的軍隊應該是第一個到達這裡的。帶著一絲疑惑，呂布迅速讓人叫來了在後面的高飛。

高飛帶著賈詡奔馳到前軍，讓趙雲、太史慈壓陣。兩人一到前軍，看到伊水河的那一幕幕慘狀，都頗為吃驚。

「高將軍，死的大部分是董卓的西涼兵，其中也有不少是聯軍中的士兵，我們辛辛苦苦的追擊董卓到此，可以說沒有人比我們先到達這裡，為什麼這裡會如此情景？」

呂布將手中方天畫戟一揮，指著河岸的屍體，大聲地問道：「我只想搞清楚，**這些聯軍到底是從哪裡冒出來的，又是誰的兵馬？**」

高飛仔細地看了看河岸上的屍體，確實有不少士兵手臂上纏著橙紅色的布帶，布帶上繡著一個「漢」字，這是會盟時，聯軍士兵統一的象徵。

他看了眼背後的賈詡，眼裡充滿疑惑，急需賈詡幫他找出答案。

賈詡立刻在腦海中搜尋著相關的情報，再綜合聯軍中各路兵馬的特徵，又聯繫這一路上的事，張大了嘴，驚訝地道：「是**南路軍**……沒錯，是南路軍的兵馬……」

呂布大吃一驚：「南路軍？南路軍的兵馬為什麼會出現在這裡？劉表在軒轅關，袁術在武關，離這裡都有一定距離，而且董卓兵敗虎牢關不過是兩天前的事，就算前去通知的話，攻打軒轅關、大谷關、伊闕關也十分費力，為什麼南路軍的兵馬會在趕在我們的前頭？」

高飛一聽這話，腦子迅速地運轉起來，指著伊水上游道：「上游不遠處便是伊闕關，**看來是南路軍已經突破了伊闕關，現在當務之急就是趕緊追過去，絕對不能讓南路軍先進入洛陽，否則我們的努力就等於白費了。**」

呂布立刻喊道：「全軍前進！」

一聲令下後，呂布、高飛合兵一處的八千多騎兵便一起向洛陽方向而去，迅速地越過伊水河上的石橋，一撥人馬不停蹄地向前追趕。

又向前追擊了不到十里，呂布、高飛沿途見到的屍體也越來越多。當高飛看到其中有一些孫堅軍士兵的屍體時，突然恍然大悟，這才知道為什麼南路軍的劉表會突破軒轅關。

前方傳來嘈雜的聲音，官道和官道兩邊的田野裡，人山人海的黑壓壓的一片，聯軍的騎兵正在和董卓的西涼兵進行交戰，人影晃動中，孫堅所帶領的騎兵猶如一把利刃狠狠地插進西涼兵的心臟。

孫堅的右翼是劉表的部下，一員四十多歲軍司馬打扮的人，掄著一口鳳嘴刀，身後兩個年輕的漢子護衛其左右，一個舉著一桿長槍，另一個舞著雙刀，三個人配合默契，所過之處如同砍瓜切菜一般，很快便衝入了西涼騎兵的陣營裡，雖然被包圍在其中，仍然不露破綻，反殺死不少前來圍攻的西涼兵，硬是在西涼兵中間殺出一番天地。

孫堅左翼的兵馬都打著「袁」字的旗號，袁紹帳下的顏良，和袁術帳下的紀靈帶著自己的部下合力衝擊前方的西涼兵，將左翼的兵馬驅趕得節節敗退。

在左、中、右三支前鋒的猛烈打擊下，袁術、劉表二人並肩騎在馬背上，互有芥蒂的怒目相視，身邊的孔伷、袁遺、劉繇等人則都是一副幸災樂禍的樣子，身邊環繞的諸位將領誰也沒有動，只是眼睜睜地看著前方三支前鋒隊伍進行衝鋒。

第十章
鐵三角

黃忠本屬劉表，會盟時大軍屯在潁川，文聘、陳到便來投軍，劉表將黃忠編入了黃祖的前軍，讓他負責衝鋒陷陣，在攻打軒轅關的時候，黃忠和文聘、陳到配合默契，很快便形成了鐵三角，一路攻來所向披靡，也深受黃祖嫉恨。

呂布座下的赤兔馬快，早已經撇開了自己的部下，和高飛等人飛馳出去，一看到這一幕，便來到袁術、劉表等人的面前，一拉馬韁，大聲暴喝道：「前方戰士正在奮力廝殺，汝等卻在這裡悠哉悠哉，為何不指揮全軍衝殺過去？萬一董卓跑了……」

袁術、劉表都是孤高之人，見呂布從背後閃了出來，略略地吃了一驚，聽呂布痛斥他們不全力拼殺，臉上都現出不悅之色。

呂布出身低微，袁術根本不把他放在眼裡，立刻打斷呂布的話，道：「呂奉先，你這個賣主求榮的下流胚子，算個什麼東西？也敢在這裡來指責我？快快滾開……」

袁術這句話一說出口不要緊，徹底激怒了呂布，但見呂布臉上殺機顯現，毫無預兆地掄起大戟便朝袁術的頭上砸了過去。

「啊！」袁術嚇了一跳，他沒想到呂布會來殺他，眼看那大戟便要落在自己的身上，早已嚇得魂飛魄散，不覺地叫出一聲殺豬般的喊聲。

「噹——」

就在電光石火間，袁術背後一員年輕偏將持著一口大刀，擋了下來道：「不許傷害袁大人！」

袁術背後的其他諸將也在這個時候一起衝了出來，將呂布團團圍住，袁術、劉表則在其餘人的保護下向後緩緩退卻，除了袁術外，其他人的心裡都是一陣竊喜。

呂布見自己的奮力一擊居然被一員年輕小將給擋了下來，而且格擋的恰到好處，甚至看不見手臂上有絲毫的顫動，而周圍又被袁術的幾員將領給圍住了，他便收起了方天畫戟，打量一下那員小將，一臉冷漠地道：

「好小子，居然能夠擋下我這一戟，身手還算不錯，你叫什麼名字，我呂布不殺無名之輩。」

那小將一身的英氣，威武逼人，手臂也十分的粗壯，面如重棗，雙眸中射出道道精光，十分有神。他將手中大刀一橫，喝道：

「某乃義陽人魏延是也！」

「魏延……」呂布冷笑一聲，狂傲的眼神露出幾許殺機，道：「很好，你壞了我的好事，我絕饒不了你……」

話音未落，呂布雙腿一夾馬肚，手中方天畫戟一揮，一招橫掃千軍，戟風所過之處鮮血四濺。

他四周的幾員袁術手下的將領全部被刺破了喉嚨，紛紛從馬上墜落下來，倒在地上，雙手按住喉嚨，卻止不住向外噴湧的鮮血，掙扎了一會兒，便不再動彈。

魏延大吃一驚，因為他根本沒有看到呂布是什麼時候出手的，只覺得血濺在他的臉上，竟是幾條人命就沒了。

呂布一臉的奸笑，舉起帶血的方天畫戟，伸出猩紅的舌頭，舔舐了一下畫戟上的血絲，直勾勾地盯著前方的魏延，道：「這次該輪到你了……」

魏延心跳不止，感覺就要撐破胸廓一樣，臉上也滲出冷汗，看著呂布，握著刀的手也有點顫抖了。

他剛剛學成武藝出山，還是第一次上戰場，連個人都沒殺過。流落到南陽的時候，見袁術帶著聯軍經過，便主動央求加入，因為他人看上去極有威嚴，便被袁術調來當親兵隊長，一直護衛在袁術左右。沒想到剛出道便碰到如此厲害的角色。

呂布臉上帶著興奮，彷彿一會兒魏延的腦袋就能被拴在他的馬背上一樣，舉起手中的畫戟，向魏延揮了過去。

魏延眼見呂布手中畫戟落下，因為太過恐懼，整個人竟然呆在那裡動彈不得，像是任由呂布揮砍一樣。

他渴望活下去，**渴望變成了求生的欲望**，使他驅趕心中的恐懼，當下大喝一聲，用手中的大刀擋住了呂布的畫戟。

「噹——」一聲巨響後，魏延看到自己擋下了呂布的一戟，恐懼在瞬間消失，開始舞動手中的大刀，將平生所學全部施展起來，開始了他出道以來的第一次試煉。

呂布吃了一驚，本以為對方只是個力氣大的壯漢，哪知他手中的大刀被舞動的毫無破綻，讓他只能招架，無法尋機反擊。心中不禁想道：「怎麼又碰上一個棘手的人？」

前方三支先鋒隊伍正在激戰，後面高飛一馬當先，帶領著並州兵和自己的部下向前追趕呂布，而此時，呂布和魏延正在進行著激烈的對決。

袁術、劉表等人看到呂布在和魏延打鬥，都很是興奮。

在袁術的心裡，他希望魏延最好能一刀解決了呂布那小子；在劉表的心裡，則希望呂布快點殺死魏延，然後衝到袁術面前，將袁術也一起殺掉；而在劉繇、孔伷、袁遺等人的心裡，則事不關己高高掛起，誰殺誰，他們都不關心。

「噹、錚」兵器交鋒聲響個不停，魏延大刀耍得虎虎生威，將平生所學的刀法一口氣全部施展了出來，華麗而又毫無破綻。

呂布一邊遮擋，一邊尋找魏延的破綻，卻發現對面那傢伙的刀法很是縝密，如果是在兩馬對決的衝鋒時，或許他幾個回合便能找出對方的破綻，可是在這種近身的搏鬥中，對方所施展的招數連綿不絕，彷彿就是他一個人在表演一樣。

六招過後，呂布已經無法忍耐這種受人逼迫的形勢了，在他的印象中，從來只有他逼迫別人，沒有人能逼迫他。

他臉上當即變色，大聲喝道：「小子，玩夠了，該做個了結了！」

魏延根本不理睬呂布，他聽說了呂布在虎牢關的事蹟，「人中呂布，馬中赤兔」，他剛出道就能和這樣一流的武將交手，實在是太讓他興奮了，因而對呂布的喊聲充耳不聞。

呂布見魏延根本不理睬他，更是大怒，「駕」的一聲大喝，將畫戟用力一揮，朝魏延衝了過去，身上的氣勢比剛才增長了不知道多少倍，同時手中施展一招螺旋突刺，期望一擊必殺。

魏延雖然聰明好學，可是這種馬上對戰是他的弱項，因為他家裡窮，根本買不起一匹戰馬，從小練習的時候，騎的是慢吞吞的水牛，直到他投效袁術的軍隊後才開始騎馬。

他見呂布來勢凶猛，而且速度極快，他根本無法算定自己該何時出手，正猶豫不決的時候，突然見呂布畫戟呈螺旋狀向他刺來，臉上一陣驚愕，急忙舉起大刀防禦。

電光石火間，生出一聲巨響，呂布臉上洋溢著自信的笑容，畫戟的尖上帶著血跡，幾滴濃稠的血隨風飄散。

兩馬分開後，魏延的左臂上出現一個長長的口子，鮮血染紅了整條臂膀，他沒有叫喊，忍住身上的疼痛。

回想剛才的對決，當他掄刀去遮擋時，卻發現呂布中途突然變招，螺旋突刺戛然而止，換來的是一戟猶如倒掛羚羊犄角式的攻擊，本來他可以一戟刺中他的要害，卻不知為何只是單純地劃傷了他的臂膀。

呂布已經調轉了馬頭，看著還有點稚嫩的魏延，笑道：「你是不是很奇怪，我為什麼沒有殺你？」

魏延點點頭。

「很簡單，我要一招一招的殺死你，慢慢地折磨你，然後再砍下你的人頭，去殺袁術！」呂布在說話時，眼睛同時瞟了眼遠處的袁術和劉表。

袁術、劉表從一開始就沒打算拼全力的去擊退董卓，只是來湊熱鬧而已，全天下的人都來了，他們若是不來，就無法彰顯他們的地位。所以，**這兩人從一開

始就是呂布眼中所厭惡的膽小鬼，懦弱的敗類，本來無怨無仇，卻在剛才到來的時候被袁術、劉表所輕看，便起了殺心。

袁術已經被團團圍住，劉表似乎感應到呂布的殺機，當即對身後的蔡瑁道：「快派人去通知黃忠，讓他退下來迎戰呂布，那呂布虎狼一般的人，連他義父都敢殺，萬一他殺了袁術，很有可能連我一起殺了。你讓張允帶人堵住後面，千萬別放呂布的兵馬過來，前方有黃祖指揮即可！」

蔡瑁是劉表妻子的哥哥，算是劉表的大舅子，頗受劉表重用，一聽到劉表的吩咐，立刻派人去通知在右翼殺敵的黃忠。

呂布又一次地朝魏延撲了過去，魏延也不退縮，或許說，他根本無法退縮，因為騎術不精，根本逃脫不掉呂布座下赤兔馬的追逐，只能硬著頭皮上了。

蔡瑁按照劉表的吩咐，快速飛奔到右翼的戰場，來到前方負責指揮戰鬥的黃祖身邊，道：「主公有令，讓前軍司馬黃忠退出戰場，迎戰呂布……」

說話時他四處張望了一下，卻不見黃忠身影，喝問道：「黃忠何在？」

黃祖指著西涼兵右翼當中的三名將軍，對蔡瑁道：「前方敵陣中那個年長者便是，他是我前軍先鋒猛將，正與文聘、陳到奮力殺賊，怎麼可以隨便退出？萬一……」

「大膽，這是主公的命令，你豈敢違抗？快傳令，讓他退下來，文聘、陳到一起退下，護衛主公左右！」蔡中拿著雞毛當令箭，毫不客氣地對黃祖道。

黃祖心中頗為不平，可是蔡氏深得劉表信任，他雖然和劉表交厚，也得敬讓三分，當即對身邊的兩員偏將道：「甘寧、蘇飛，你們兩個人帶兵衝陣，去將黃忠、文聘、陳到替換下來。」

被喚作甘寧的那個人，一身的肌肉，腰中懸著一串銅鈴，身上披著一件類似帆布的戰袍，手中握著長刀，一聽到黃祖的命令，臉上立刻露出無比的猙獰拍馬而出，身形晃動時，身上的銅鈴響個不停，所過之處，劉表部下紛紛驚恐地避讓。

蘇飛留著兩撇八字鬍，看到甘寧直接衝了出去，掄著手中大刀，大叫道：「興霸，等等我！」

前方戰場上的劉表部下一聽到銅鈴聲響，回頭望見甘寧一馬當先的衝了過來，都不禁驚道：「巾帆賊來了，快快避讓！」

西涼兵的包圍當中，那員手持鳳嘴刀的四十多歲漢子便是**黃忠**，鬚髮略微花白，面色紅潤，雙目炯炯有神，身體魁梧健壯，正揮刀砍殺西涼兵，刀鋒所過之處，人頭盡皆落地。

黃忠身邊尚有兩員年輕小將，持著長槍的那個人叫**文聘**，精瘦幹練；握著雙刀的叫**陳到**，孔武有力，三個人十分默契地配合在一起，三匹馬，三個人，三種兵器，硬是將周圍的西涼兵殺得魂飛魄散。

突然，三人一起聽到了銅鈴的響聲，心中都為之一震，互相使了個眼色，紛紛彼此靠近。

「黃將軍這個時候派巾帆賊前來，到底意欲何為？」黃忠臉上皺紋縱橫，一皺起眉頭來，更顯得老氣橫秋，問道。

文聘、陳到齊聲道：「大人，巾帆賊前來，必然是來搶功的！」

黃忠道：「未必，黃將軍絕不會輕易派出巾帆賊，此番派來，必然有要事，往回殺，迎上巾帆賊，看看到底有什麼事。」

「諾！」文聘、陳到是黃忠帳下的軍侯，自然要聽命於身為前軍司馬的黃忠的命令，當即異口同聲地道。

黃忠、文聘、陳到三人從裡向外殺，甘寧、蘇飛帶著部下從外向裡殺，兩下夾攻，很快便碰了頭。

剛一接頭，甘寧便冷淡地道：「主公有令，讓汝等三人退出戰場，到主公身邊護衛，不得有誤！」

黃忠本屬劉表，武勇過人也為劉表深知，會盟時大軍屯在潁川，文聘、陳到便來投軍，黃忠見這兩個人很武勇，便留在自己的帳下，讓他們兩個當了軍侯。進攻軒轅關時，劉表將黃忠編入了黃祖的前軍，讓他負責衝鋒陷陣，在攻打軒轅關的時候，黃忠和文聘、陳到配合默契，很快便形成了鐵三角，一路攻擊過來，所向披靡，也深受黃祖嫉恨。

黃祖帳下本是水賊的甘寧，因感恩於黃祖的收服，曾經多次向黃忠等人挑釁，黃忠以大局為重，絲毫沒有動怒，而是保持著微妙的關係，所以幾個人之間便不怎麼對盤。

聽到甘寧傳達的命令後，黃忠沒有說什麼，而是對身後的文聘、陳到說道：「撤退！」

就在敵人的陣中，黃忠和甘寧進行了交接，甘寧、蘇飛帶著自己的部下奮力的拼殺。黃忠帶著文聘、陳到退了回來，看到蔡中等在那裡，便直接跟隨蔡中一起向後退去。

黃祖看到幾人被蔡中帶走，心中不免有點不平衡，他每次都將黃忠放在前鋒位置上，就是希望黃忠能夠戰死沙場，哪知道黃忠越戰越勇，名聲也漸漸地大了起來，就連黃忠手下的文聘、陳到也一起跟著走運，受到劉表不少封賞。

他扭頭看了眼甘寧，心中稍微有了些安慰，道：「還好我有甘興霸，至少這顆棋子我不會再拱手讓給別人。」

黃忠被帶回後面之後，便見兩員戰將在互相對峙，年長的一臉得意，年輕的那個則是滿身傷痕，身上至少有四五處傷，雖然不是致命的傷勢，流血過多的話，也足以讓其喪命。

蔡中指著手持方天畫戟的呂布，對黃忠道：「主公命你迎戰呂布，你可有把握？」

黃忠的年紀要比呂布大出十幾歲，呂布正值壯年，他卻已經是垂垂老矣，鬚髮都有點斑白的他絲毫沒有拒絕，一口應道：「就讓老夫好好的會會他，蔡將軍，你且回去轉告主公，有老夫在，可以確保他安全無虞。」

蔡中點點頭，見黃忠年邁，心中有點不放心，也怕折損了黃忠，便對文聘、陳到說道：「你們兩個在此護衛黃司馬，主公那邊自有我等護衛，千萬不可讓黃司馬有任何閃失。」

文聘、陳到「諾」了聲，道：「我等誓死保護黃司馬！」

黃忠擺手道：「不用不用，老夫吃的鹽都比呂布吃的米要多，此等黃口小兒，老夫見多了，不出二十回合，我定然砍下呂布的首級獻給主公。」

蔡中急忙道：「不！主公的意思不是讓你殺他，而是讓他見識見識你的實力，不要再小覷我軍，所以你不能殺他，殺了他，主公無法向天下群雄交代，畢竟呂布現在是並州之主……」

「知道了，知道了……」黃忠不耐煩地道：「煩請蔡將軍轉告主公，老夫一定不負主公所託。」

蔡中點點頭，策馬走了。

黃忠卻站在那裡一動不動，靜靜地看著呂布和魏延的交手，一來想了解呂布如何強悍，二來想看魏延到底能撐到何時。

此時，高飛帶著並州兵馬和本部人馬終於趕了上來。

「終於到了……」高飛長出了一口氣，話音還沒有落下，便見劉表的軍隊突然湧了出來，將整條道路都給封鎖了，張允騎著馬，一臉笑意地從士兵的簇擁下走了出來。

「原來是高將軍，在下乃劉使君帳下都尉張允，見過高將軍。」張允一臉客氣地道。

高飛正遙望前方呂布正在和人打鬥，見張允擋路，還沒來得及說話，便見高

順策馬而出，指著張允道：「快快閃開，否則讓你血濺當場！」

張允看到高順盛氣凌人的氣勢，以及背後那數千名瞪著如同虎狼一般眼神的騎兵，不禁有一點心寒，再見高飛的目光更是凌厲，想想他所帶的全是步兵，萬一真鬧僵，搞不好真的血濺當場了。

劉表的命令固然重要，可是他的性命比劉表的命令還重要，他在氣勢上已經輸了一陣，心想和呂布打鬥的是袁術的人，跟他們沒有任何關聯，當即一抬手，大叫道：「閃開！」

張允的部下剛閃出一條道路，救主心切的高順帶著部下飛也似的朝前跑了過去，高飛也隨即跟了出來，八千多騎兵魚貫前進。

袁術、劉表等人聽到背後傳來滾雷般的馬蹄聲，心中都暗暗一驚，急忙閃在路邊，主動讓道。

一陣塵土飛揚，如同一陣狂風捲過大地，八千多騎兵迅速塞滿了官道，將袁術、劉表等人一分為二。

魏延和呂布又進行了一個回合，身上也隨之多了一處傷口，左臂，背上，腿上一共有六處傷口，每一處傷口都在向外冒血。

魏延的第一次試煉終於以悲慘的一幕收尾，失血過多的他也隨之從馬背上跌了下來，眼睛裡看著的人影都是雙重的。

迷迷糊糊中，魏延看見一團火雲向自己駛來，馬背上的人猙獰著面孔，宛如一個來自地獄的魔鬼一般，舉著那桿森寒鋒利的方天畫戟向他刺來。

他的嘴角露出一抹笑容，看著天空中掛著的烈日，他心裡想：「蒼天啊，難道我魏文長還未成名就要英年早逝了嗎？」

他已經無法動彈，知道呂布的這一戟之下，他必然喪命，他輕輕地閉上了眼睛，卻並不求饒，而是心甘情願的等待著死神的降臨，在他看來，能死在呂布的手上，已經很值得了。

就在他的眼睛即將全部合攏的時候，一聲巨大的兵器碰撞的聲音傳入了耳中，面前也迸裂出些許火花，一柄鳳嘴刀直接擋下了呂布的方天畫戟，就在他的鼻尖上方不足三十公分的距離。他斜眼看了看那持刀的人，是一個鬚髮皆白的人。

呂布抬頭看見是一個四十多歲的老頭，不禁笑了笑，心想這世界變了，前有不怕死的小將，後面又來了一個老卒，居然都敢跟他叫板了。

他借力挑開了對方的鳳嘴刀，見地上的魏延已經無力反抗了，朗聲問道：「老頭！我呂布手下不殺無名之人，速速報上名來！」

「老夫南陽黃忠……」

魏延的耳裡聽到這幾個字，便覺得眼前一黑，什麼也感覺不到了，只將「南陽黃忠」這幾個字在心裡默默地念著。

呂布冷笑一聲，舉起方天畫戟便要進行廝殺，忽然聽到身後有人高喊「住手」，回頭看見是高飛等人帶著騎兵隊伍湧了上來，便暫時收起兵刃，喝問道：「汝等何來太遲？」

高飛一馬當先，見袁術、劉表等人都不再阻攔，也不好說什麼，也搞不清楚呂布在和誰打，當即道：「奉先兄，且住手！」

黃忠見高飛等人湧了上來，便朝文聘、陳到使了個眼色。文聘、陳到會意，立刻將地上昏厥過去的魏延抬到一邊，同時拿走他的兵器、馬匹，進行簡單的包紮救治。

高飛來到呂布面前，看了看面容蒼老卻不失威武的黃忠，急忙問道：「奉先兄，怎麼回事？這老者又是誰？」

「老夫南陽黃忠！」黃忠聽高飛問起姓名，毫不吝嗇地回答了出來，他見高飛身上也有幾分威嚴，卻和呂布稱兄道弟，便反問道：「你又是誰？」

高飛道：「鎮北將軍、遼東太守高飛，見過黃老將軍！」

「老夫不是將軍，只是一個前軍司馬而已，既然是鼎鼎大名的高將軍來了，那你就看好你這個兄弟，他不分青紅皂白，隨意攻殺聯軍武將，此乃不仁不義之舉。」黃忠威武不屈，雖然官職沒其他人高，可是始終保持著一種孤傲。

高飛聽到黃忠的名字，就打定了主意要挖牆角，把黃忠從劉表那裡挖過來。

他看了看，見黃忠身後還有兩員小將，正在給地上一個鮮血淋漓的青年包紮，三個人看起來皆有不俗的容貌，心中歡喜得很。

「哼！袁公路羞辱我在先，我殺他在後，若說不仁不義，也是你家主公在前。」呂布十分的憤怒，指著道路左側的袁術對黃忠吼道。

黃忠「嗯」了聲，似乎承認了袁術的不仁不義，習慣性地捋了捋花白的鬍鬚，緩緩說道：「我家主公是劉表，不是袁術，我是劉表帳下前軍先鋒黃祖部下的前軍司馬。」

呂布這下納悶了，想想劉表和袁術並不和善，為什麼劉表的人會救袁術的人，當即指著受傷不醒的魏延，喝問道：「既然你是劉表的人，為何要救下袁術帳下的那個叫魏延的人？」

高飛見呂布道出魏延的名字，心中一陣莫名的欣喜，看著兩人，彷彿這兩個人已經成了他的手下一樣。

「那叫魏延的是個漢子，與你交手好幾個回合，身上受了好處傷痕，卻從未叫過一聲，老夫佩服他，自然要救下他，如此這般的漢子，假以時日必然能夠成為勇冠天下的大將。」黃忠帶著幾分欣賞的眼光，老實地答道。

呂布正想說什麼，突然聽到前軍傳來一片歡愉聲，「西涼兵敗了」的喊聲傳入他的耳朵。他被這聲音頓時驚醒，想到自己還要殺董卓給丁原報仇，便對高順、曹性、薛蘭、李封喊道：「跟我走，千萬不要放過了董卓老賊！」

他說完，也不管高飛的兵馬，直接帶著部下五千多騎兵追了過去，袁術、劉表等人也不甘落後，紛紛指揮著部隊向前追去，一陣塵土飛揚過後，原本熱鬧非凡的情景只剩下高飛和他的部下，以及黃忠、魏延、文聘、陳到四人。

「主公，各路軍都追擊過去了，我們還不追嗎？」太史慈一臉急躁地問。

賈詡淡然道：「如今已經沒有追擊的必要了，南路軍的突然到來，早已打破我們原先的計畫，而且袁紹也派顏良到來，孫堅也在其中，就算去了洛陽，也是徒勞無益，不如慢慢地跟在後面。」

高飛點點頭道：「軍師說得不錯，命令全軍在這裡休息片刻。」

趙雲「諾」了聲，將命令傳達下去。

高飛看了眼黃忠，拱手道：「老將軍是劉表帳下先鋒，難道不去追擊嗎？」

黃忠嘆道：「老夫的部下都已經戰死了，就剩下我和文聘、陳到三個人，黃祖軍中自有巾帆賊先鋒，我就不去了，他們也好奪取功勞。」

高飛看了看那兩個正在給魏延包紮的文聘、陳到，又聽黃忠說起巾帆賊，心裡悵然道：「劉表帳下能將不少啊，黃忠、文聘、陳到還有一個巾帆賊甘寧，只可惜劉表不能知人善任。黃忠不過才區區一個前軍司馬，文聘、陳到也是軍侯打扮，想必甘寧的官職也大不到哪裡去，再加上這個死活都無人問津的魏延，我都要統統挖到我的陣營裡來。」

高飛便拱手對黃忠道：「黃老將軍勇冠三軍，老當益壯，我高飛實在佩服不已，我軍中正缺少老將軍這樣勇猛無匹的人物，我想請黃老將軍……」

黃忠不等高飛說完，便打斷道：「高將軍，我說過，我只是一個軍司馬，不是將軍。」

高飛笑笑道：「不想當將軍的士兵不是好士兵，黃司馬如此勇猛之人，卻只做到區區前軍司馬，讓我看了實在心寒。我乃大漢鎮北將軍，按照大漢律例，我有權任命帳下的部將為將軍、校尉，雖然是雜號的，可也好過軍司馬。不知道黃司馬能否屈尊到我的帳下，出任將軍之職？」

黃忠加入劉表帳下也才不久，加上他不喜歡拉幫結派，在劉表帳下蔡瑁、黃祖兩派中間徘徊，本以為能夠潔身自好，哪知因此得罪了兩派，因而被調離劉表

直屬的軍隊，歸屬到黃祖帳下。

而黃祖也看他不順眼，他雖然知道忠義廉恥，可也不是傻子，能看出劉表不是他最終的歸處。早想另謀他處，卻偏偏遇到了討伐董卓，這才將就著待了下來。

此時，他聽到高飛竭力邀請，想起在劉表那裡的種種，心中已有幾分同意，但是回頭看了眼文聘和陳到，他又猶豫了一下。

文聘和陳到是他招募到軍中的，跟隨他出生入死多時，雖然和兩人相識不長，但是這兩位傑出的後輩卻讓他感到很欣慰。他當即拱手道：「高將軍，且容我想想，請將軍在此稍等片刻。」

高飛臉上一喜，見黃忠有了幾分動容，便道：「我高飛的大門隨時向黃司馬打開，只要黃司馬願意，任何時候都可以來，將軍之位也一定會為黃司馬保留。」

黃忠「嗯」了聲，策馬來到文聘、陳到的身邊，翻身下馬，看了眼魏延，問道：「這個魏延小兄弟怎麼樣了？」

陳到答道：「請大人放心，魏延身子骨硬朗，呂布所造成的傷害也只是皮外傷，只是失血多了點，昏迷過去，調養一些日子就行了。」

黃忠將鳳嘴刀扔到地上，一把攬住文聘和陳到的肩膀，道：「仲業、叔至，你們跟隨老夫出生入死多時，論功勞，早可以擔任軍司馬了，可是劉使君卻只賞賜少許錢財，你們心裡是怎麼想的？」

陳到雖然五大三粗的，卻很精明，一聽黃忠這話，看了眼背後的高飛，心中早已猜到七八分，便道：「大人是不是想另謀出路？」

黃忠點點頭道：「如今我有一個好去處，鎮北將軍、遼東太守高飛想讓我去他的帳下做將軍。高飛的名聲我早有耳聞，此人文武雙全，又治理地方有方，確實是一個難得的好主公。」

「大人，你要走的話，就把我們一起帶走吧，陳叔至願意誓死追隨大人。」陳到朗聲道。

文聘也拱手道：「我也誓死追隨大人！」

黃忠卻道：「不，以你們的才智，絕對不亞於我，你們只是還太年輕，假以時日，必然能夠成為獨當一面的大將，給我當部將太委屈你們了。我已經想好了，既然高飛邀請我去當將軍，你們又願意跟我走，那我就讓高飛把你們一起任命為將軍，這樣才不委屈你們一身的才智。」

陳到、文聘很是感動，除了黃忠對他們有知遇之恩外，更重要的是把他們當兄弟看，而不是一個毛小子，兩人聽了，都熱淚盈眶。

黃忠又道：「如果高飛不同意的話，我就帶你們另投他處，哪裡有讓你們施展才華的地方就去哪裡。我聽說群雄之中，袁紹、曹操的威望最高，如果高飛那裡不成，那我們就去投靠袁紹或者曹操。你們在這裡照料魏延，我去去就來。」

未等陳到、文聘回話，黃忠便轉身朝高飛走了過去，拱手道：「高將軍，如果讓我去你帳下當將軍，也未嘗不可，只是，我這裡還有幾位青年才俊，他們都是才智過人的大將之才，只要假以時日，必定能夠獨當一面。如果高將軍能將他們都任命為將軍的話，老夫自當甘願在高將軍帳下聽用。」

高飛聽後哈哈大笑，一把抓住黃忠的手，歡喜地道：「只要老將軍所舉薦的人，我必然重用，你們全部都來，我高興還來不及呢，區區一個將軍職位，我何吝嗇之有？」

黃忠見高飛答應的爽快，他也爽快地抱拳道：「主公在上，請受屬下一拜！」

微風拂面，陽光普照，高飛臉上笑得同鮮花一般燦爛。他拉著黃忠的手，一起走到文聘、陳到和仍在昏迷中的魏延身邊，看著這三個都很年輕的漢子，心裡實在是不勝歡喜。

「仲業、叔至，從今以後，我們就歸附到高將軍的帳下，你們快來拜見主公！」黃忠舉賢唯能，將部下的文聘、陳到舉薦為將軍，光是這份氣度，就頗有長者風範。

文聘年紀十七，陳到也不過才十八歲，自從跟隨黃忠之後，便被黃忠破格提拔為軍侯，黃忠對他們可說有知遇之恩。

在這樣一個重情重義的時代，知遇之恩幾乎可以和救命之恩相提並論，所以兩人聽到黃忠的話後，立刻朝高飛拜道：「屬下參見主公。」

高飛笑得合不攏嘴，**今日雖然失去了第一個進入洛陽的機會，卻意外得到了黃忠、文聘、陳到三位大將，他沒有什麼好遺憾的。**

老將黃忠這個人自然不用再提，大凡看過三國的人，沒有不知道的。文聘也可以堪稱是一員傑出的將才，一直在劉表帳下，直到曹操南下吞併了荊州，才歸附曹操。

陳到這個人，羅貫中的《三國》裡沒有提及，但是對熟悉三國歷史的高飛來說，自然不陌生。陳到這個人只出現在正史中，劉備為豫州牧時，他前去投靠劉備，後來和趙雲一起擔任劉備的護衛，共同帶領劉備帳下精銳白耳兵。

此人武力可以和趙雲相提並論，蜀漢建國後，他一直率部鎮守永安，防守蜀漢的東大門。這樣一個人物，羅貫中寫《三國》的時候居然把他給漏掉了，實在是抹殺了一個傑出的將才。

細細打量完黃忠、文聘、陳到後，高飛蹲下身子，看著被包紮成像個木乃伊的魏延，關心地道：「魏延傷勢如何？」

陳到回道：「主公放心，只是皮外傷，沒有傷到筋骨，看來呂布是想一點一點的折磨死他。」

魏延也是一代名將，高飛也很看好他，便對黃忠道：「老將軍，魏延昏迷不醒，傷勢雖然沒有什麼大礙，可是也經不起太大的顛簸，我留下一百名騎兵給老將軍，麻煩老將軍帶著他們和受傷的魏延慢慢地朝洛陽方向走。如今董卓敗績，聯軍聲威大震，洛陽城中尚有許多百姓，我怕……」

「主公儘管放心去，也不必留人了，有老夫和叔至、仲業三個人照料魏延即可。魏延雖然是袁術的部下，可是袁術卻連死活都不問，這種人根本不值得魏延為其賣命。魏延也是個大將之才，等他醒過來後，老夫一定勸他歸附主公。」

「這裡荒郊野外的，難免會有西涼兵的餘寇出沒，不留人的話，我也不放心。」高飛看了看周圍的環境，心裡還是有點不放心，當即朝不遠處的趙雲喊道：「子龍！」

趙雲正等候在那裡，聽到高飛叫他，立即翻身下馬，快步走了過來，抱拳道：「主公有何吩咐？」

「留下三百騎兵，歸老將軍指揮，你和子義、軍師帶著剩餘的人跟我前往洛陽，我還有一件很重要的事情要去辦。」

趙雲「諾」了一聲後，當即安排人去了，留下了三個屯長，各自帶領著一屯的兄弟，讓他們聽從黃忠指揮。

高飛和黃忠、文聘、陳到又寒暄了幾句，這才帶著趙雲一行人快速向洛陽而去。

大軍走後，黃忠便對文聘、陳到笑道：「老夫這輩子閱人無數，還是頭一遭看到如此雷厲風行的人物，而且主公談吐不凡，對我等也禮遇有加，比之劉表要顯得有氣度多了，看來我這把老骨頭，以後就要在北方大地上一展拳腳了。」

文聘擔心道：「大人，我們就這樣走了，劉表那邊該如何交代？」

陳到忿忿不平地道：「劉表任人唯親，蔡氏一門盡皆掌控荊州大權，大人一直受到蔡瑁、黃祖兩人的排擠，劉表雖然知道大人有將才，卻不能任用，這樣的主公，不跟也罷。」

黃忠道：「話雖如此，可是老夫畢竟曾經在劉表帳下為將，再說劉表對老夫還算不薄，如果就這樣不吭一聲就離開了，恐怕會被別人罵老夫是無義之人。這樣吧，等到了洛陽，老夫寫一封信，讓人送到劉表那裡即可，也算是給劉表有個交代了。」

陳到、文聘點點頭，沒有再說什麼。

「咳咳咳……」

一直昏迷的魏延突然咳嗽起來，緩緩地睜開了眼睛，看到一位鬚髮皆白的老者立在自己眼前，動了一下嘴唇，虛弱地問道：「我死了嗎？」

「死？還早著呢。」黃忠看到魏延醒了過來，急忙安慰道：「好好躺著，別亂動，你全身上下都受了傷，雖然沒什麼大礙，可是失血太多，需要靜養。」

魏延視線逐漸變得清晰起來，看到黃忠的臉，想起了從呂布的大戟下面將他救下來的人，當即問道：「是你……你是南陽的黃忠嗎？」

「嗯，老夫正是黃忠，字漢升。」

魏延又咳了幾下，努力想讓自己坐起來，卻發現自己全身都被捆綁了起來，加上傷口帶來的傷痛，讓他無法動彈，只能躺在地上，有氣無力地說道：「黃老將軍，多謝你救了我……」

「舉手之勞，何足掛齒。」黃忠一臉的和藹，長者風範再次展現，給人一種安詳感，道：「魏小友，袁術帶著兵馬已經離開了，似乎並不在乎你的死活，我看你也別傻傻地跟著袁術了，那種人不值得你為他賣命。你有大將之才，我家主公又是愛才之人，不如你到我家主公帳下效力如何？」

「是劉……劉表嗎？」魏延的印象中，黃忠是劉表的部下，便道。

黃忠笑道：「那都是過去的事了，我現在的主公是鎮北將軍、遼東太守高飛，你可願意到我家主公帳下效力嗎？」

「老將軍對我有救命之恩，只要是老將軍說的話，我魏延自當聽從，而且高將軍的大名我也久有耳聞，本來早想去投靠的，卻恨相隔太遠，道路不通，只能暫時到袁術帳下屈尊。只是，不知道高將軍願不願意收留我？」

黃忠笑道：「放心，主公早就發話了，讓我們好生照顧你，而且主公也有心讓你到帳下為將，只是當時你昏迷了過去。」

魏延歡喜地道：「真的嗎？那真是太好了……咳咳咳……」

隨後黃忠等人又休息了片刻，便帶著文聘、陳到、魏延和三百騎兵緩緩地朝洛陽駛去。

與此同時，在洛陽城外五里的地帶上，董卓為了逃跑，布置下最後一道防線，讓韓遂、郭汜帶兵負責堵截，自己則由弟弟董旻和馬騰護衛著向西逃竄，連洛陽城都來不及進。

聯軍中的孫堅部是一馬當先，一千騎兵死傷過半，卻仍然衝在最前面，但是由於兵力太弱，很快便被郭汜給包圍起來，若不是呂布帶領並州兵及時趕到，估計孫堅就會全軍覆沒了。

袁術軍的紀靈、袁紹軍的顏良、劉表軍的甘寧，都帶著各自的部下追擊而來，一陣猛攻窮打，士氣高昂的聯軍衝破了郭汜的防線，郭汜本人也被孫堅在亂軍中砍下了頭顱。

劉表、袁術、劉繇、袁遺、孔伷等人帶著部下緊緊地跟著前軍先鋒，親眼見呂布帶領的並州騎兵如虎狼一般在西涼兵中間肆虐，殺得西涼兵哭爹喊娘，人人喪膽，風頭一下子便蓋住了其他各路兵馬。

袁術遠遠地看去，不禁吞了口口水，想到剛才自己激怒了呂布，若非是魏延擋住，他早就死了，如今看到並州兵如此嗜血和能征善戰，驚顫不已。

劉表的額頭上也是捏了一把冷汗，他暗自慶幸，還好當時張允沒有照他的吩咐去做，否則真和並州兵鬧起來，他的幾萬人馬肯定會被呂布的幾千騎兵禍害得不成樣子。

看到呂布軍的驍勇，劉表的心裡暗想道：「以後再也不惹呂布了……」

韓遂帶來的兵馬可謂是生力軍，比郭汜的兵馬要稍強那麼一點，兩萬騎兵在郊外擺開了箭矢形狀，騎兵一波接一波的衝向聯軍，試圖做最後的一次抵抗。

激戰在洛陽城外進行，雙方人馬殺得昏天暗地。

不多時，高飛帶領兵馬趕了上來，看到劉表、袁術等人帶著大部隊在那裡觀戰，只以小部分兵力迎戰董卓的西涼兵，他慨然地帶著部下衝到劉表、袁術等人的面前，指著前方混亂的戰場，大聲質問道：「董卓就在眼前，洛陽也近在咫尺，你們卻只派出少量人數參戰，大軍停滯不前，是何道理？」

「你懂什麼？這叫投石問路！」袁術白了高飛一眼，冷冷地道。

高飛見袁術、劉表等人一臉的冷漠，均站在後面看著前方浴血奮戰的騎兵，忿忿地道：「董卓的西涼兵已經是人心惶惶了，如果現在我們一鼓作氣，一擁而上，必然能夠徹底的將西涼兵擊潰，你們跟我一起……」

「匹夫之勇！」袁術冷笑一聲，目光中帶著輕蔑的眼神。

高飛瞧了瞧袁術、劉表等人的部下，看到站在那裡排成整齊隊伍的大多是步兵，除了護衛在他們周圍的百餘騎兵外，再也找不到任何一個騎兵，這才恍然大悟。他自己帶的全是騎兵，而袁術、劉表等人則以步兵為主，整個聯軍裡，除了呂布的並州兵和他所帶領的幽州兵外，其餘的各路兵馬，騎兵能有五千人的，就已經算是很了不起的戰力了。

他見袁術、劉表等人無動於衷，前方戰鬥又尤為激烈，雖然聯軍的騎兵占了上風，但是畢竟人數太少，除了呂布的騎兵外，其餘的各部都殘餘數百騎兵，如果再得不到援軍支援，根本就撐不下去了。

他冷靜地思考了一下，雖然不願意再讓自己的部下受到損傷，但是以目前的形勢來看，他還是有希望第一個進入洛陽城的。

他策馬回到本陣，對賈詡道：「軍師，以目前的情形看，如果我軍第一個衝入洛陽城裡，那件事能否獲得預期的目的？」

賈詡思索了一下，看著前方混亂的戰場，緩緩地道：

「如今各路兵馬畢至，其餘人雖然不願意盡全力拼殺，但也不願意看到一家坐大。袁術、劉表之所以不出兵，無非是要消磨呂布的兵力，如今戰場上並州兵的表現十分活躍，其餘各路人馬都因為兵力太少而勉強戰鬥。如果這時候主公率部殺出去，雖然能夠做到第一個衝進洛陽城，可結果也會給袁術、劉表等人帶來機會。呂布志在董卓，與我們的目的不一樣，可是主公若想控制整個皇宮，就現在這種形勢來看，已經是不可能的了。」

賈詡頓了頓，接著說道：「主公想挾天子以令諸侯，不見得別人沒有這種想法，如果入城的只有我一兩路兵馬，此事極易辦成。可如今袁術、劉表、劉繇、袁遺、孔伷、孫堅、呂布、就連袁紹也派來顏良分一杯羹，這件事絕對不會那麼輕易做到的，搞不好還會被冠上謀反的罪名。」

高飛聽了，嘆了口氣，道：「僧多粥少，這件事計畫的不夠詳細，不然的話，挾天子以令諸侯，天下人誰敢不從？」

賈詡道：「主公，其實挾天子以令諸侯，屬下並不是很贊同……」

高飛從一開始就想挾天子以令諸侯，因為他不想便宜曹操，他甚至沒有和賈詡、荀攸商量過就制定了這個策略，此時聽賈詡持反對意見，不解問道：「此話怎講？」

賈詡侃侃分析道：「主公可以想想，我軍帶來的兵馬只有一萬騎兵，而現在只剩下八千多人，諸侯中兵力多達數萬的大有人在，如果主公不能以兵力上的優勢讓其餘諸侯屈服，就算率先將天子掌控在手裡了，也未必能夠長久，很可能會遭到各諸侯的一致反對，這是其一。」

「那其二呢？」高飛聽了之後，覺得有點道理，問道。

賈詡不慌不忙地道：「主公是遼東太守，雖然現在很有實力可以占領整個幽州，但是幽州地處偏遠，又北接外夷，自古以來，天下帝王大多定都在中原一帶，長安、洛陽皆有天險可守，主公若想將天子帶到幽州，必然會遭到群臣反

對。洛陽繁花似錦，幽州乃苦寒之地，試問那些王公大臣，哪一個願意到那個地方去？」

賈詡的話，令高飛陷入深深的思慮當中，**挾天子以令諸侯確實是個不錯的政治策略，可是在這個背後，卻藏著太多的困難。**

「其三，如今大漢雖然將傾，卻並沒有到達土崩瓦解的時候，董卓獨霸朝綱，招來了關東聯軍，這說明許多人還是向著大漢的。雖然挾天子以令諸侯是個很不錯的策略，可是時機尚不成熟，如果強行為之，只怕會走上董卓的舊路，屬下懇請主公打消這個念頭。」賈詡語重心長地道。

「你說得沒錯，是我太過草率了。既然你有不同意見，為何當初不直接說出來？」高飛問道。

賈詡道：「當初主公急於促成此事，屬下若提出反對意見，反而會惹來主公怒罵，不如在合適的時候加以制止即可。如果這個時候主公已經到了洛陽，也想挾天子以令諸侯的話，屬下就算是豁出這條命不要，也要制止主公這種自掘墳墓的行為；再說，主公是個聰明人，聽到屬下的解釋之後，必然不會做出那種傻事來。」

「哈哈哈……有你這樣的人在身邊，真是我高飛的福氣，那現在我們就在這裡坐山觀虎鬥吧，等待聯軍進城時，我們也跟著一起進去，將功勞分一杯羹。」

「不！**主公現在應該立刻出兵，爭取第一個進入洛陽城。**」賈詡突然又說出了和高飛相左的意見，而且一臉的堅定，頗有一番你不從我就死給你看的氣勢。

高飛眉頭一皺，問道：「這是為什麼？」

賈詡道：「如今主公既然放棄了挾天子以令諸侯的打算，就該將心思放在另外一件事上。一旦聯軍進入洛陽城，我們的軍隊雖然可以保證不會洗劫城中百姓，但是難保其他軍隊不會。洛陽繁花似錦，物資豐盛，其他軍隊受不了財富的誘惑，必然會縱兵劫掠，城中的百姓也會受到侵害，主公現在應該爭取儘快入城，先控制住內城的城門，分兵把守住各個城門，才能阻止這種事情發生。」

「嗯，你說得不錯，洛陽外城門十二道，內城門八道，如果分兵把守住內城八門，足可以抵擋住亂兵進入。」高飛聞言道：「好，那我們現在就出發，不過要繞到北門去，都跟我來。」

一聲令下，高飛帶著部下的所有騎兵便開始轉向北門。

劉表、袁術等人見高飛突然按照原路返回了，也不知道高飛軍搞什麼名堂，他們也不在意，只在那裡觀戰，等待著前軍消息的傳來。

高飛為了不讓人起懷疑，便先後退了幾里路，然後繞到洛陽北門。

他曾經在洛陽待過，對洛陽城十分的熟悉，相比其他三門，北門的外城城門只有兩個，而北門又緊挨北宮，一旦進入北門，就可以掌控北宮。

他心裡很明白，雖然不能挾天子以令諸侯，但是到皇帝面前表表忠心還是必須的，說不定皇帝一高興，直接封他一個幽州牧，他也不必那麼辛苦去趕跑劉虞了。

洛陽的十二道外城門中，以大夏門的規模最大，有三個門洞，其他各門則僅有一個門洞。大夏門是洛陽北出的城門，緊臨北宮，宏偉壯觀自不待言。而且北門附近還有洛陽最有名氣的金市，一旦進入了北門，不僅可以迅速掌控皇帝所在的北宮，連金市都可以占領了，敲詐一下洛陽的富紳也是很有必要的。

高飛早已經打聽了消息，董卓在馬騰、董旻的護衛下，根本沒有進入洛陽，如今洛陽城裡的兵力就只有城門校尉手下的一萬人，還分置在十二道城門駐守，兵力很是分散，加上城裡許多王公大臣對董卓早就有了怒火，一旦得知聯軍抵達洛陽城下，還不紛紛起來反抗?!

很快，高飛帶著兩千多騎便浩浩蕩蕩地奔馳到洛陽的北門，來到了大夏門下。

大夏門的城樓上駐守著些許士兵，這些士兵都是城門校尉的手下，他們一見到高飛的軍隊，心裡便開始慌了神。

「我乃鎮北將軍、遼東侯、遼東太守高飛，董卓大勢已去，西涼兵全部被絞殺殆盡，快快打開城門，等我大軍到來，我必然饒你們不死！」高飛還是一如既往地先報上名號。

門上的士兵聽到高飛的名字，臉上都現出喜色，他們都是京城裡富紳、世家的紈褲子弟，平常什麼事情都不做，就知道吃喝嫖賭，偶爾當個差事，就連工資都比一般的士兵高出許多倍。

只見在士兵的簇擁下，一個猴精的軍司馬一臉驚慌地站了出來，看到城門下面兵馬強壯，定睛看到高飛纏著一臉的繃帶，只露出兩隻眼睛和嘴，不禁說道：「你真的是高將軍嗎？高將軍我以前見過，根本不是你這個樣子……」

高飛在洛陽的那段時間，風頭甚健，因為他斬殺了十常侍，整個洛陽城裡誰人不知！此時那個軍司馬聽到下面的人自報是高飛，便露頭看了看，結果看到此人一臉繃帶，自然不相信這就是高飛了。

「大膽！我家主公是貨真價實的，男子漢大丈夫，行不更名坐不改姓……」太史慈一臉怒意地將手中大戟一招，大聲喊道：「快打開城門！」

高飛冷笑了一聲，隨手解下了臉上纏著的繃帶，露出了本來面目，衝城樓上的人喊道：「我就是高飛，如假包換，如果你們想活命，就趕緊打開城門吧！」

那猴精的軍司馬見高飛露出了臉，眨巴眨巴眼睛，一臉笑容地道：「還真是

高將軍，快打開城門，放高將軍入城！」

高飛重新纏上繃帶，不禁覺得有點好笑，本以為會費上一番周折，沒想到他僅靠一張臉便騙開了城門，**原來在這個時代靠臉也是行得通的。**

賈詡耳語道：「主公，看來可以直接占領洛陽了，如果分兵占領十二道城門，加上城中原有的守兵，以及滯留在皇宮內的虎賁甲士和羽林郎，足可阻擋亂兵為禍。」

高飛點點頭道：「不僅如此，還要鼓動城中王公大臣帶領家將、家丁負責守城，洛陽城承襲百年，巍峨立在這裡，絕對不能在董卓走了以後被聯軍毀了，**有如此堅城在，再請出皇帝，必然能夠威懾天下群雄。**」

請續看《三國奇變》【戰略篇】第七卷　是非之地

三國奇變【戰略篇】卷6 背後玄機

作者：水的龍翔
發行人：陳曉林
出版所：風雲時代出版股份有限公司
地址：10576台北市民生東路五段178號7樓之3
電話：(02) 2756-0949
傳真：(02) 2765-3799
執行主編：朱墨菲
美術設計：吳宗潔
行銷企劃：林安莉
業務總監：張瑋鳳

初版日期：2021年12月
版權授權：蔡雷平
ISBN：978-986-5589-31-8

風雲書網：http://www.eastbooks.com.tw
官方部落格：http://eastbooks.pixnet.net/blog
Facebook：http://www.facebook.com/h7560949
E-mail：h7560949@ms15.hinet.net
劃撥帳號：12043291
戶名：風雲時代出版股份有限公司

風雲發行所：33373桃園市龜山區公西村2鄰復興街304巷96號
電話：(03) 318-1378
傳真：(03) 318-1378
法律顧問：永然法律事務所 李永然律師
北辰著作權事務所 蕭雄淋律師

行政院新聞局局版台業字第3595號 營利事業統一編號22759935

定價：290元

國家圖書館出版品預行編目資料

三國奇變 / 水的龍翔著. -- 初版. -- 臺北市：風雲時代出版股份有限公司, 2021.04- 冊； 公分

ISBN 978-986-5589-31-8（第6冊：平裝）--

857.75 110003326